WALPURGISNACHT

DAS BUCH

Erneut ist Schweinfurt und Umgebung Schauplatz ungewöhnlicher Verbrechen. Im Hexenbrünnle am Rande des Höllentals wird an einem Sonntagmorgen die nackte Leiche einer Frau entdeckt. Die Mordkommission unter Leitung von Kriminalhauptkommissar Wolfram Bayer steht unter Hochdruck. Denn auch aus dem Ellertshäuser See ist etwas aufgetaucht, das blankes Entsetzen auslöst. Schnell wird klar: Der grausame Mord an der kleinen Laura Gabrieli, der nie aufgeklärt werden konnte, ist Teil eines großen, mysteriösen Komplotts. Aber was steckt dahinter? Während das Team von Main-Radio Schweinfurt die traditionelle Grillparty zur Walpurgisnacht vorbereitet, geht Christian „Blacky" Schwarz wieder eigene Wege. Er stößt auf merkwürdige Machenschaften im Schweinfurter Gerichtsgebäude und entdeckt, dass ehrbare Männer der Stadt offenbar dunkle Geheimnisse haben. Und nicht nur das: Auch Frauen gehen im Verborgenen ganz eigenen Leidenschaften nach. Erstaunt stellt Blacky fest, wie im Hintergrund undurchschaubar Fäden gezogen werden, die es zu entwirren gilt. Beim Knacken eines rätselhaften Codes erhält er Unterstützung von seinem Freund Lothar, der in Irland mit seinem Schweinfurt-Krimi schon wieder nicht weiterkommt. Und diesmal gelingt es Blacky, die Frage zu klären, die Schweinfurt seit langem bewegt: Was ist mit Laura Gabrieli geschehen?

DER AUTOR

Lothar Reichel ist geborener Schweinfurter und arbeitet als Radiojournalist. Sein Berufsleben hat er im Gerichtsgebäude der Stadt begonnen. Mit dem dritten Schweinfurt-Krimi kehrt er dahin zurück. Wieder hat er einen Roman geschrieben, der nichts als Phantasie enthält und doch nah an der Wirklichkeit ist.

Lothar Reichel

WAL PURGIS NACHT

Blacky klärt auf

Buchverlag Peter Hellmund

Die Sage vom Schweinfurter Hexenbrünnle

Im Dienste des Grafen von Henneberg stand einmal ein armer Köhler. Er hatte ein einziges Töchterlein namens Helke. Und als Helke sechs Jahre alt war, musste ihre Mutter sterben. Vor dem Tod hängte sie dem Kind ein geweihtes Medaillon um den Hals und ermahnte es: „Maria soll deine Schutzpatronin sein. Suche immer Zuflucht bei ihr." Ganz allein wuchs Helke bei ihrem Vater im Wald auf. Doch bei einer Jagd, die der Graf veranstalten ließ, rannte ein verwundeter Eber den Köhler zu Boden und tötete ihn. Helke wartete daheim auf ihren Vater, und schließlich ging sie in den Wald, um ihn zu suchen. Sie verlief sich jedoch und gelangte endlich zum Hexenbrünnle. Erschöpft legte sie sich dort nieder und schlief ein.

Es war aber gerade Walpurgisnacht. Da reiten alle Hexen auf ihren Besen bis zum Blocksberg, um dort ein teuflisches Fest zu veranstalten. In der Schweinfurter Gegend versammeln sie sich jährlich im Höllental beim Hexenbrünnle. Diesmal entdeckte eine der Hexen das schlafende Kind. Schon wollte sie ihm mit dem Besen das Gesicht zerkratzen. Da trat der Mond aus den Wolken und überflutete mit seinem Licht das Antlitz des Mädchens, dass das Muttergottesbild an seinem Halse glänzte und leuchtete. Als das sie Hexen sahen, brannte es in ihren Augen wie Feuer. Wie ein heulender Sturmwind jagten sie auf ihren Besen davon und ließen das Kind liegen.

Noch in der Nacht ließ die Gräfin das arme Köhlermädchen suchen, dessen Vater gestorben war. Doch erst am Morgen fanden die Burgleute das ruhig schlafende Kind am Hexenbrünnle. Die Gräfin nahm das Waisenkind zu sich nach Schloss Mainberg und ließ es dort wie ihr eigenes Töchterlein erziehen. Helke wurde das schönste Burgfräulein und machte ihren Pflegeeltern viel Freude. Der Name Hexenbrünnle ist aber bis auf den heutigen Tag geblieben.

SAMSTAG

In Vollmondnächten konnte man die Glocken des versunkenen Dorfes hören.

Das hatte ihm sein Großvater immer erzählt. Soweit er sich erinnern konnte, hatte er es als Kind auch geglaubt. Heute wusste er natürlich, dass es überhaupt kein versunkenes Dorf gab. Als das Wasser für den Ellertshäuser See gestaut worden war, hatte das mittelalterliche Dorf Ellertshausen schon seit Jahrhunderten nicht mehr existiert. Nur die Stelle, an der es gelegen hatte, war als sogenannte Wüstung noch bekannt – und diese Bezeichnung sagte schon alles: Mehr als ein paar Steinreste waren es nicht gewesen, die 1957 unter dem Wasser verschwanden. Niemand konnte sagen, ob die früheren Bewohner von Ellertshausen zu ihrer Zeit je Glocken gehört hatten. Und niemand wusste, warum sie ihr Dorf damals aufgegeben und verlassen hatten. Würde es den See nicht geben, wäre auch der Name des Dorfes längst aus der Erinnerung der Menschen verschwunden.

Wenn Gerhard Wehner an den Wochenenden frühmorgens mit der Angel an seiner Lieblingsstelle saß, dachte er oft an die Geschichte seines Großvaters. Etwas wehmütig wünschte er sich dann für einen Augenblick die Naivität der Kindheit zurück. Und manchmal hörte er tatsächlich leises Glockengeläute. Aber es schien leider nur von den Kirchtürmen der umliegenden Dörfer zu kommen.

An diesem unfreundlichen Aprilmorgen hörte er lediglich das leise Prasseln der Regentropfen auf dem gekräuselten Wasser des Sees. Es war ein Tag, an dem die Fische bissen, aber zu Gerhard Wehners Erstaunen tauchte plötzlich ein unförmiges Etwas vor ihm auf. Seltsamerweise wusste er sofort, dass es eine Leiche war, die da auf ihn zutrieb. Kaltblütig holte er das in eine trübe Plastikfolie verschnürte Bündel mit dem Kescher zu sich heran. Dann verließ ihn der Mut schlagartig. Verschwommen, undeutlich und verzerrt sah er das aufgedunsene Gesicht eines Monsters vor sich.

*

Während der letzten zehn Jahre war Sandra Gall ununterbrochen auf dem Markt der spirituellen und esoterischen Möglichkeiten shoppen gewesen. Dann hatte sie sich selbständig gemacht und handelte nun ihrerseits mit allem, was sich an von Sinnkrisen und Daseinsleere geplagte Zeitgenossinnen verkaufen ließ. Weil „die Sandra" auf ihrem Gebiet als erfahren und authentisch galt, lief ihr kleiner Laden in der Schweinfurter Petersgasse hervorragend. Das Angebot reichte von simplen Räucherstäbchen und Duftkerzen über Fernostnippes, Yoga-Matten und handgefertigten Ritualschmuck der Hopi-Indianer bis zur Organisation von Ayurveda-Reisen nach Sri Lanka. Seit Neuestem war sie von der Kultur der australischen Aborigines fasziniert, hatte einen Didgeridoo-Kurs auf Lager, redete ununterbrochen über Bruce Chatwins Buch *Traumpfade* und schwärmte ihren Kundinnen etwas über die Mystik des Arnhem-Landes vor.

Dabei war Sandra Gall nie in Australien gewesen. Ihre praktische Erfahrung, was reale Exotik und ferne Länder anging, beschränkte sich auf eine ziemlich lang zurückliegende

Reise nach Indien. Eigentlich war es auch nur der Versuch einer Reise nach Indien gewesen. Naiv, jung und unerfahren, reiste sie direkt vom Flughafen in Delhi weiter nach Rishikesh am Ufer des Ganges, quartierte sich im erstbesten Ashram ein und hoffte auf schnelle Erleuchtung.

Schon am ersten Tag stellte sie fest, dass es überall stank, das Essen ungenießbar und die dreieinhalbstündige Lektion des Gurus mit dem Zauselbart unverständlich war. Um sie herum saßen einige Dutzend Menschen jeden Alters, die kaum erleuchtet, aber vor allem durchgeknallt schienen. Eine Beobachtung machte bei Sandra Gall an diesem Tag aber bereits tiefen Eindruck: dass vor allem die Frauen bedürftig waren. Bedürftig nach vermeintlichen Antworten, magischen Dingen und sogenannten ganzheitlichen Ritualen. Als sie in der ersten Nacht dann mitbekam, was im Ashram wirklich abging, beschloss sie, es fürs Erste gut sein zu lassen. Schneller als seinerzeit die Beatles verließ sie Rishikesh – wobei das Kriterium Ringo Starrs für den Abbruch des Erleuchtungsversuchs damals hauptsächlich darin gelegen haben soll, dass man ihm kein Frühstücksei serviert hatte.

Sandra Gall floh nach Goa und fühlte sich in der Gegenwart alter Hippies und junger Nostalgiekiffer auch nicht viel wohler. Nach einer Woche brach sie das Indienabenteuer ab und reiste nach Phuket. Dort überlebte sie an Weihnachten den Tsunami und kehrte mit der Erkenntnis nach Schweinfurt zurück, dass Reisen in der Wirklichkeit nicht ihr Ding waren.

Da aber jede Reise Spuren hinterlässt und man einen Tsunami nicht folgenlos überlebt, suchte Sandra Gall nach einem Weg, ihre Eindrücke zu verarbeiten. Sie machte sich auf die Reise ins Innere. Dabei klapperte sie all die Stationen ab, die in Deutschland so auf dem Weg lagen: Meditationsübungen bei einem tibetischen Lama, der sich als Schwindler entpuppte. Yoga bei einer älteren Dame, die sich auf Dauer als Tyrannin erwies. Einen Ausflug in die reine Leere des Zen unter Anleitung eines Benediktinerpaters, der selbst längst jede Orientierung verloren hatte. Zwischendurch ein bisschen Anthroposophie, daneben T'ai Chi für den Körper und I Ging für den Geist. Ständig begleitet von waghalsigen Diäten, um erfolglos ihrem generellen Gewichtsproblem zu Leibe zu rücken. Sie absolvierte eine Ausbildung in der hawaiianischen Massagekunst Nomi Nomi Lui, machte sich über Bachblütentherapie kundig und studierte die Kabbala. Das Tarot war ihr ebenso vertraut wie Wünschelruten, die Prophezeiungen des Nostradamus, babylonische Astrologie und schamanische Praktiken der Navajo-Indianer. Diese Expeditionen zu den Grenzen menschlichen Geistes finanzierte sie, indem sie drei Tage in der Woche der stumpfsinnigen Beschäftigung in einem Versicherungsbüro nachging. Sie wohnte bescheiden in ihrem kleinen Haus am Oberen Wall, das sie von ihren Eltern geerbt hatte. Nach einer Reihe von Jahren kamen Sandra Gall zwei Erleuchtungen ziemlich gleichzeitig.

Die erste bestand in der plötzlichen Erkenntnis, dass sie längst auf allen Gebieten selbst Expertin geworden war und keine Kurse, Schulungen und Bevormundungen mehr nötig hatte. Daraus zog sie rasch Konsequenzen, verdingte sich bei der Volkshochschule und der Evangelischen Erwachsenenbildung als Kursleiterin für alle möglichen und unmöglichen Sinn- und Lebensthemen und hatte Erfolg damit. Denn sie erinnerte sich an ihre frühe Beobachtung, dass Frauen bedürftig sind. Das war auch in Schweinfurt so, also spezialisierte sich Sandra Gall auf die Befriedigung der ganzheitlichen Bedürfnisse von Frauen. Ihre Kurse waren bald permanent ausgebucht, und sie wagte schließlich den Schritt in die Selbständigkeit. Sie eröffnete ihren Laden in der Petersgasse und wurde zur Schweinfurter Institution.

Die zweite Erleuchtung war die sehr jähe Erfahrung, dass sie eine besondere Frau war – mit speziellen Fähigkeiten und ungewöhnlichen Einsichten. Diese Erfahrung veränderte ihr Leben und stellte alles auf den Kopf.

Als an diesem Samstagmorgen eine Kundin ihren Laden betrat, die Sandra Gall noch nie gesehen hatte, wusste sie sofort, dass es sich um eine Schwester vom gleichen Geiste handelte – und um eine Meisterin, die ihr überlegen war.

*

Um zehn Uhr – also mitten in der Nacht – erhielt Blacky den Anruf, auf den er seit fast zwei Wochen gewartet hatte.

Wie immer war der Samstagvormittag für den *Morning Man* von Main-Radio Schweinfurt die ersehnte Zeit heiliger Ruhe und bleischweren Schlafes. Wer wochentags um halb vier aufstand, um frühmorgens die Stadt zu wecken, konnte es sich leisten, am Wochenende den Morgen mit Verachtung zu strafen.

Die meisten, die ihn kannten, wussten das, und manche respektierten es auch. Die anderen begannen das Telefonat mit der scheinheiligen Frage: „Ich hab dich jetzt aber nicht geweckt, oder?"

Bill Jenkins fragte überhaupt nichts, sondern kam gleich zur Sache.

„Wir sollten uns treffen", sagte er. „Am besten noch heute."

Blacky war für seine Samstagvormittagsverhältnisse ziemlich schnell wach.

„Habt ihr es geschafft?", fragte er.

„Ich erkläre es dir später", wich Bill Jenkins aus.

Das klang schon nach dem halben Eingeständnis einer Niederlage, und Blacky ahnte, dass sich das Rätsel noch immer nicht lösen würde.

Sie verabredeten sich für den späten Nachmittag, dann stand er auf, streichelte seine chromblitzende Saeco und entlockte ihr eine Tasse extrastarken Arabicakaffees aus dem äthiopischen Hochland, den ihm Joe, der Barista seines Vertrauens, wärmstens empfohlen und für sündhaft teures Geld verkauft hatte. Als er endlich völlig wach war, fiel ihm siedendheiß ein, dass er Punkt zwölf Uhr eine Art Date hatte.

*

Seit Tagen hatte Wolfram Bayer seiner Frau versprochen, ihr an diesem Wochenende im Garten zur Hand zu gehen. Sie liebte Gartenarbeit mit der gleichen Intensität, wie er sie verabscheute. Das diffizile und seit langem an den Abgrund gebaute Konstrukt ihrer Ehe erforderte es, dass er von Zeit zu Zeit unliebsame Kompromisse einging, weil er sich nicht mehr in der Lage fühlte, seinem privaten Leben noch einmal eine andere Richtung zu geben. Außerdem war ihm sehr bewusst, dass auch seine Frau litt – an ihm und seinem Beruf. Schuldgefühle hatte er deswegen jedoch nicht. Sie hatte von Anfang an gewusst, worauf sie sich einließ.

Beim Frühstück hatte er noch versucht, das Unternehmen mit einem mehrfach gemurmelten „Mistwetter, verdammtes" abzuwenden. Aber sie war unerbittlich geblieben.

„Wenn wir uns heute nicht dranmachen, wird das überhaupt nichts mehr“, hatte sie seinen Widerstand im Keim erstickt.

Er seufzte voller Selbstmitleid vor sich hin, als er sich in seine älteste Jeans zwängte. Fluchend suchte er im Keller nach den Gummistiefeln. Dann klingelte das Telefon. Er rannte nach oben.

Mit ihrem üblichen versteinerten Gesicht reichte ihm seine Frau den Hörer.

„Die Dienststelle“, sagte sie nur.

Kriminalhauptkommissar Wolfram Bayer, der Leiter der Schweinfurter Mordkommission, ahnte, dass sich die Sache mit den Gummistiefeln erledigt hatte. Aber er täuschte sich.

In wenigen Sätzen setzte ihn Kriminalkommissarin Marion Werner von dem in Kenntnis, was ihn erwartete.

„Und Sie sollten Gummistiefel mitbringen, Chef“, sagte sie.

*

Viktoria verließ Dieters Reisebüro mit einem Stapel Kataloge und dem zwiespältigen Gefühl der beglückenden Unentschlossenheit. Das Leben lag jetzt vor ihr, aber sie hatte keine Ahnung, wie sie es anpacken sollte. Sie durfte sich ihre Abiturreise selber aussuchen, wusste aber nicht, wofür sie sich entscheiden sollte.

Malediven oder Seychellen?

Der Chef des Reisebüros, von Blacky wärmstens empfohlen, hatte sie entgeistert angeschaut.

„Abiturreise? Malediven oder Seychellen?“

„Na ja, mein Vater hat echt Geld. Mit der Schule waren wir drei öde Tage in London. Jetzt will ich’s krachen lassen.“

„Allein?"

„Ich darf eine Freundin mitnehmen."

„Das wird nicht billig", sagte Dieter.

„Scheißegal. Daddy hat's ja. Und ein schlechtes Gewissen. Weil er die letzten neunzehn Jahre keine Zeit für mich hatte."

„Verstehe", sagte Dieter. Nett von Blacky, ihm Viktoria als Kundin geschickt zu haben. Er plädierte für die Seychellen und zog die exklusiven Kataloge aus dem Regal.

„Ich treffe mich jetzt gleich mit Blacky", erklärte Viktoria. „Er will mir noch ein paar Tipps geben."

„Er ist ja auch ein echter Experte, was die Malediven und Seychellen angeht", meinte Dieter sarkastisch und grinste breit. „Richte ihm schöne Grüße aus."

In der Spitalstraße nieselte es unangenehm vor sich hin. Die Schweinfurter schauten noch griesgrämiger als sonst aus der feuchten Wäsche. Viktoria zog den Kopf ein und stellte sich Palmen, weißen Sand und türkisblaues Meer vor. Als sie in die Petersgasse eingebogen war und Richtung Schrotturm ging, kam ihr eine Frau entgegen, die sie hier am allerwenigsten erwartet hätte.

*

Ein Männerleben mit Glatze hatte manche Nachteile und viele Vorteile. Zum Beispiel bekam man keine nassen Haare, wenn man an einem verregneten Samstagmorgen durch den Schweinfurter Zürch ging. Seit den nun schon eine geraume Zeit zurückliegenden Jugendjahren war es immer unter Blackys Würde gewesen, einen Schirm aufzuspannen. Auch wenn seine spätpubertären, knallharten Ideale vom Dasein eines harten Kerls im Lauf des Lebens weicher und anpassungsfähiger geworden waren – an manchen hielt er nach wie vor eisern fest. Dazu gehörte, dass er im Winter prinzipiell keine Handschuhe trug, sich zum Pinkeln niemals hinsetzte, bei seiner Fiat Barchetta das Verdeck beim ersten Sonnenstrahl des Jahres ungeachtet der Außentemperatur aufklappte, keinen Salat aß, immer ein Taschenmesser bei sich führte und nicht einmal wusste, wie man einen Schirm bediente. Anders als sein Freund Lothar übrigens, der eine ganze Kollektion von Schirmen in allen Größen und Farben besaß. Was allerdings damit zusammenhing, dass er vorwiegend an der irischen Westküste lebte, wo es im gesamten Jahr keinen Tag ohne Regen gab.

Dennoch ging Blacky das Wetter an diesem Tag auf die Nerven. Der Frühling war bisher vielversprechend gewesen, die letzte Woche hatte schon den Sommer ahnen lassen – aber nun, da der Mai in Sichtweite kam, schien sich die Großwetterlage zum Schlimmen wenden zu wollen.

Bei Main-Radio Schweinfurt verschwieg er als *Morning Man* den Hörern das zwar noch und versprühte in den Wetternachrichten Optimismus. Aber die Meldungen der meteorologischen Dienste verhießen nichts Gutes. Die traditionelle Grillparty von Main-Radio zum Auftakt der Walpurgisnacht jedenfalls stand in Gefahr, ins Wasser zu fallen. Was diesmal ausgesprochen bedauerlich wäre, weil sich die Redaktion ein ganz besonderes Event ausgedacht hatte.

Bis dahin waren es zwar noch ein paar Tage, doch die Aussichten schienen schon jetzt düster. Davon abgesehen konnte es Blacky auf den Tod nicht ausstehen, wenn die Arbeitswoche sonnig und das Wochenende voller Regen war.

Miesepetrig stapfte er durch die Rittergasse hinüber zur

Judengasse und schüttelte sich wie ein nasser Hund, bevor er *Viva Porcellino* betrat.

*

Kriminalkommissarin Marion Werner trug knallgelbe Gummistiefel und machte ein Gesicht, das einer Sieben-Tage-Regenwettermiene sehr nahekam. Sie watete mit Wolfram Bayer durch den Morast am Südufer des Ellertshäuser Sees und rang nach Worten. Dem Leiter der Schweinfurter Mordkommission wurde klar, dass der Trübsinn in ihren Augen nichts mit dem Wetter, sondern mit dem zu tun hatte, was ihn am See erwartete.

Zu seinem Erstaunen war der Gerichtsmediziner bereits anwesend.

„Wo kommen Sie denn am Samstag so früh her?“, brummte er auf seine ganz spezielle Art und Weise, an die sich alle längst gewöhnt hatten.

„Dumm gelaufen“, sagte der Pathologe. „Ich war zufällig in der Gegend. Eigentlich hatte ich was anderes vor.“

„Wie kann man denn zufällig in dieser Gegend sein?“, fragte Wolfram Bayer und bedachte die Umgebung mit einem geringschätzigen Blick. Ein bleigrauer Himmel verschmolz mit grauem Wasser und dem feuchten Dunst über den Wäldern zu einem formlosen Nichts.

„Ach, nichts Besonderes“, murmelte der Gerichtsmediziner. Sein weißer Schutzanzug war vom Schlamm bräunlich gesprenkelt. Er deutete auf das Bündel aus Plastikfolie, das im seichten Wasser lag. „Das hier ist etwas Besonderes.“

Kriminalhauptkommissar Bayer machte zwei schwerfällige Schritte nach vorn und beugte sich über das Bündel. Der Gerichtsmediziner hatte die Folie zur Hälfte aufgeschnitten und auseinandergezogen. Was er sah, kannte er bereits und erschreckte ihn dennoch zutiefst.

„O nein“, sagte er leise. „Nicht schon wieder.“

*

Blacky wusste immer noch nicht, ob er Viktoria mittlerweile mochte. Sommersprossig und etwas pummelig, war sie mit den kurzgelockten rötlichen Haaren überhaupt nicht sein Typ. Am Anfang ihres Praktikums bei Main-Radio Schweinfurt war sie ihm nur auf die Nerven gegangen. Schnippisch, verwöhnt, gelangweilt, eitel und strohdoof – sie war ihm wie das Modellgeschöpf der neuen Generation vorgekommen, die sich darauf vorbereitete, die Welt zu übernehmen. Das waren nicht mehr die Kinder der siebziger und achtziger Jahre, mit denen er aufgewachsen war. Das waren die Kinder des 21. Jahrhunderts, virtuell hochgerüstet, bestens vernetzt, die alles hätten wissen können und von nichts eine Ahnung hatten.

Unvergesslich war ihm die Episode, als er vor Ostern mit Viktoria nach Schloss Mainberg gefahren war und Viktoria, die Tochter eines Schönheitschirurgen, naiv und voller Stolz kundtat, nie etwas von Brigitte Bardot und Gunther Sachs gehört zu haben.

„Wahrscheinlich haben die gelebt, als alles noch schwarzweiß war“, hatte sie gesagt. Und Blacky war klargeworden, dass er trotz aller Buntheit seines Lebens wohl auch zur Schwarzweiß-Generation gehörte. Wenigstens in den Augen von Viktoria.

Sie hatte sich dann immer wieder unbekümmert einen Klops nach dem anderen in diese Richtung geleistet – beispielsweise Willy Brandt zum Mitglied der RAF erklärt, den Film *Apocalypse now* mit *Star Wars* verwechselt, Pablo

Picasso für einen Stierkämpfer gehalten, Hermann Hesse für einen deutschen Bundespräsidenten und Winnetou für einen Hippie oder ein Mitglied der Gruppe *Abba.* Natürlich hatte sie nicht einmal den blassesten Schimmer von Blackys absolutem Kultfilm, *Casablanca,* weder Humphrey Bogart noch Ingrid Bergman waren ihr ein Begriff. Blacky hatte schon einmal eine sich anbahnende Freundschaft jäh beendet, als die junge Dame neben ihm auf der Couch nach der ersten Minute von *Casablanca* verstört ausgerufen hatte: „Aber das ist ja in Schwarzweiß!"

So weit war es mit Viktoria nicht gekommen, doch er hatte seine Meinung über sie im Lauf der Praktikumszeit etwas revidiert. Sie konnte charmant sein, witzig und auf eine eigene Art sogar lebensklug. Ihre Naivität erstreckte sich auf die Vergangenheit, die Gegenwart nahm sie durchaus mit Verstand wahr. Und deshalb hatte sie Bammel vor der Zukunft und schwankte mit ihren Wünschen und Plänen wie das berühmte Schilfrohr im Wind. Sensibel, wie er sein konnte, spürte Blacky, dass ein Schatten über ihrem Leben lag und ihre Unbekümmertheit einen tiefen Kummer verdecken sollte. Das weckte Beschützerinstinkte in ihm, und vorsichtig ging er auf ihre nicht gerade schüchternen Versuche ein, mit ihm Kontakt zu halten. Sie hatte ihr Praktikum mit Ablauf der Osterferien beendet, war mit der Vorbereitung aufs Abitur beschäftigt, tauchte aber ständig in der Redaktion von Main-Radio auf. Vor zwei Tagen hatte sie ihm forsch erklärt, dass sie unbedingt seinen Rat benötige und sich mit ihm am Samstagmittag treffen wolle. In einer Mischung aus genervt und geschmeichelt hatte er ja gesagt und wartete missmutig bei *Viva Porcellino* darauf, dass sie endlich auftauchte. Wenn er etwas hasste, war es Unpünktlichkeit. Viktoria ließ ihn nun schon länger als eine Viertelstunde warten.

Als sie endlich aus dem Nieselregen geduckt wie eine Katze durch die Tür schlüpfte, sah er sofort, dass sie in heller Aufregung war.

*

Der Leitende Oberstaatsanwalt, Dr. Leopold Wurzer, hatte keine Gummistiefel dabei und erklärte sich außerstande, das matschige Ufergelände zu betreten. Er wartete unter einem beeindruckend großen Regenschirm auf Kriminalhauptkommissar Bayer, der fluchend die Böschung zum Schotterweg hinaufkeuchte.

„Wo kommen Sie denn so schnell her? Ich dachte, Sie haben Urlaub?“

„Ich war zufällig in der Gegend“, sagte der Oberstaatsanwalt.

„Ach, Sie auch? Muss ja echt ’ne tolle Gegend sein für einen verregneten Samstagmorgen.“

„Ich kann Ihnen jetzt nicht ganz folgen.“

„Egal“, brummte Bayer. „Der Pathologe hat sich offenbar auch hier herumgetrieben.“

„Ich treibe mich nicht hier herum, Herr Bayer“, sagte Dr. Wurzer. „Und jetzt erstatten Sie mir bitte Bericht.“

Wolfram Bayer wählte seine Worte bewusst karg und nüchtern. Er ließ sich nicht anmerken, dass er den Oberstaatsanwalt dabei genau beobachtete und jede Reaktion sorgfältig registrierte. Der Leiter der Mordkommission hatte während seines langen Berufslebens gelernt, bei seinem Gegenüber noch die subtilste Regung wahrzunehmen und zu deuten. Befriedigt stellte er fest, dass auch Dr. Leopold

Wurzer hinter seiner smarten Glattheit nicht alles verbergen konnte, was in ihm vorging.

*

Joe, der tätowierte Barista, taxierte Viktoria mit einem neugierigen Blick, während sie auf Blackys Tisch zusteuerte. Mit seiner untrüglichen Menschenkenntnis begriff er die diffuse Konstellation zwischen den beiden sofort und lächelte in sich hinein. Ein junges Mädchen suchte Schutz, Rat und Aufmerksamkeit bei einem reifen Mann. So etwas kam immer wieder vor und ging nie gut.

Viktoria sprudelte gleich los, wie immer, wenn sie Blacky traf.

„Eine Leiche“, sagte sie atemlos. „In so ’nem komischen See irgendwo im Landkreis. Fahren wir hin?“

„Immer mit der Ruhe“, erwiderte Blacky, bedächtig wie stets, wenn Viktoria sprudelte. „Ich dachte, du wolltest mit mir reden? Wieso kommst du jetzt mit einer Leiche an?“

„Weil Sören mich gerade angerufen hat. Es soll ziemlich spannend sein. Er fährt auch hin.“

Blacky war alles klar. Sören Eckenstade, der übereifrige Praktikant bei Main-Radio Schweinfurt, hatte wieder einmal das Gras wachsen hören. Oder besser gesagt: Saskia hatte ihm was gesteckt. Saskia war Sekretärin von Oberkommissarin Kerstin Weiß, der Pressesprecherin der Schweinfurter Polizei, und hatte aus einem unerfindlichen Grund an Sören einen Narren gefressen. Was dazu führte, dass Sören seit einiger Zeit über polizeiliche Angelegenheiten bestens unterrichtet war und seine Nase in alles hineinsteckte, was nach Kriminellem roch.

„Und wieso hat er dich angerufen?“

Eigentlich eine überflüssige Frage. Sören ging zwar regelmäßig mit Saskia Kaffee trinken, strich aber sonst wie ein liebestoller Kater hinter Viktoria her, wenn sie in der Redaktion herumtänzelte. Wie die jungen Leute eben so sind, pflegte Blacky immer zu sagen.

„Weil er weiß, dass ich mich für Kriminalistik interessiere. Ich überlege, ob ich nicht zur Kriminalpolizei gehen soll."

„Ich dachte, du willst Journalistin werden? Du beginnst im Sommer ein Volontariat bei uns im Sender."

„Darüber wollte ich ja mit dir reden. Können wir uns nicht auf der Fahrt unterhalten?"

„Was hab ich mit dieser Leiche zu tun? Ich zelebriere mein freies Wochenende."

„Ja, aber du bist doch schließlich der Superdetektiv von Schweinfurt. Oder nicht?"

Das erschien Blacky nicht ganz unrichtig, und bevor er dem Amateur Sören das Feld überließ, war es vielleicht besser, selbst nach dem Rechten zu sehen.

„Okay", sagte er. „Wo müssen wir hin?"

„Zum Ellenbogensee oder so ähnlich. Ich kenn' mich in der Pampa nicht aus."

„Ellertshäuser See", sagte Blacky. „Ein Traum bei dem Wetter."

Er rief Joe hinter dem Tresen zu, dass er später noch einmal wiederkommen würde, und machte sich mit Viktoria auf den Weg zur Tiefgarage, um die Barchetta zu holen.

*

Eine ganze Weile hatte Sandra Gall wie vor den Kopf geschlagen auf dem Hocker hinter ihrer Verkaufstheke gesessen und versucht, einen klaren Gedanken zu fassen. Dann riegelte sie die Ladentür zu, drehte das Schild mit der Aufschrift *Geschlossen* nach außen und verzichtete für die nächsten zwei Stunden auf das Samstagsgeschäft. Sie ließ sich auf dem kleinen Sitzbänkchen in ihrer Meditationsecke nieder, kontrollierte den Atem, versuchte zur Leere und zum Nichts zu finden, um zur Klarheit zu gelangen. Als sich der Erfolg wie gewöhnlich nicht einstellte, tigerte sie im Laden auf und ab. Sie war aufgewühlt, überglücklich und voller Angst.

Auf einen solchen Tag hatte sie insgeheim gewartet. Jetzt, wo er da war, begann sie langsam zu begreifen, was auf sie zukam. Sie würde die Grenze überschreiten und die andere Welt betreten. Eine dunkle Welt voller Geheimnisse, in der Erfahrungen möglich waren, die noch jenseits ihrer Vorstellungskraft lagen. Sie hatte nur Ahnungen, Träume, Wünsche und Begierden. Aber ganz weit hinten in ihrem Kopf, wo die unausgegorenen Gedanken saßen, nagte schemenhaft ein Misstrauen, das sie nicht in einen Begriff fassen konnte. Sandra Gall spürte, dass sie es nicht verdrängen durfte.

„Du kannst noch eine Schwester deines Vertrauens mitbringen."

Dieser Satz, den die Meisterin beim Abschied gesagt hatte, bedeutete keine Erleichterung. Im Gegenteil. Er stellte sie vor die Entscheidung, ob sie den Weg allein oder zu zweit gehen wollte.

Schließlich kam sie zu einem Entschluss und rief Mareike an.

*

„Sie wollen also wirklich keinen Blick auf die Leiche werfen?“, fragte Kriminalhauptkommissar Bayer den Leitenden Oberstaatsanwalt und unterdrückte dabei jeden argwöhnischen Unterton.

Dr. Leopold Wurzer schüttelte den Kopf.

„Ich werde der Autopsie beiwohnen“, sagte er.

„Das wird nicht schön“, meinte Bayer.

„Ich weiß. Aber in Anbetracht des Ausmaßes dieser Angelegenheit ist es unumgänglich. Ich nehme an, Sie sind sich bewusst, dass wir nun eine neue Dimension erreicht haben?“

„Absolut.“

„Es darf unter keinen Umständen etwas nach außen dringen. Gar nichts. Machen Sie das Ihren Kollegen in aller Schärfe klar. Was ist mit dem Angler, der die Leiche gefunden hat?“

„Tja“, sagte Wolfram Bayer, „der ist ein Problem. Er hat die Leiche gesehen.“

„Ich werde mit ihm reden. Vielleicht ist er einsichtig und …“

„Vergessen Sie's! Er ist ein Mann aus einem der Dörfer hier. Der hält nie und nimmer den Mund.“

„Dann werde ich in die Trickkiste greifen und ihn eine Schweigeerklärung unterzeichnen lassen“, sagte der Oberstaatsanwalt. „Bringen Sie ihn gleich mit ein bisschen Tamtam nach Schweinfurt, verhindern Sie, dass er telefoniert, und lassen Sie ihn dort erst mal schmoren. Ich kümmere mich dann um ihn.“

„Wird gemacht“, antwortete Wolfram Bayer und kam zu zwei Schlussfolgerungen: Dr. Leopold Wurzer wollte unter allen Umständen die Kontrolle behalten. Und er schien Zeit gewinnen zu wollen. Der Leiter der Mordkommission konstatierte für sich, dass dies ungewöhnlich war. Denn ein Grund dafür war nicht ersichtlich.

„Sind Sie jetzt sozusagen nicht mehr im Urlaub?", fragte er spitz.

Der Oberstaatsanwalt gab ihm keine Antwort. Er beobachtete über die Schulter des Kriminalbeamten hinweg ein Auto, das auf dem Schotterweg ziemlich rasant näherkam.

Hauptkommissar Bayer drehte sich um und stieß einen sehr ordinären Fluch aus.

*

„Is ja echt der Hammer", sagte Viktoria. „Ein Samstag voller Überraschungen."

„Du sprichst in Rätseln", meinte Blacky und ließ die Fiat Barchetta den steilen Anstieg der Deutschhöfer Straße stadtauswärts hinaufröhren. Ein einsamer Radfahrer kam ihnen entgegen.

„Der Sprüher vom Dienst", sagte Blacky. „Immer unterwegs zu neuen Taten."

„Du sprichst in Rätseln."

„Stadtrat Bobberl. Der Mann der vielen Farben. Grün von der Gesinnung her, ein rotes Tuch für den Oberbürgermeister und gelb, was seine Graffitis angeht."

„Ich versteh kein Wort", murmelte Viktoria zerstreut.

„Na ja, Schweinfurter Lokalgeschehen. Nichts von Bedeutung. Aber du warst beim Samstag voller Überraschungen."

„Erst meine Mutter und dann eine Leiche."

„Aha", sagte Blacky. „Ich versteh kein Wort."

„Ich habe meine Mutter getroffen. Mitten in Schweinfurt. An einem Samstagmorgen."

„Ja und?"

„Meine Mutter geht nie in die Stadt. Niemals. Und schon gar nicht nach Schweinfurt. Sie hasst Städte. Und sie hasst Schweinfurt."

„Ist das eine Marotte oder so was Ähnliches?"

„Meine Mutter ist eine merkwürdige Frau", sagte Viktoria ernst. „Sie lebt in der Natur. Ganz und gar."

„Ihr sollt doch so ein tolles Haus mitten im Steigerwald haben. Eigentlich eine Riesenvilla, hab ich gehört."

„Stimmt. Aber da ist sie nicht oft. Sie hat eine Hütte im Wald. Dort verbringt sie die meiste Zeit."

„Und was macht sie da?"

„Tja, wenn ich das wüsste. Sie ist eben nicht ganz richtig im Kopf."

„Verstehe." Blacky versuchte, Mitgefühl in seine Stimme zu legen. „Und dein Vater? Ich meine, der ist doch richtig prominent. Er soll einer der besten Schönheitschirurgen Deutschlands sein."

„Das ist ja das Problem", antwortete Viktoria und wandte den Kopf nach rechts. Blacky spürte, dass sie Tränen vor ihm verbergen wollte. Der Stadtwald zu beiden Seiten der Straße triefte nur so vor Nässe. Viktoria schniefte geräuschvoll, dann begann sie plötzlich zu lachen.

„Schon komisch", meinte sie, „da sagt mir meine Mutter vorhin, ich solle mir das mit der Kripo noch mal überlegen, und schwupps sind wir unterwegs zu einer Leiche."

„Als Vertreter der Presse, wohlgemerkt", sagte Blacky. „Wie ist es denn eigentlich zu diesem überraschenden Gesinnungswandel gekommen? Die letzten Wochen wolltest du unbedingt Journalistin werden."

„Ich habe mich neulich mal mit deiner Freundin Kerstin

Weiß unterhalten. Sie will ja jetzt von der uniformierten Polizei zur Kripo wechseln. Und sie meinte, das wäre auch was für mich."

„Polizeioberkommissarin Weiß ist nicht meine Freundin", stellte Blacky mit Nachdruck fest.

„Das habe ich aber schon ganz anders gehört", kicherte Viktoria. „Jedenfalls sagte sie, Journalisten seien unseriös. Und ein Volontariat bei Main-Radio Schweinfurt sei keine Basis für ein erfolgreiches Berufsleben."

„Interessant."

„Darüber wollte ich mit dir reden. Was meinst du dazu?"

„Sie hat recht. Journalisten sind bunte Vögel. Und das mit dem erfolgreichen Berufsleben ist Ansichtssache. Wieso nimmst du dir nicht deinen Vater zum Vorbild und wirst Schönheitschirurgin? Da könntest du doch echt Kohle verdienen."

„Ich kann kein Blut sehen."

„Da wärst du bei der Kriminalpolizei ja dann genau richtig."

„Stimmt", sagte Viktoria. „Daran hab ich noch gar nicht gedacht. Vielleicht werde ich doch lieber Journalistin. Ich kann dann ja trotzdem ein bisschen herumschnüffeln. So wie du."

„Ich schnüffle nicht herum", sagte Blacky.

„Du bist aber Schweinfurts berühmtester Detektiv."

„Ich gerate einfach immer nur in irgendwelche Geschichten hinein", sagte Blacky. „So wie jetzt."

Er bog kurz vor Ballingshausen nach rechts ab. Zwei Kilometer weiter hatte die Polizei die Straße abgesperrt. Ein Schotterweg zweigte davor ab und führte direkt in den Wald. Kleine Steinchen spritzten gegen die Karosserie der Barchetta, als Blacky das Gaspedal durchtrat. Den lauten Schrei eines Polizisten verschluckte der feuchte Dunst, der zwischen den Bäumen hing. Dann tauchte der See auf, grau und düster. Vor der Windschutzscheibe erhob sich gebieterisch eine Hand. Sie gehörte Kriminalhauptkommissar Wolfram Bayer, dem Leiter der Schweinfurter Mordkommission.

*

Herbert hatte sich gemeldet, mürrisch wie immer.

„Mareike ist nicht da", nuschelte er. „Ich weiß auch nicht, wo sie ist."

„Richtest du ihr bitte aus", sagte Sandra Gall, „dass sie mich anrufen soll."

„Versuch's doch auf dem Handy."

„Hab ich schon. Es ist ausgeschaltet. Sag ihr bitte, es sei dringend."

„Weiberzeug", brummte Herbert und legte auf.

Sandra Gall war irritiert. Ihre beste Freundin Mareike und ein ausgeschaltetes Handy, das war eigentlich so unvorstellbar wie ein Nachrichtensprecher ohne Stimme. Sie war süchtig nach dem Ding und nach Telefonaten. Ein verpasster Anruf konnte sie in Panik versetzen, und sie meldete sich normalerweise in Sekundenbruchteilen. Dass sie nun schon länger als eine Stunde nicht erreichbar war, grenzte ans Unmögliche. Und ausgerechnet an dem Tag, an dem Sandra Gall eine ungeheure Neuigkeit für Mareike Preußler hatte.

*

„Ich glaub es ja nicht!" Kriminalhauptkommissar Bayer ließ seine Faust auf die Motorhaube der Fiat Barchetta herabdonnern, dass das Blech erzitterte.

„He!“ Blacky hatte die Seitenscheibe heruntergelassen und streckte den Kopf durch die Öffnung. „Vorsicht. Zerbrechlich.“

„Genau. Zerbrechlich. Sehr zerbrechlich sogar. Das Leben ist sehr zerbrechlich, Herr Schwarz“, sagte der Kriminalbeamte. „Vor allem dann, wenn man zur falschen Zeit am falschen Ort ist.“

„Wollen Sie mich bedrohen?“

„Wie kommen Sie denn auf die Idee? Ich werde Sie festnehmen lassen. Sie haben eine Polizeisperre durchbrochen und halten sich unbefugt auf diesem Gelände auf.“

„Ich habe keine Polizeisperre durchbrochen. Ich bin einfach außen herum gefahren. Und als Vertreter der Presse darf ich mich aufhalten, wo ich will.“

„Reden Sie keinen Schmarrn. Stellen Sie den Motor ab und steigen Sie mit hocherhobenen Händen aus dem Wagen. Die junge Dame bleibt im Auto.“

„Herr Bayer, ich bitte Sie“, sagte Blacky. „Machen Sie sich nicht lächerlich.“

„Wenn Sie dieser Anordnung nicht Folge leisten, lasse ich Sie mit Gewalt aus dem Auto holen.“

Blacky sah Viktoria mit schiefem Grinsen an.

„Das wären dann in etwa deine zukünftigen Kollegen“, sagte er.

„Ich hab mich schon entschieden“, erwiderte sie. „Journalist sein ist cooler.“

„Er mag mich einfach nicht“, murmelte Blacky, öffnete die Tür und wuchtete sich aus der Barchetta.

„Hände nach oben!“, befahl Bayer.

„Herr Kollege.“

Hinter dem Kriminalhauptkommissar war ein beeindruckend großer Regenschirm erschienen. Er verdeckte die obere Hälfte des käsigen Gesichts von Dr. Leopold Wurzer, dem Leiter der Schweinfurter Staatsanwaltschaft. Die untere Hälfte dominierten jene schmalen, zusammengekniffenen Lippen, die seit Jahren von der Schweinfurter Verbrecherwelt gefürchtet wurden. Wenn sie sich vor Gericht öffneten, kamen stets eine scharfe Anklage, ein kaltblütiges Plädoyer und der Antrag auf ein erschreckend hohes Strafmaß heraus. Jetzt lag der Anflug eines spöttischen Lächelns auf diesen Lippen.

„Lassen Sie mich doch bitte kurz allein mit Herrn Schwarz sprechen. Ich bin sicher, er wird Verständnis für die Situation hier zeigen."

„Okay", brummte Wolfram Bayer ungehalten und trat zur Seite. Verärgert sah er zu, wie der Oberstaatsanwalt Blacky Platz unter seinem Schirm einräumte. Ihn hatte er die ganze Zeit im Regen stehen lassen. Die beiden gingen den Schotterweg entlang, bis sie außer Hörweite waren.

*

Um die Mittagszeit hatte Sandra Gall bereits dutzende Male versucht, Mareike zu erreichen. Das Handy war immer noch ausgeschaltet, es kam auch kein Rückruf von zu Hause, es war seltsam und fast beunruhigend. Da an diesem Samstag wegen des schrecklichen Wetters so gut wie keine Kundinnen den Weg in ihren Laden fanden, entschied sie, es für diesen Tag gut sein zu lassen, schloss die Tür zu und machte sich auf den Heimweg. Sie ging durch die nahezu menschenleere Spitalstraße hoch zum Marktplatz. Als sie ihn schon halb überquert hatte, kam ihr eine Idee. Sie machte kehrt und betrat die Buchhandlung *Kakadu*.

Wie in ihrem Laden duftete es nach Räucherstäbchen. Angesäuert stellte sie fest, dass es an Kundschaft hier nicht mangelte. Hinten in der Esoterikecke saßen sogar einige ihrer Stammkundinnen in den roten Sesselchen, tranken Tee und blätterten in Büchern. Ewald Collin, der Spiritus Rector der Schweinfurter Buchszene, stand hinter der Kasse und überzeugte geduldig eine ältere Dame davon, dass der neue Schweinfurt-Krimi *Karfreitagszauber* genau das Richtige für sie sei. Dezent wies er sie auch noch auf den ersten Band, *Kindertotenlieder,* hin. Sie schien im Begriff zu stehen, ins Allgäu zu fahren, und schwankte heftig zwischen Blacky und Kluftinger. Ewald Collin zeigte ihr in diesem Dilemma gekonnt den richtigen Weg und deutete an, dass im Herbst bereits der dritte Band der Erfolgsserie erscheinen werde. Lokalpatriotismus siegte schließlich über den Hang zu alpenländischer Folklore.

Kunigunde Buntvogel, die Anima candida der Buchhandlung, schwebte die Treppe herunter und begrüßte Sandra Gall überschwänglich. Auf bestimmte Art waren sie geistesverwandt, und doch wusste Sandra Gall, dass Kunigunde Buntvogel nicht zum Kreis ihrer Schwestern gehörte.

„Was führt dich denn in unsere kleine Hütte?“, flötete die Buchhändlerin. „Machst du schon Feierabend?“

„Wenn man den Tagesumsatz bis Mittag in der Kasse hat“, sagte Sandra Gall kalt lächelnd. Kunigunde Buntvogel zuckte mit keiner Wimper.

„Ich wollte dich nur fragen, ob du Mareike heute vielleicht gesehen hast. Sie schaut doch jedes Mal bei euch vorbei, wenn sie in Schweinfurt ist.“

„Mareike? Nein. Sie war vor ein paar Tagen das letzte Mal hier. Wollte sie nicht in Urlaub fahren?“

„In Urlaub? Jetzt, in dieser Woche? Nie und nimmer!"

Sandra Gall schüttelte den Kopf. Das war ein Ding der Unmöglichkeit. Erstens hätte Mareike ihr davon erzählt, und zweitens würde sie auf keinen Fall den wichtigsten Tag des Jahres versäumen.

„Doch. Jetzt fällt's mir ein. Sie war auf dem Weg zu Dieter, um zu buchen. Es müsste am Dienstag oder Mittwoch gewesen sein."

„Das ist wirklich komisch."

„Ich dachte, ihr seid so gute Freundinnen", sagte Kunigunde Buntvogel spitz.

„Sind wir auch", entgegnete Sandra Gall und verließ verwirrt die Buchhandlung.

*

Blacky hatte das Gefühl, dass nicht mehr viel fehlte und Oberstaatsanwalt Dr. Wurzer würde ihm auch noch vertraulich den Arm um die Schultern legen. So dicht ging er neben ihm her, so verbindlich war sein Lächeln, so sanft seine Stimme und so ausgesucht freundlich seine Wortwahl.

„Sehen Sie, lieber Herr Schwarz", hatte er begonnen, „unsere Kriminalpolizei steht immer an vorderster Front, und da kann selbst ein so besonnener Mann wie Hauptkommissar Bayer schon einmal überreagieren. Nehmen Sie ihm das bitte nicht übel, es ist nicht persönlich gemeint."

Blacky war vom geraden Gegenteil überzeugt, aber er schwieg höflich und hörte weiter zu.

„Er ist einer unserer besten Männer. Aber das wissen Sie mit Ihrem Sachverstand, den Sie seit vielen Jahren hier in dieser Stadt beweisen, natürlich auch. Und glauben Sie mir, er schätzt Ihre Hilfe, die Sie mehrfach geleistet haben, sehr."

Hilfe ist gut, dachte Blacky. Zweimal hatte er einen Fall gelöst, bei dem Kriminalhauptkommissar Wolfram Bayer auf der völlig falschen Spur gewesen war. Und Bayer hätte sich eher die Zunge abgebissen, als das zuzugeben.

„Aber heute muss ich Sie bitten", fuhr Dr. Wurzer fort, „sich mit Ihrem verständlichen Interesse absolut zurückzuhalten. Besondere Umstände erfordern es, dass Staatsanwaltschaft und Kriminalpolizei völliges Stillschweigen über etwas bewahren, was aus bestimmten Gründen unter keinen Umständen an die Öffentlichkeit gelangen darf. Wir müssen dies leider auch der Presse im Augenblick vorenthalten. Woher wissen Sie eigentlich von dieser … äh, Aktion hier am See?"

„Informantenschutz", murmelte Blacky. „Da muss ich darauf bestehen."

„Ja, natürlich. Den will ich auch nicht antasten. Selbstverständlich nicht. Wenn Sie dennoch zu einer Andeutung bereit wären, wäre ich Ihnen sehr verbunden."

„Ich bedaure. Hier habe ich leider keinen Spielraum."

„Nun ja", sagte der Oberstaatsanwalt und rückte etwas von Blacky ab. Den Schirm nahm er mit auf seine Seite. „Aber ich kann mich darauf verlassen, dass Sie im Radio nichts über diese Angelegenheit hier berichten?"

„Können Sie grundsätzlich nicht", meinte Blacky und spürte den Regen, weil Dr. Wurzer einen weiteren Schritt seitwärts getan hatte. „Obwohl es natürlich noch kaum etwas zu berichten gibt. Aber immer, wenn etwas unter der Decke gehalten wird, stachelt das die Neugier unseres Berufsstandes an."

„Das verstehe ich vollkommen. Deshalb habe ich mir überlegt, ob ich nicht mit Ihnen ein ganz besonderes Agreement treffen sollte."

„Hört sich interessant an."

„Nicht wahr? Ich wollte mich sowieso schon länger einmal mit Ihnen unterhalten. Wie wäre es, wenn Sie bis Montag Stillschweigen bewahren und wir uns am Montagnachmittag in meinem Büro treffen?"

„Zu welchem Zweck?"

„Nun, ich vertraue Ihnen unter dem Siegel der Verschwiegenheit exklusiv einige Informationen an. Und dann beratschlagen wir miteinander, wie wir damit umgehen."

„Okay", sagte Blacky. „Sie haben bis Montag mein Wort. Aber nicht länger."

„Wir sind doch beide Ehrenmänner", sagte der Oberstaatsanwalt und deutete eine leichte Verbeugung an.

„Nichts anderes", erwiderte Blacky. Der Oberboss der Schweinfurter Anklagebehörde musste gewaltig unter Druck stehen, wenn er das Angebot zu einem solchen Gespräch unterbreitete. Das Dumme war nur, dass Blacky keinen Schimmer hatte, welcher Druck das sein konnte. Aus den Augenwinkeln versuchte er zu beobachten, was am Seeufer geschah. Aber außer einigen Polizeibeamten in Uniform konnte er nichts erkennen.

„Ich glaube, unser Freund, Hauptkommissar Bayer, würde es sehr begrüßen, wenn Sie Ihren Sportwagen nun wieder Richtung Schweinfurt bewegen", sagte Dr. Wurzer. „Montag, vierzehn Uhr."

Blacky nickte, stieg in die Barchetta, ließ den Motor an und wendete.

„Wir machen uns vom Acker", sagte er.

„Und was ist mit der Leiche?", fragte Viktoria.

„Übergeordnete Interessen", meinte Blacky. „Wenn du verstehst, was ich meine."

„Nö."

„Macht auch nichts. War ja trotzdem ein schöner Ausflug."

Er fuhr den Waldweg zurück bis zur Straße. Vor der Polizeisperre stand das kleine Dienstauto von Main-Radio, daneben Sören Eckenstade, der diensthabende Praktikant, heftig gestikulierend. Als er die Barchetta sah, rannte er auf sie zu.

„Wo kommt ihr denn her?", rief er. „Und was ist da los?"

„Nichts von Bedeutung", sagte Blacky.

„Nichts von Bedeutung? Das sehe ich aber anders. Hier ist der Teufel los. Und die Presse wird rechtswidrig an ihrer Arbeit gehindert. Man lässt mich nicht durch."

„Tja, Sören, dann musst du wohl wieder in die Redaktion zurück. Ein Satz mit x: Das war wohl nix."

„Was ist denn mit dir los? Hier soll etwas vertuscht werden. Merkst du das nicht?"

„Glaub mir, es ist besser, wenn du von hier verschwindest."

„Ach", sagte Sören argwöhnisch. „Willst du mir die Butter vom Brot nehmen? Hast du vielleicht Informationen, die du mir vorenthältst? Und wieso sitzt eigentlich Viktoria bei dir im Auto?"

„Viel zu viele Fragen", sagte Blacky. „Und eine einfache Antwort: Der Ober sticht den Unter. Alles klar?"

Dann gab er Gas und ließ Sören im Regen stehen.

*

Dieters Reisebüro versprach mit bunten Plakaten, Prospekten und Katalogen die Erfüllung aller Urlaubsträume. Der Chef saß an seinem Schreibtisch und sah missmutig hinaus in den

Regen. Als Sandra Gall hereinkam, hellte sich seine Miene auf.

„Ich dachte schon, ihr kommt nicht mehr", sagte er.

„Wer ist ihr?", fragte Sandra Gall.

„Ja, du und Mareike. Oder eine von euch beiden. Ich mache um zwei zu. Dann hättet ihr schauen können, wo ihr eure Reiseunterlagen herbekommt. Auf die letzte Minute, echt!"

„Welche Reiseunterlagen?"

Der Chef des Reisebüros schaute sie an, als hätte sie chinesisch mit ihm gesprochen.

„Ja, für euren Trip nach Marrakesch. Andere habe ich nicht."

„Welcher Trip nach Marrakesch?"

Etwas in ihrem Tonfall schien ihn stutzig werden zu lassen.

„Sag bloß, du weißt davon nichts."

„Du, ich hab keine Ahnung, wovon du redest. Ich komme eben von Kunigunde von der Buchhandlung drüben, weil ich eigentlich auf der Suche nach Mareike bin. Und sie hat mir gesagt, Mareike wollte in Urlaub fahren. Das hat mich überrascht, weil sie mir davon kein Sterbenswörtchen erzählt hat. Da dachte ich, ich hör mal bei dir nach."

„Das ist ja echt der Hammer. Mareike war vor ein paar Tagen hier und hat für euch beide eine Reise nach Marokko gebucht. Marrakesch im Frühling. Ideale Zeit dafür."

„Und wann soll diese Reise sein?"

„Übermorgen. Montag früh geht's los. Eine Woche. Ich hab hier schon wie auf Kohlen gesessen, weil die Tickets und die Hotelvouchers noch nicht abgeholt worden sind."

„Ich glaub das nicht", sagte Sandra Gall. „Hat Mareike irgendwas dazu gesagt?"

„Nichts weiter. Nur, dass ihr Mädelurlaub machen wollt. Und du weißt ehrlich von nichts?“

„Wenn ich's dir sage. Ich bin völlig perplex.“

„Und jetzt?“

Sandra Gall nahm ihr Handy aus der Tasche und drückte zum x-ten Mal die Wahlwiederholung.

Der Teilnehmer ist zurzeit nicht erreichbar.

„Keine Ahnung“, sagte sie. „Ich glaub, ich bin im falschen Film.“

*

Kriminalhauptkommissar Bayer kam sich vor wie ein Trottel und beobachtete ärgerlich das Geschehen um ihn herum. Entgegen aller Gepflogenheiten hatte Oberstaatsanwalt Dr. Wurzer die Alleinherrschaft über Spurensuche und Ermittlungsarbeit übernommen. Normalerweise war die Staatsanwaltschaft am Tatort oder Auffindungsort einer Leiche zugegen, hatte dort aber eher Beobachterstatus und hielt sich in der Regel zurück, was die ureigenen polizeilichen Aufgaben anbelangte. Doch an diesem Tag schien alles anders zu sein. Dr. Wurzer konferierte unter vier Augen mit dem Gerichtsmediziner, scheuchte Kriminalkommissarin Marion Werner hin und her, instruierte persönlich das Team der kriminaltechnischen Untersuchung und gab den uniformierten Polizeibeamten Anweisungen. Er schien es auch nicht für nötig zu halten, ihm, Wolfram Bayer, als Leiter der Mordkommission mitzuteilen, was er mit dem Radiofuzzi Schwarz besprochen hatte.

Schließlich platzte dem altgedienten Kripo-Mann der Kragen. Er baute sich vor Dr. Wurzer auf, den er um mehr als einen Kopf überragte.

„Sie sind zwar der Boss“, knurrte er, „und ich bin nur Hilfsbeamter der Staatsanwaltschaft. Trotzdem würde ich gerne meine Arbeit tun.“

„Hindere ich Sie daran, Ihre Arbeit zu tun, Herr Bayer?“, fragte der Oberstaatsanwalt mit säuerlichem Lächeln. „Ich denke doch, Sie haben verstanden, dass diese Angelegenheit äußerst delikat ist. Wie ich vorhin schon sagte: eine neue Dimension. Es ist deshalb leider unumgänglich, dass ich mich höchstpersönlich um alles kümmere. Was natürlich Ihre Kompetenzen in keiner Weise einschränkt. Dennoch werde ich in diesem Fall die Leitung der Ermittlungen in allen Aspekten übernehmen.“

„Und was heißt das?“

„Dass Sie nichts unternehmen werden, was nicht vorher mit mir abgesprochen wurde. Dass Sie mich über alle Erkenntnisse sofort und unverzüglich unterrichten. Dass wir den Rahmen der Ermittlungen und jedes Detail gemeinsam abstimmen. Und dass ich bei allen relevanten Vernehmungen und Anhörungen persönlich mit dabei bin. Was relevant ist, entscheide ich allein.“

„Das ist – höchst ungewöhnlich.“

„Nun ja, das mag so scheinen. Dieses Vorgehen entspricht aber der Brisanz der Angelegenheit. Wir wissen doch beide, dass wir es hier mit etwas Ungewöhnlichem und für Schweinfurt Einmaligem zu tun haben.“

„Das ist richtig.“

„Sehen Sie“, sagte Dr. Leopold Wurzer versöhnlich, und sein kaltes Lächeln wurde eine Spur menschlicher. „Und nun entschuldigen Sie mich. Ich habe hier noch zu tun. Danach fahre ich nach Schweinfurt und nehme diesen Angler in die Mangel. Die Autopsie werden wir übrigens morgen früh in

Würzburg durchführen. Es ist nicht notwendig, dass Sie dabei anwesend sind."

„Ah ja", presste der Kriminalbeamte zwischen den Zähnen hervor. Er konnte kaum glauben, was er eben hörte.

„Ach, und übrigens, was Herrn Schwarz vom Radio betrifft … Hatten wir nicht vor ein paar Wochen auf Schloss Mainberg die Vereinbarung getroffen, dass wir uns ihm gegenüber zuvorkommend verhalten? Wie damals schon angedeutet: Er könnte uns noch nützlich sein."

Der Oberstaatsanwalt stakste unter seinem überdimensionalen Regenschirm davon.

„Du Arschloch", sagte Wolfram Bayer leise. „Dir werd' ich einen Strich durch die Rechnung machen. Da kannst du einen drauf lassen."

*

Blacky setzte Viktoria in der Johannisgasse ab, wo sie ihr Auto geparkt hatte. Auf der Rückfahrt war er schweigsam gewesen und hatte nur einsilbig auf ihren kaum je versiegenden Redestrom geantwortet. Sie spekulierte ausgiebig über das, was am Ellertshäuser See geschehen sein mochte, und machte sich lustvoll Sörens Behauptung zu eigen, dass hier etwas vertuscht werden sollte.

„Jetzt haltet mal die Bälle flach", sagte Blacky genervt. „Es ist völlig normal, dass die Kripo am Beginn einer Ermittlung nichts rauslässt."

„Aber Sören hat gesagt, dass Saskia gesagt hat, es sei etwas ziemlich Spektakuläres im Busch."

Blacky kommentierte das nicht, weil er den gleichen Eindruck hatte. Aber das musste er ihr nicht auch noch auf die Nase binden.

„Also, ich mache jetzt doch lieber das Volontariat bei euch und werde Journalistin“, verkündete Viktoria kurz vor dem Aussteigen. „Vielleicht kannst du mir bei Gelegenheit ja noch ein paar Tipps geben.“

„Aber immer gerne.“

„Na ja, und das, was ich dir von meiner Mutter erzählt habe … Behalte das bitte für dich, okay?“

Blacky nickte und lächelte ihr aufmunternd zu. Sie erwiderte das Lächeln, und er hatte das Gefühl, das sie ihm dabei etwas zu lange in die Augen sah. Als sie im Nieselregen davonging, kam es ihm vor, als sei ein einsames Menschenkind mutterseelenallein in einer unwirtlichen Welt unterwegs.

Er brachte die Barchetta in die Tiefgarage unter dem Museum und ging durch die Altstadt zu *Viva Porcellino.* Joe stand hinter dem Tresen und betrachtete voller Weltschmerz sein angesagtes, aber leeres Kaffeemekka. Keiner von denen, die sonst immer hier waren, war zu sehen.

„Was ist denn hier los?“, fragte Blacky. „Oder was ist hier nicht los?“

„Scheiß Wetter“, sagte Joe und machte sich an der La Cimbali zu schaffen. Es ratterte, knisterte und zischte, dann zog allerbestes Kaffeearoma durch den Raum. Blacky sog es begierig ein.

„Und sonst?“, fragte Joe. „Netten Tag gehabt?“

Sein Grinsen war eindeutig zweideutig.

„Scheiß Wetter“, sagte Blacky.

„Das könnte der Sache doch nur förderlich gewesen sein.“

„Welcher Sache?“ Blacky stand unverhältnismäßig lange auf der Leitung. Dann begriff er es.

„Blödmann“, sagte er. „Sie ist eine Praktikantin und viel zu jung.“

„Ach ja“, meinte Joe. „Wir beide sind schon ganz schön alt, gell?“

Er brachte Blackys Cappuccino und schwarzen Kaffee für sich.

Die Tür ging auf und Luc, der Besitzer des benachbarten Antiquariates, huschte herein.

„Ah, der Bücherwurm“, sagte Joe. „Auch keine Kunden heut’?“

„Mistwetter“, sagte Luc und bestellte Milchkaffee. Joe ging zu seiner Maschine.

„Lang nicht gesehen“, meinte Luc. Blacky machte ein schuldbewusstes Gesicht.

„Bücher sind halt nicht mein Ding“, erwiderte er. „Wenn du auch Filme hättest, kämen wir oft ins Geschäft.“

Sie tranken schweigend ihren Kaffee. Joe pfiff leise eine sentimentale Melodie vor sich hin.

„Wie geht es Lothar?“, fragte Luc schließlich.

„Ganz gut so weit, denke ich. Ich hör nicht viel von ihm. Er sitzt in seinem Cottage in Irland, schaut aufs Meer und schreibt an seinem Schweinfurt-Krimi. Behauptet er wenigstens. In Wahrheit spielt er wahrscheinlich Golf und hängt in irgendwelchen Pubs rum. Sein Leben möcht’ ich haben.“

„Ich hab ihm neulich ein paar Bücher geschickt, die er unbedingt haben wollte“, sagte Luc. „Über Hexen, Dämonologie und Schwarze Magie.“

„Typisch für ihn“, meinte Blacky. „Was er damit nur wieder will.“

„Apropos Hexen“, mischte sich der Barista ein, „was ist heuer eigentlich mit der Grillparty von Main-Radio zur Walpurgisnacht? Ihr macht diesmal ja echt ein Geheimnis draus.“

„Eine neue fixe Idee von Olaf Röder. Interesse wecken durch Geheimhaltung. Anfang der Woche erfahrt ihr mehr.“

„Na, da sind wir aber g'spannt“, sagte Joe. Sein Interesse war schon jetzt auf null. Melancholisches Schweinfurter Männerschweigen hing im Raum. Etwas, das Joe nie lange aushielt.

„Erzähl doch mal“, sagte er zu Blacky. „Was macht die Kriminalistik?“

„Nichts weiter. Was soll sie schon machen?“

„Ach, man hört so allerlei.“

„So? Was hört man denn?“

„Na ja, bei der Kripo soll ziemlich dicke Luft herrsch', weil die in dem Fall mit der kleinen Laura überhaupt nicht vorwärtskommen. Aber man sagt, dass du an der G'schichte dran bist. Und dass selbst der Bayer von der Mordkommission hofft, dass du vielleicht die richtige Spur findest.“

„Wer sagt das?“, fragte Blacky, mehr geschmeichelt als verblüfft.

„Na ja, du weißt doch, wie das bei mir hier läuft. Da kommt einer rein, und ein anderer geht raus, und der eine hat das g'sagt und der andere jenes, und am Schluss weiß man gar nicht mehr, wer eigentlich was g'sagt hat. Wie's halt in Schweinfurt so ist. Jedenfalls, es hat sich rumg'sprochen, dass du in letzter Zeit der Kripo ganz schön ins Handwerk gepfuscht hast.“

„So ein Quatsch.“

„Na komm. Stell mal dein Licht nicht untern Scheffel. Es

weiß doch inzwischen jeder, dass in der Sache mit der Leiche auf'm Rückert-Denkmal die Polizei ganz schön im Dunkeln herumgetappt ist. Und dass du herausgefunden hast, wer unsern Faschingsprinzen aufm Gewissen gehabt hat."

„Der Täter hat sich selbst gerichtet", antwortete Blacky. „Es hat nie eine Anklage gegeben."

„Das hast du aber schön g'sagt", spöttelte Joe. „Und neulich hast du ja anscheinend auch vor der Kripo gewusst, wer die Chiara im Wenkheimer Gäßchen erstochen hat. Womit wir wieder bei der Laura wären."

„Wieso?", fragte Luc verwirrt. „Irgendwie verstehe ich gerade nur Bahnhof."

„Ja verfolgst du denn das Schweinfurter Stadtgeschehen nicht?", brummte der Barista. „Das ist doch klar wie Klößbrüh'."

„Ich war über Ostern in Urlaub und habe das alles nur sehr am Rande mitbekommen."

„Na, dann helf' ich dir mal auf die Sprünge, Bücherwurm", sagte Joe. „Es is ä tragische G'schicht' ... Um Fasching rum hat die Polizei auf der Suche nach dem verschwundenen Türkenmädel in nem See am Schweinfurter Kreuz die Leiche von der kleinen Laura Gabrieli gefunden, die vor über zwei Jahren in Gerolzhofen verschwunden ist. Und ä paar Woch'n später, kurz vor Ostern, ist die ältere Schwester von der Laura, die Chiara, nachts im Wenkheimer Gäßchen erstochen worden. Blacky hat herausgefunden, wer sie umgebracht hat. Das Problem ist nur ..."

Joe schnippte mit den Fingern in Blackys Richtung. „Dein Stichwort, Sherlock Holmes ..."

„Das Problem ist", sagte Blacky, „dass diese Geschichte definitiv nichts mit dem Tod der kleinen Laura zu tun hatte.

Was bedeutet, dass der Mörder von Laura Gabrieli noch frei herumläuft."

„Und das soll dem Bayer von der Mordkommission angeblich ganz schön im Magen liegen", fügte Joe an. „Aber …"

Er verstummte, weil ein weiterer Gast eintrat, den er bisher nur einmal gesehen hatte. Es war der Mann, mit dem Blacky verabredet war.

*

Sandra Gall betrat ihr kleines Häuschen am Oberen Wall und rief erneut bei Mareike zu Hause an. Wieder nahm Herbert ab und klang noch mürrischer als vorher.

„Nö, Mareike ist noch nicht zurück."

„Du, sag mal, wann hast du sie denn zuletzt gesehen?"

„Was is'n das für 'ne blöde Frage? Heut' Morgen natürlich."

„Okay. Hat sie gesagt, wo sie hingeht?"

„Sagt sie mir nie."

Er legte grußlos auf. Sandra Gall seufzte. Was für eine beschissene Ehe. Wenigstens in der Beziehung war sie klüger als Mareike gewesen. Männer hatten in ihrem Leben nie eine große Rolle gespielt. Und in der letzten Zeit hatte sie das Interesse daran eigentlich so gut wie ganz verloren. Sie hätte nicht sagen können, ob es an ihr oder den Männern lag. Es fiel ihr einfach keiner mehr auf, der sie zu einem zweiten Blick reizte. Neulich, als dieser Blacky von Main-Radio wegen Chiara bei ihr gewesen war – da hatte sie einen Moment etwas verspürt. Aber er war trotz seiner Schmusestimme dermaßen spröde und unterkühlt gewesen, dass sie keinen Versuch unternommen hatte, ihn anzuflirten. Natürlich, sie wüsste schon Mittel … doch sollte sie wirklich ihre Kunst daran verschwenden?

Chiara … Wieder spürte sie jenes seltsame Gefühl, dieses schemenhafte Misstrauen, das heute Morgen nach dem unerwarteten Besuch in ihr genagt hatte. Sie konnte es immer noch nicht greifen, aber plötzlich wusste sie, dass es in einer unerklärlichen Beziehung zu Chiara stand … zu ihrer Freundin, die nun schon seit fast sechs Wochen tot war. Da war ein Detail gewesen in dem Gespräch mit der Meisterin, das sie irritiert und beunruhigt hatte – ein Detail, das irgendetwas mit Chiara zu tun haben musste …

Sandra Gall stieg die Treppe zum ersten Stock hoch und betrat die kleine Wohnung, die sie an Chiara Gabrieli vermietet gehabt hatte. An der Tür hing immer noch das blöde schwarze Schild mit den obskuren Worten *Der du hier eintrittst, lass alle Hoffnung fahren.* Sie hatte in der Wohnung noch nichts verändert, und wahrscheinlich würde sie es in absehbarer Zeit auch nicht tun. Lediglich ein Bild von ihr hatte sie auf den leeren Schreibtisch gestellt, eines der wenigen, das sie besaß. Es zeigte Chiaras schmales, ernstes Gesicht mit den italienischen Augen, umrahmt von ihrem langen dunklen Haar.

Lange stand sie in dem Zimmer, den Blick auf das Bild gerichtet, und versuchte, die Aura wahrzunehmen, die ihr vielleicht eine Antwort geben konnte.

*

Bill Jenkins sah eigentlich nicht wie ein waschechter Amerikaner aus, und trotzdem wäre niemand auf die Idee gekommen, ihn nicht für einen *Ami* zu halten. Wie in vielen anderen Dingen besaßen die Schweinfurter auch bezüglich ihrer US-Mitbürger ihre mysteriösen feinen Antennen, mit denen sie stets das Richtige witterten, ohne dass sie es groß in

Worte fassen konnten. Und einen Ami erkannte man einfach, ohne auch nur hinzuschauen.

Die Stimme verriet ihn allerdings sofort. Er sprach vorzüglich Deutsch, aber mit jenem Kaugummi-Akzent, den jeder Schweinfurter seit Kindesbeinen im Ohr hatte. Normalerweise war die Stimme von Bill Jenkins tief und dröhnend, doch jetzt klang sie gedämpft und verschwörerisch – und Blacky fragte sich wieder einmal, ob er dem, was er hörte, trauen konnte oder nicht.

Sie hatten sich an einen Tisch im hintersten Winkel von *Viva Porcellino* zurückgezogen. Luc hatte die Kaffeebar verlassen, und Joe war euphorisch mit neuen Gästen beschäftigt, die so neu waren, dass er ihnen wortreich die Besonderheiten seiner Lokalität erklären konnte. Diese Gelegenheit hatte er angesichts der dramatisch ansteigenden Zahl von Stammgästen nicht mehr oft.

Bill Jenkins hatte ihn begrüßt wie einen alten Freund. Aber mit keiner anderen Bezeichnung wäre Blacky vorsichtiger gewesen. Es konnte sein, dass sie tatsächlich an einem gemeinsamen Strang zogen. Und es konnte ebenso gut sein, dass ihn der Amerikaner gnadenlos verarschte. Glatte, smarte Undurchsichtigkeit schien der Hauptwesenszug von Bill Jenkins zu sein. Ein gewiefter Pokerspieler, der sich niemals in die Karten schauen ließ.

Bis heute wusste Blacky nicht, wer er eigentlich war. Offensichtlich arbeitete er für die US-Army – „im Sicherheitsbereich“, wie er sich nebulös einmal ausgedrückt hatte. Das konnte von der Militärpolizei über den militärischen Geheimdienst bis zur CIA alles bedeuten. Da er, anders als die meisten Amerikaner, mit vielen Schweinfurtern gute Kontakte pflegte und als Bass im Kirchenchor von St. Johannis sang, wurde in diesen Kreisen viel über ihn gemunkelt. Er sei auf jeden Fall ein Geheimdienstmann, hieß es, er arbeite eng mit deutschen Behörden zusammen und fungiere als eine Art Verbindungsoffizier zwischen amerikanischen und deutschen Sicherheitskräften. Seine guten Deutschkenntnisse und seine ungewöhnliche Vertrautheit mit den Schweinfurter Verhältnissen machten diese Spekulationen plausibel. Blacky und er waren sich in der Karwoche über den Weg gelaufen. Es war eine Verkettung von Zufällen gewesen, dass Blacky die Jurastudentin Chiara Gabrieli kennengelernt hatte, die wenige Stunden später brutal ermordet worden war. Auch sie hatte im Kirchenchor von St. Johannis gesungen, sie war mit Bill Jenkins gut bekannt gewesen, und über ihre beste Freundin Sandra Gall hatte Blacky Informationen erhalten, die ihn tief in diesen Fall verwickelt hatten. Dass Bill Jenkins nicht den Mörder von Chiara suchte, sondern ganz andere Pläne verfolgte, war Blacky nur allmählich klar geworden. Seither belauerten sie sich gegenseitig, gingen vermeintliche Bündnisse ein und trauten einander nicht einen Millimeter über den Weg.

Bill Jenkins' Finger spielten mit dem USB-Stick, der vor ihm auf dem Tisch lag.

„Es hat keinen Zweck", sagte er. „Wir kommen nicht dahinter."

„Und das soll ich dir glauben?", erwiderte Blacky, abgrundtiefes Misstrauen in der Stimme.

Der silbrige USB-Stick … Er hatte Chiara Gabrieli gehört. Sie hatte ihn ihrer Tante in Würzburg zur Aufbewahrung gegeben. Bei seinem Aufenthalt auf Schloss Mainberg an den Kartagen war Blacky der alten Dame begegnet, und es gehörte zu der Kette von Zufällen, dass sie ihm von dem

Datenträger erzählt hatte. Am Ostersonntag war Blacky bei ihr in Würzburg gewesen, er hatte sie um den Stick gebeten, weil er sich davon Antworten versprochen hatte …

Antworten auf die Frage, was Chiara über das Verbrechen, das an ihrer Schwester Laura begangen worden war, herausgefunden hatte. Denn Chiara schien die letzten Monate ihres Lebens nur noch damit verbracht zu haben, die Umstände von Lauras Tod zu recherchieren und aufzuklären.

Blacky hatte die Worte von Sandra Gall, Chiaras bester Freundin, noch im Ohr. „*Sie wollte unbedingt herausfinden, was mit Laura passiert ist. Und sie scheint dabei Stück für Stück vorwärtsgekommen zu sein. Ein paar Mal hab ich sie gefragt, aber sie hat nur geantwortet: ‚Das willst du gar nicht wissen. Das ist eine Studie des Schreckens.‘ Völlig ausgeflippt ist sie vor Fasching, als die Leiche ihrer Schwester in dem See gefunden worden ist. Da hat sie mir zum ersten Mal gesagt, dass sie wüsste, wer Laura auf dem Gewissen hat. Und dass es vertuscht werden soll.*“

Eine Studie des Schreckens …

Chiara war gestorben, bevor sie ihr Ziel erreicht hatte. Es war ein sinnloser Tod gewesen, der nichts mit dem Mord an ihrer Schwester zu tun hatte. Wie es schien, befand sich alles Beweismaterial, das sie gesammelt hatte, auf dem USB-Stick.

Denn der Hauptordner trug die Bezeichnung *Eine Studie des Schreckens.*

Am Ostermontag hatte Blacky den Hauptordner geöffnet. Er fand eine große Zahl von Unterordnern. Sie enthielten jede Menge Dateien und Dokumente.

Die ersten Tage hatte er selber daran herumgebastelt. Er hatte im Internet recherchiert und sich Fachliteratur besorgt. Dann hatte er zwei Wochen lang intensiv nachgedacht und das Für und Wider sorgfältig gegeneinander abgewogen. Schließlich hatte er Bill Jenkins angerufen und ihn um Hilfe gebeten. Das war vor etwa drei Wochen gewesen.

Der Amerikaner zog aus seiner Umhängetasche einen Stapel Papier und legte ihn auf den Tisch.

„Es ist eigentlich ganz simpel", sagte er. „Und trotzdem unmöglich zu knacken."

Immerhin hatte Bill Jenkins vor drei Wochen mit seiner Bereitschaft, sich der Sache anzunehmen, indirekt zugegeben, dass er Kontakte zu einem Geheimdienst hatte. Als Blacky ihm nach langem Zögern den Ausdruck einer Datei, die sich auf dem USB-Stick befand, gegeben hatte, war er nicht sonderlich überrascht gewesen.

„Okay, das müssen unsere Leute machen", hatte er gesagt. Und dabei keine Miene verzogen.

Jetzt breitete er einige der Blätter vor Blacky auf dem Tisch aus.

„Ich will dich nicht mit Details der Kryptologie langweilen", sagte er. „Es gibt jede Menge Verschlüsselungsmethoden, und die allermeisten davon sind heute mit Computern zu entschlüsseln. Dennoch existieren Codes, die bisher nicht geknackt werden konnten. Ganz berühmt ist beispielsweise das sogenannte Voynich-Manuskript, das sich in der Bibliothek der Universität von Yale befindet. Da weiß man noch nicht einmal, welches Chiffrierverfahren benutzt wurde. Ganz so schwer hat es uns Chiara bei ihren Aufzeichnungen nicht gemacht. Die Methode selbst haben unsere Leute sofort durchschaut."

Bill Jenkins deutete auf den ausgedruckten Text. „Wie du ja weißt, besteht alles aus Zahlen, die entweder durch Kommas oder durch Bindestriche voneinander abgetrennt sind.

Dazwischen kommen immer wieder kurze Wörter in Klartext vor. Das sind Wörter, die in der deutschen Sprache besonders häufig sind. Meistens *und, an, für, ist* und so weiter."

Blacky nickte. So weit war er auch gekommen. Alle Dateien, die er auf dem USB-Stick gefunden hatten, waren nach dem gleichen Muster verschlüsselt.

177,2,3 84,14,8 4,23,5 und 19,10,10 235,14,1 mit 15-1-2,27-4-3,43-7-8,88-9-11,115-21-6.

So ging das Hunderte von Seiten. Manche Dokumente waren sehr kurz, andere äußerst umfangreich. Chiara schien geradezu besessen davon gewesen zu sein, nichts preiszugeben.

„Es handelt sich um eine Buchverschlüsselung", fuhr Bill Jenkins fort. „Die erste Zahl bezeichnet die Seite eines Buches, die zweite die entsprechende Zeile auf dieser Seite und die dritte dann das Wort in dieser Zeile, das dem Klartext entspricht. Ziemlich einfach, aber nicht zu knacken."

„Wenn man nicht weiß, um welches Buch es sich handelt."

„Exakt. Man muss das Buch haben oder ein seitenidentisches Exemplar, um den Klartext zu finden. Sonst hat man keine Chance."

„Was für eine Arbeit, um das zu verschlüsseln", meinte Blacky.

„Manuell ja, weil es dauert, die entsprechenden Wörter zu suchen. Wenn man den Text des Buches auf dem Computer hat, ist es über die Suchfunktion natürlich leichter. Chiara ist insofern ziemlich ökonomisch vorgegangen, indem sie häufige, aber nichtssagende Wörter nicht verschlüsselt hat. Dafür hat sie Namen oder seltene Wörter, die nicht im Buch vorkommen, aus Einzelbuchstaben zusammengesetzt. Das sind die Zahlen, die mit Bindestrich abgetrennt sind. Das Entschlüsseln selbst geht wesentlich einfacher."

„Wenn man das entsprechende Buch hat", sagte Blacky. „Wie viele Bücher gibt es ungefähr auf der Welt?"

„Die richtige Frage ist: Auf welche dieser Bücher konnte Chiara zugreifen? Und welches hat sie benutzt? Und wo ist dieses Buch?"

„Allein in der Universitätsbibliothek Würzburg stehen Millionen."

„Du siehst: No chance."

Blacky sah Bill Jenkins offen ins Gesicht. Wenn es stimmte, was er sagte, waren sie keinen Schritt weiter. Wenn es stimmte … Es konnte aber auch sein, dass das alles nur ein Bluff war und Bill Jenkins und seine Leute längst wussten, was Chiara aufgezeichnet und verschlüsselt hatte.

„Sie muss einen heftigen Grund gehabt haben, sich diese Mühe zu machen", sagte er.

„Sie hatte Angst", sagte der Amerikaner. „Mächtig viel Angst."

*

Weder das Wetter noch seine Stimmung waren dazu angetan, dass Blacky an diesem Samstagabend Lust hatte, auf die Piste zu gehen. Er zog sich in sein Penthouse in der Frauengasse hoch über der Schweinfurter Altstadt zurück, dimmte das Licht herunter, nahm die Gitarre zur Hand und begann, gedankenverloren zu spielen. Eine freie, langwierige, zahllose Stimmungen streifende Improvisation.

Seine Erinnerungen gingen zurück zu Chiara Gabrieli. Nur zweimal hatte er sie gesehen: am Palmsonntagmorgen beim Joggen in den Wehranlagen, als sie von einem schwarz vermummten Mann angegriffen worden war. Vielleicht hatte sein Erscheinen zur richtigen Zeit verhindert, dass Schlimmeres geschehen war. Obwohl letztendlich Chiara selbst es gewesen war, die den Angreifer in die Flucht geschlagen hatte. Blacky sah sie vor sich, wie sie dem maskierten Mann mit voller Wucht zwischen die Beine getreten hatte. Sie war am Arm und im Gesicht verletzt gewesen, aber sie hatte es mit einem unendlichen Stolz abgetan. Unnahbar und kühl.

Das zweite Mal hatte er sie am nächsten Morgen gesehen. Da lag sie tot in einer Blutlache im Wenkheimer Gäßchen. Seither war kein Tag vergangen, an dem ihn dieser Anblick nicht verfolgt und gequält hatte. Und auf eine Weise, die er nicht näher hätte erklären können, fühlte er sich verpflichtet, das fortzuführen, was sie begonnen hatte: das Verbrechen, dem die kleine Laura zum Opfer gefallen war, aufzudecken und den Täter zur Strecke zu bringen. Chiaras Tod war absurd und sinnlos gewesen, aber immerhin saß die Person, die sie getötet hatte, in Untersuchungshaft. Lauras Mörder jedoch war unentdeckt und unbehelligt, und Blacky wollte Chiara die Ehre erweisen, ihn zu finden und der Gerechtigkeit zu übergeben.

Seine größte Hoffnung hatte sich heute in Nichts aufgelöst: Der USB-Stick gab sein Geheimnis nicht preis. Blieb die Frage, was Chiara mit dieser aufwendigen Verschlüsselung bezweckt hatte. Wollte sie nur verhindern, dass jemand ihre Aufzeichnungen lesen konnte? Oder hatte sie auf irgendeine Weise dafür gesorgt, dass diese Dokumente für den Fall, ihr würde etwas zustoßen, in die richtigen Hände gerieten und dann zu entschlüsseln wären? Dann müsste es aber einen Hinweis auf das Buch geben, das sie benutzt hatte. Doch wo könnte dieser Hinweis zu finden sein?

Spät am Abend klingelte sein Handy. *Kerstin Weiß ruft an* leuchtete ihm auf dem Display entgegen. Was für eine Überraschung …

SONNTAG

Der Hund begann wild zu bellen und rannte aufgeregt die steile Treppe hinunter. Dr. Gunther Kutscher folgte mit der bedächtigen Vorsicht, die ihm sein fortgeschrittenes Alter auferlegte. Der Regen des gestrigen Tages, der erst im Lauf der Nacht nachgelassen hatte, hatte den sowieso schon haarigen Abstieg zu einem hochgefährlichen Unternehmen werden lassen. Diese in die Jahre gekommene, ausgetretene und brüchige Treppe war es, die Gunther Kutscher immer wieder darüber nachdenken ließ, ob es nicht doch an der Zeit war, seinem geliebten Wochenendhaus endgültig Adieu zu sagen. Denn das Schreckenswort seiner Altersklasse, *Oberschenkelhalsbruch,* verfolgte ihn mitunter bis in seine tiefsten Träume. Und jedes Mal war es diese Treppe, die er sich dann hinunterstürzen sah. Hilflos auf seinem abgelegenen Gartengrundstück am Fuß des Brambergs zu liegen, war eine der vielen konstanten Horrorvisionen geworden, die sein Leben überschatteten. Obwohl er Handys verabscheute, nahm er deshalb das alberne Ding, das seine Tochter ihm aufgeschwatzt hatte, immer mit, wenn er zum Eingangstor hinabklettern musste. Er konnte sich vorstellen, es im tatsächlichen Fall der Fälle dann auch kurzfristig zu benutzen – vorausgesetzt, es würde den Sturz heil überstehen, woran er in seiner Horrorvision Zweifel hegte.

Als Dr. Gunther Kutscher heil unten angekommen war

und das Eingangstor öffnete, um den Hund hinauszulassen, sah er, was er nicht erwartet hatte: An diesem Morgen lag bereits ein Mensch am Fuße des Brambergs, ein paar Hundert Meter vom Schweinfurter Höllental entfernt. Über Kopf und Gesicht floss das Wasser des Hexenbrünnles.

*

Der Diensthabende der Rettungsleitstelle blieb die Ruhe selbst und war doch der Verzweiflung nahe.

„Eine solche Adresse existiert bei uns nicht“, sagte er zu dem Anrufer. „Und auf unserer Einsatzkarte ist da auch kein Haus eingezeichnet.“

„Papperlapapp, junger Mann“, antwortete Dr. Gunther Kutscher aufgebracht. „Hier steht schon immer ein Haus, und Sie werden doch wohl wissen, wo in Schweinfurt das Hexenbrünnle ist.“

„Tut mir leid, ich bekomme keine GPS-Koordinaten dafür.“

„Was für Zeug bekommen Sie nicht? Herrschaftszeiten, was ist denn das für ein Saustall? Stellen Sie sich vor, ich würde hier liegen und hätte mir den Oberschenkelhalsknochen gebrochen! Oder gar den Schädel. Würden Sie dann auch über Koordinaten mit mir diskutieren? Jetzt kommen Sie mal in die Gänge!“

„Der Rettungswagen ist bereits unterwegs, die Polizei auch, aber wir brauchen eine exakte Wegbeschreibung. Wenn die sich verfahren, verlieren wir kostbare Zeit.“

„Gut“, sagte Dr. Kutscher. „Ich erkläre es Ihnen nochmals in Ruhe. Es ist wirklich etwas abgelegen, aber gar nicht schwer zu finden. Und das mit der Zeit ist überhaupt kein Problem. Die arme Frau ist ja schon längst tot.“

*

Als das Telefon kurz nach neun klingelte, überlegte sich Sandra Gall kurz ihre Strategie. Sollte sie Mareike – die das ja ohne Zweifel war – sofort mit dieser seltsamen Reise nach Marrakesch konfrontieren oder erst mal abwarten, wie sie die Erklärung von sich aus einfädeln würde? Letzteres schien ihr klüger zu sein.

Es war Herbert. Und er klang weniger mürrisch als in gewisser Weise ratlos.

„Ist Mareike vielleicht bei dir?"

„Nein", sagte Sandra Gall und spürte, wie ihr ein noch namenloser Schreck in die Gegend des Magens fuhr.

„Sie ist nicht nach Hause gekommen. Ihr Handy ist aus."

„Das war es schon gestern den ganzen Tag. Ich habe keine Ahnung, wo sie ist."

„Soll ich die Polizei verständigen?"

Sandra Gall ging im Kopf rasch eine Reihe von Möglichkeiten durch.

„Warte noch eine Weile", sagte sie. „Ich rufe ein paar Leute an. Vielleicht weiß jemand etwas."

„Na gut", sagte Herbert und legte auf.

*

Er schlenderte durch die menschenleeren Gassen und ließ sich Zeit. Es roch wieder nach Frühling, und Blacky wusste nicht, ob er sich davon beflügeln lassen sollte. Zu viel Hoffnung schien ihm verfrüht zu sein, aber wie hieß es so schön? Carpe diem – nütze den Tag. Hieß das auch, nütze die Gelegenheit?

Natürlich eine alberne Überlegung. Es gehörten immer zwei dazu, und in diesem Fall war die Zweite ein äußerst unberechenbarer Faktor. Aber auch stets für Überraschungen gut. So wie am gestrigen Abend. Zuerst hatte er gedacht, die Polizei habe nun doch etwas mitzuteilen und Kerstin Weiß' Anruf sei dienstlich. Aber schon als sie *Hallo* sagte, hatte er an ihrer Stimme gehört, dass die späte Stunde eine Überraschung bereithalten würde. Und so war es auch gewesen.

Das Vorgeplänkel hatte sie kurz gehalten. Sie hatten seit Wochen kein Wort miteinander gewechselt, aber sie tat so, als ob es keinen Tag Funkstille zwischen ihnen gegeben hätte.

„Ich wollte dich einfach fragen", sagte sie nach den ersten drei belanglosen Sätzen, „ob du Lust hast, morgen früh mit mir joggen zu gehen."

Erst wollte er spontan ja sagen, aber eine innere Stimme rief ihn zur Vernunft. Sein letzter Versuch, mit ihr gemeinsam zu joggen, war eine einziges Desaster gewesen – für ihn. Polizeioberkommissarin Kerstin Weiß, etliche Jahre jünger als er, schlank und durchtrainiert, hatte ihn dermaßen abgehängt und dafür auch noch mit mildem Spott überschüttet, dass ihn die Blamage bis ins Mark getroffen hatte. Er hatte dann ein paar verbissene Anläufe unternommen, etwas für seine Kondition zu tun, aber wie immer waren seine Anstrengungen im Sande verlaufen. Zurzeit stand Joggen überhaupt nicht auf seinem Plan.

„Ich bin grad gar nicht in Form", sagte er und wusste, dass er sich damit jede weitere Chance verbaute.

Doch Kerstin Weiß war wieder einmal für eine Überraschung gut.

„Okay", antwortete sie ohne jeden spöttischen Beiklang in der Stimme. „Kein Problem. Dann jogge ich allein, und wenn du Lust hast, könnten wir uns danach ja bei mir zum Brunch treffen."

„Echt?“, fragte er völlig perplex.

„Wenn du nicht schon was Besseres vorhast.“

„Nein, nein“, beeilte er sich zu sagen. „Wär’ echt toll. Was soll ich mitbringen?“

„Gar nichts“, sagte sie, und ihr Timbre hatte etwas Dunkel-Rauchiges an sich. „Es ist alles im Haus, was man für einen netten Tag braucht.“

Jetzt ging er extra langsam durch die Altstadt zur Tiefgarage, weil er der Ansicht war, dass man die angenehmen Dinge des Lebens ruhig etwas hinauszögern sollte.

*

Seit dem Frühstück befand sich Kriminalhauptkommissar Wolfram Bayer in einer heftigen Diskussion mit seiner Frau über die Frage, ob es statthaft und schicklich sei, am Sonntagmorgen Gartenarbeit zu verrichten. Er war aus durchsichtigen Gründen der Meinung, dass man im traditionellen Frankenland den Sonntag noch zu heiligen habe. Sie fragte aus durchsichtigen Gründen scheinheilig, warum er nicht gleich in die Kirche ginge.

„Weil ich in meinem Leben so viel Scheiße gesehen habe, dass ich kein Gerede vom lieben Gott hören kann“, knurrte er.

Das Telefon klingelte und beendete die Diskussion jäh.

„Natürlich weiß ich, wo das Hexenbrünnle ist“, sagte Wolfram Bayer am Schluss des kurzen Gesprächs. „Direkt an der Treppe hoch zum *Almrösl.* Ich komme direkt dahin.“

Seine Frau hatte das Esszimmer bereits verlassen und sich in der Küche zu schaffen gemacht.

„Wir haben schon wieder eine Leiche“, sagte er knapp.

„Mein Gott, Wolfram“, erwiderte sie. „Das nimmt ja kein

Ende mehr. Was ist das eigentlich für eine Stadt, in der wir leben?"

„Eine ganz normale, fürchte ich."

Er sah ihr kurz in die Augen, was selten vorkam. „Die Frage ist eher: Was ist das eigentlich für eine Welt, in der wir leben?"

Er verließ wie immer grußlos das Haus.

*

Kerstin Weiß wohnte am Bergl, und zwar dort, wo Blacky nicht hätte wohnen wollen. Einmal hatte er sie danach gefragt, sie hatte ihr Sphinxlächeln gelächelt und gesagt:

„Ich bin zur Polizei gegangen, weil ich gern mittendrin bin im Leben. Also wohne ich auch mittendrin."

Er kannte sie seit gut drei Jahren. Sie war aus Aschaffenburg als Pressesprecherin der Polizei nach Schweinfurt versetzt worden und hatte – anders als die meisten Zugezogenen – von Anfang an keine Schwierigkeiten mit der Stadt gehabt. Im Gegenteil, sie schien sich hier pudelwohl zu fühlen.

„Die Stadt ist spannend", sagte sie. „Sie hat so viele Facetten. So ganz unterschiedliche Menschen. Und sie hat ihre Geheimnisse. Schweinfurt ist irgendwie irre."

Wie alle geborenen Schweinfurter teilte Blacky diese Ansicht voll und ganz, aber er hätte das niemals so ausgedrückt. Wie alle Schweinfurter war er nur insgeheim stolz auf seine Stadt und legte nach außen hin gespielte Verlegenheit an den Tag, wenn er preisgeben musste, aus Schweinfurt zu sein. So schien es ja schon Friedrich Rückert, der berühmte Sohn der Stadt, empfunden zu haben, der, wie er schrieb, in *„der lieben Stadt mit dem garstigen Namen"* geboren wurde und sich zu den bekannten Gedichtzeilen

Kann man eine Stadt erbauen,
Um den Namen dann
Ihr zu geben, den mit Grauen
Man nur singen kann?

Hättest Mainfurt, hättest Weinfurt,
Weil du führest Wein,
Heißen können, aber Schweinfurt,
Schweinfurt sollt es sein!

hinreißen ließ.

Wie alle Schweinfurter liebte Blacky Gerüchte, sogar wenn sie ihn selbst betrafen. Seit Kerstin Weiß in der Stadt arbeitete, kursierte das Gerücht, sie und Blacky „hätten was miteinander". Er genoss es, und wenn er in einsamen Momenten ehrlich zu sich war, bedauerte er, dass an diesem Gerücht sehr wenig bis eigentlich gar nichts dran war. Ob Kerstin Weiß das Getratsche kannte, wusste er nicht einmal. In der ganzen Zeit hatte sie ein undurchsichtiges Spiel mit ihm gespielt, das im Wesentlichen aus Anziehen und Abstoßen, Nähe und Ferne, Hoffnung und Enttäuschung bestand. Sie beherrschte es virtuos. Sie konnte Kumpel, nettes Mädchen und lockende Sirene sein und von einem Augenblick zum anderen auf eisige Distanz gehen. Ein paar Mal hatte er geglaubt, sie wolle unbedingt erobert werden, und sich mächtig ins Zeug gelegt; sie war darauf eingegangen, hatte ebenfalls gebalzt und kokettiert, um dann in letzter Sekunde die Zugbrücke hochzuziehen und wieder die Unnahbare zu geben.

Mittlerweile war er des Spiels und ihrer Kapriolen ziemlich überdrüssig, und dennoch hatte er Herzklopfen, als er an diesem Morgen an ihrer Tür klingelte.

*

Es gab nicht viele Möglichkeiten, die Sandra Gall abchecken konnte. Sie waren nur ein Dutzend Schwestern, und die Wahrscheinlichkeit, dass eine von ihnen wusste, wo Mareike sein konnte, war gleich null. Trotzdem telefonierte sie die Nummern gewissenhaft ab. Wie erwartet, erfuhr sie nichts, was sie weiterbrachte. Wieder zermarterte sie sich den Kopf, ob ihr etwas einfiel, was Mareike in letzter Zeit gesagt hatte, etwas, das sie auf irgendeine Spur bringen würde. Aber es war nichts Besonderes gewesen, nichts, was auch nur im Ansatz eine Erklärung liefern konnte.

Völlig rätselhaft war diese Reise nach Marrakesch. Sie hatten nie ein Wort darüber gesprochen. Gut, Mareike konnte sehr spontan sein und kam auf die blödesten Ideen. Sie waren auch schon zweimal zusammen in Urlaub gewesen, Ibiza und Mykonos, aber das war lange vorher geplant und abgesprochen. Eine dermaßen nebulöse Aktion hatte es noch nie gegeben. Und weshalb Marrakesch? Da war zwar der berühmte Platz der Gaukler und Zauberer, und Mareike interessierte sich für gewisse Arten der Magie. Doch es war nie die Rede davon gewesen, dorthin zu reisen, schon gar nicht gemeinsam. Und dann schon morgen. Mareike wusste, dass sie von den esoterischen Orten dieser Welt die Nase voll hatte. Das alles ergab keinen Sinn.

Sandra Gall überlegte noch eine Weile, dann beschloss sie, einen Blick zu wagen. Mit jener feierlichen Ruhe, zu der sie sich in solchen Momenten zwang, traf sie ihre Vorbereitungen. Sie dunkelte ihr Wohnzimmer ab, zündete die wichtigsten ihrer vielen Kerzen an und holte schließlich den großen Holzwürfel aus der indischen Truhe. Wie immer konzentrierte sie sich auf die Sphären der Vergangenheit, Gegenwart und Zukunft, sprach die alten, ehrwürdigen Geheimworte und öffnete den Würfel, der innen mit blauem Samt beschlagen war. Als sie die Kristallkugel herausnehmen wollte, schrillte das Telefon. Sie schrak zusammen, zögerte, dann griff sie zum Hörer.

Wieder war es Herbert, der sich meldete, leise und auf ungewohnte Art weinerlich.

„Die Polizei hat eben bei mir angerufen", sagte er.

*

Sie öffnete und sah bezaubernd aus. Eigentlich hatte Blacky erwartet, dass sie ihn sonntagmorgenmäßig-leger im Jogginganzug begrüßen würde. Aber sie trug eine schicke weiße Bluse und einen aufregend kurzen blaugrauen Rock. Das fand er sehr bemerkenswert, weil er Kerstin Weiß noch nie in einem Rock gesehen hatte. Im Dienst trug sie die plumpen Uniformhosen der bayerischen Polizei und privat immer Jeans. Er sah sich jetzt vor die Herausforderung gestellt, ihr nicht ständig auf die Beine zu starren.

Ihre langen flachsblonden Haare waren offen und nicht wie sonst zum strengen Zopf geflochten. Sie glänzten noch feucht, offensichtlich hatte sie kurz vorher geduscht, und sie versprühte das Flair eines frischen Frühlingsmorgens. Wie immer, wenn Kerstin Weiß sportiv und agil um ihn herumtänzelte, zog Blacky unwillkürlich den Bauch ein.

„Komm rein", sagte sie und strahlte ihn an.

Er folgte ihr ins Wohnzimmer und schluckte. Auf dem Couchtisch breitete sich eine kulinarische Landschaft mediterraner Fülle aus. Frische Baguettes, umgeben von Serrano-Schinken und Manchego-Käse, Oliven, Tomaten, gegrilltem Gemüse und anderen Antipasti, einem Salat aus kleinen Sepias und scharfen Chorizos.

„Ich dachte, du warst joggen", sagte Blacky.

„War ich auch."

„Und wann hast du dann das hier vorbereitet?"

„Ach, so nebenbei", meinte sie. „Leider wird mein Kaffee nicht mit deinem mithalten können. Ich hab nur einen stinknormalen Automat und kein so edles Teil wie du."

„Das wiegt alles auf. Du hast ja echt meine absoluten Vorlieben getroffen."

„Ich weiß." Sie strahlte ihn schon wieder an. „Frisch, knackig, etwas extravagant und leicht scharf. Stimmt's?"

Blacky grinste und sah ihr ins Gesicht. Die grauen Augen waren wie so oft leicht verengt und verrieten nicht viel. Kerstin Weiß, die Meisterin der Zweideutigkeiten und subtilen Untertöne. Sein Herzklopfen hatte sich gelegt und einer gelassenen Zuversicht Platz gemacht.

Dann holte sie noch einen Secco der gehobenen Klasse aus dem Kühlschrank.

„Lass uns anstoßen", sagte sie. „Wir haben uns lange nicht gesehen."

Als sie das Glas hob und ihm zuprostete, bemerkte er, dass sich ihr Blick verändert hatte. Er war offen wie selten und von einer ungewohnten Wärme.

Und genauso führte sie die Unterhaltung. Charmant und witzig, interessiert und einfühlsam, ohne ihren üblichen Funken Ironie und Widerspruchsgeist. Sie aßen sich durch die mediterrane Landschaft, nippten am Secco und schlürften den heißen Kaffee pur, ohne Milch und Zucker. Blacky begann auf einer Welle des Wohlbehagens zu schwimmen, dorthin, wo auch ein Mann weich wird, wo die Gefühle den Verstand vernebeln, er in Gefahr gerät, unkontrolliert dahinzuschmelzen.

Bevor es so weit war und er diesen Zustand zuließ, musste er noch die Frage stellen, die ihm auf der Seele lag.

*

Der alte, etwas aufgebrachte Herr, der mit gerötetem Gesicht vor ihm stand, kam Kriminalhauptkommissar Bayer bekannt vor, aber er wusste nicht, wo er ihn hinstecken sollte.

„Irgendwoher kenn' ich Sie", sagte er. „Waren Sie nicht mal ein höheres Tier bei der Stadt?"

Dr. Gunther Kutscher warf sich in die Brust und nickte.

„Kann man so sagen", erwiderte er zackig. „Chef des Kulturamts in einer Zeit, als Kultur noch etwas galt. Leiter des Stadttheaters. Ich gehöre zu denen, die Schweinfurt zu etwas gemacht haben. Wenn Sie verstehen, was ich meine."

„Kultur?", fragte der Kriminalbeamte. „Dann können Sie mir bestimmt sagen, weshalb dieses Rinnsal hier Hexenbrünnle heißt."

„Leider nicht. Das weiß niemand. Vermutlich eine uralte Bezeichnung, die aus dem Dunkel der Geschichte stammt. Wir sind hier weit außerhalb der Stadt. Das war früher wilder, unwegsamer Wald. Es gibt in der Nähe heidnische Hünengräber. Solche Orte wurden mit Hexen in Verbindung gebracht. Sie wissen ja wahrscheinlich, wo das Wort *Hexe* herkommt?"

„Nee", sagte Wolfram Bayer. „Ich bin bloß ein doofer Polizist."

„Vom althochdeutschen *Hagzissa,* womit ein dämonisches Wesen bezeichnet wurde, das sich auf Hecken und Zäunen aufhält. Also auf der Grenze zwischen der von Menschen urbar gemachten und bewohnten Welt und der Wildnis. Hier, am Fuß des Brambergs, mag in früher Zeit eine solche Grenze verlaufen sein. Jedenfalls gibt es die Überlieferung, dass sich die Schweinfurter Hexen zu Beginn der Walpurgisnacht bei dieser Quelle versammelt hätten, um durch das Höllental gemeinsam Richtung Norden zum Blocksberg, also zum Brocken im Harz, zu fliegen."

„Sinnigerweise durch das Höllental", brummte Bayer.

„Na ja, das ist ein verbreiteter Irrtum. Das Schweinfurter Höllental hat nichts mit der *Hölle* zu tun. Hier steckt ein Wort dahinter, das zum Beispiel auch mit *hohl* in Verbindung steht und ein enges Tal bezeichnet."

„Wieder was gelernt."

„Es gibt übrigens eine sehr schöne Sage über das Hexenbrünnle. Einst …"

„Die sparen wir uns", unterbrach ihn Wolfram Bayer. „Das ist also Ihr Wochenendhaus. Haben Sie etwas gehört oder gesehen?"

„Nichts. Es hat gestern den ganzen Tag geregnet, und ich war keinen Schritt vor der Tür. Selbst dem Hund war es zu nass. Heute morgen dann …"

„Ich weiß", unterbrach ihn der Kriminalbeamte erneut. „Und Sie kennen die Frau also nicht?"

„Ich habe die Leiche nicht näher inspiziert", erläuterte Dr. Gunther Kutscher. „Wissen Sie, ich habe eine Scheu vor dem Tod. Darin bin ich Goethe sehr nahe. Und Thomas Mann. Sie kennen doch sicher die berühmte Quintessenz seines *Zauberbergs?* ‚Der Mensch soll um der Güte und Liebe willen dem Tode keine Herrschaft einräumen über seine Gedanken.' So halte ich es und …"

„Sie sollen einfach nur meine Frage beantworten. Kennen Sie die Frau oder nicht?"

„Wie ich schon mehrfach ausgeführt habe", sagte der alte

Herr beleidigt, „ich kenne diese Frau nicht. Ich habe sie noch nie gesehen."

„Gut", meinte Wolfram Bayer und wandte sich von ihm ab. „Wir scheinen ja zu wissen, wer sie ist."

„Der Ehemann ist auf dem Weg hierher", sagte Kriminalkommissarin Marion Werner, die auch heute ihre knallgelben Gummistiefel trug.

„Okay. Und wo bleibt die Gerichtsmedizin?"

„Ich fürchte, das wird dauern. Zurzeit ist die Autopsie in Würzburg. Wenn es sich so lange hinzieht wie beim letzten Mal …"

„Wenigstens erspart uns das für den Augenblick die Gegenwart des Herrn Oberstaatsanwaltes", knurrte der Leiter der Schweinfurter Mordkommission. „Und das ist doch ein recht erfreulicher Umstand."

*

„Bist du eigentlich noch mit diesem … wie soll ich sagen? … Typen zusammen?", fragte Blacky. Er versuchte beiläufig zu klingen und spürte doch sofort, wie die Frage die entspannte Harmonie des späten Vormittags zerriss.

„Sag doch gleich: mit diesem Türken", schlug Kerstin Weiß vor. Sie strich sich heftig die Haare aus dem Gesicht, und er sah, wie ihre grauen Augen schmal wurden.

„Jetzt legst du etwas in meine Worte, was nie drin war", protestierte Blacky. „Es geht mich ja auch nichts an."

„Ach nein?" Zum ersten Mal an diesem Tag blitzte leichter Spott in ihrer Stimme auf. „Na gut, wenn du es trotzdem wissen willst … Irgendwie schon und irgendwie auch nicht. Es ist alles kompliziert."

„Okay."

„Murat ist ein Kind seiner Kultur", sagte sie. „Du verstehst, was ich meine?"

„Ich denke schon. Weiß er, dass ich heute hier bin?"

„Natürlich nicht."

„Okay."

Und wie jetzt weiter? Er hatte keine Ahnung. Seine euphorische Zuversicht war verschwunden.

„Lass uns mal das Thema wechseln", sagte sie. „Ich muss mit dir reden."

„Privat oder dienstlich?"

Kerstin Weiß zuckte mit den Schultern.

„Weder noch. Du kennst doch den Satz: Dieses Gespräch hat nie stattgefunden. Er gilt heute wie niemals zuvor."

Blacky versuchte sich die Enttäuschung nicht anmerken zu lassen. Das also war der eigentliche Sinn dieser überraschenden Aktion. Die Pressesprecherin der Schweinfurter Polizei wollte nur wieder einmal eines ihrer strategischen Spielchen mit ihm spielen. Wahrscheinlich eine Information lancieren, um in irgendeiner Sache indirekt die Presse zu mobilisieren. Ihre Taktik bestand wie immer darin, ihn an seiner schwachen Stelle zu kitzeln – und er war schon wieder darauf hereingefallen.

„Nun schau nicht so", sagte Kerstin Weiß. „Es ist wichtig. Und der Tag ist noch lang."

Der Satz machte die Sache etwas besser, wenn auch nicht gut. Denn so oder so: Sie benutzte ihn für ihre Zwecke, und das wurmte ihn.

„Du hattest gestern einen Zusammenstoß mit Wolfram Bayer", sagte sie.

„Das hat ja schon Tradition, oder?"

„Er ist mächtig unter Druck, weißt du? Ich habe ihn noch

nie so leiden sehen wie in den letzten Wochen. Er war immer ein Mordermittler, der seine Fälle ungeheuer ernst nimmt. Aber seitdem die Leiche der kleinen Laura gefunden wurde, ist er völlig von der Rolle. Er verbeißt sich in diese Sache und kommt keinen Millimeter voran. Es ist schon fast tragisch. Und gestern hat alles noch einmal eine neue Brisanz erhalten."

„Durch das, was am Ellertshäuser See geschehen ist?"

„Ja. Wie du weißt, haben wir über die näheren Umstände des Todes von Laura Gabrieli, über die Art des Verbrechens und den Zustand der Leiche nie etwas bekannt gegeben. Aus gutem Grund."

Eine Studie des Schreckens. So hatte Chiara das genannt, was sie über den Tod ihrer Schwester herausgefunden hatte.

„Ist es so schrecklich?", fragte Blacky.

„Schrecklich. Bizarr. Ungewöhnlich. Einmalig", antwortete Kerstin Weiß. „Nein, einmalig nicht. Seit gestern nicht mehr."

Sie schwieg, und Blacky sah in ihrem Gesicht, dass es sie mitnahm. Sie versuchte, eine professionelle Maske aufzusetzen, aber es gelang ihr nicht.

„Es wurde eine zweite Kinderleiche gefunden", sagte sie leise. „Im See. Ein Junge. Das gleiche Alter. Er ist unter haargenau den gleichen Umständen zu Tode gekommen wie Laura Gabrieli."

„Und welche Umstände sind das?"

Kerstin Weiß stand auf, ging hinüber zu ihrem Schreibtisch, öffnete eine Schublade und nahm einen großen Umschlag heraus.

„Das ist der Obduktionsbericht von Laura Gabrieli", sagte sie. „Du hast diesen Bericht nie bekommen und nie gesehen. Du wirst kein Wort davon verwenden, bevor du nicht von mir unter vier Augen persönlich die Erlaubnis dafür bekommen hast. Hast du das verstanden?"

Blacky nickte.

„Sag, dass du es verstanden hast!" Kerstin Weiß' Stimme war schneidend. „Versprich es mir auf dein Ehrenwort!"

„Meine Güte, du meinst es aber ernst."

„Christian, gib mir dein Ehrenwort!"

„Ich habe es verstanden. Du hast mein Wort. Mein Ehrenwort."

Sie reichte ihm den Umschlag. Ihre Augen waren nur noch ein schmaler Spalt.

„Weiß Bayer, dass du mir das gibst?", fragte Blacky.

„Er hat mich darum gebeten."

„Und weshalb?"

„Weil er möchte, dass es in dieser Sache vorwärtsgeht. Und dass die Heimlichtuereien ein Ende haben."

„Heimlichtuereien?"

„Seitdem am Freitag vor Fasching die Leiche von Laura Gabrieli aus dem See am Schweinfurter Kreuz gefischt wurde, wird diese Angelegenheit verschleiert. Es wird Sand ins Getriebe gestreut, wo es nur geht. Unter allen möglichen Vorwänden werden die Ermittlungen blockiert. Hauptkommissar Bayer prallt überall ab, wie von einer Gummiwand. Oder man lässt ihn ganz ins Leere laufen. Und dann die strikte Order, der Öffentlichkeit alles vorzuenthalten, was mit diesem Fall zu tun hat."

... dass es vertuscht werden soll. Chiaras Befürchtung, die sie Sandra Gall gegenüber ausgesprochen hatte. Blacky sah ein Szenario vor sich aufsteigen, bei dem ihm schwindlig wurde.

„Und wer will da etwas Vertuschen?", fragte er.

Kerstin Weiß schüttelte unwillig den Kopf.

„Ich habe nichts von vertuschen gesagt."

„Okay, wer streut Sand ins Getriebe?"

„Kein Kommentar."

„Ha, ha, wie witzig." Blacky schaltete auf ärgerlich. „Warum erzählst du mir dann alles?"

Die Antwort wusste er bereits. Und Kerstin Weiß würde sie ihm nicht geben. Es kam nur darauf an, aus ihren Andeutungen das Richtige herauszuhören.

„Dein Chef", sagte sie, „Olaf Röder …"

„Olaf Röder ist nicht mein Chef", unterbrach er gereizt. „Ich bin freier Moderator, kein Angestellter."

„Olaf Röder, der Redaktionsleiter von Main-Radio", fuhr sie fort, „spielt doch jede Woche mit einer recht illustren Männerrunde Skat. Unter anderem mit dem Leitenden Oberstaatsanwalt, soweit ich weiß."

„Ach, daher weht der Wind."

„Keine Ahnung, wovon du redest", sagte Kerstin Weiß. „Ich möchte nicht, dass du irgendetwas missverstehst. Aber es könnte trotzdem interessant sein, ein wenig mehr über diese Männerrunde zu erfahren."

„Warum spielt Wolfram Bayer dann nicht einfach auch Skat?", fragte Blacky ironisch.

„Blödmann. Übrigens soll sich ein Teil dieser Runde auch zu anderen Zeiten an anderen Orten treffen. Was vielleicht noch interessanter ist. Ich habe den Eindruck, Kriminalhauptkommissar Bayer würde darüber gern etwas mehr wissen. Aber der Oberstaatsanwalt ist natürlich eine Amtsperson."

„Okay", sagte Blacky. „Ich habe verstanden. Mal schauen, was sich machen lässt."

Einen Augenblick überlegte er, ob er eine Andeutung machen sollte, dass Oberstaatsanwalt Dr. Wurzer ihn zu einem Gespräch gebeten hatte. Aber warum ihrer Geheimniskrämerei mit Offenheit begegnen? Wenn jeder seine Spielchen spielte, würde auch er sein eigenes Süppchen kochen. Er schwieg und lächelte Kerstin Weiß herausfordernd an. Sie erwiderte das Lächeln süffisant.

„Dann können wir ja zum gemütlichen Teil des Tages übergehen", sagte sie. „Magst du noch einen Secco?"

„Sehr gerne."

Sie ging zur Küche hinüber und hantierte am Kühlschrank. Blacky sah sich in dem hellen, modern gestylten Wohnzimmer um. Alles adrett und doch ziemlich unpersönlich. Die Tür zum Schlafzimmer war geschlossen. Er gestattete seiner Phantasie eine kleine Kapriole. Sie war nur kurz, weil Kerstins Handy klingelte. Erst schien es, als würde sie es ignorieren. Dann hörte er, wie sie sich meldete. Sie kam aus der Küche zurück, das Handy am Ohr, die Flasche Secco in der Hand. Ihre Miene war angespannt. Er begann, seine Hoffnungen zu begraben.

„Mist", sagte sie, nachdem sie die Verbindung getrennt hatte. „Es gibt schon wieder eine Leiche. Bayer will, dass ich komme."

„Na klasse", murmelte Blacky.

Sie verwandelte sich blitzschnell in das personifizierte Pflichtbewusstsein. „Ich zieh mich rasch um", erklärte sie. „Du kannst ja mitkommen, wenn du möchtest."

Er sah sie frappiert an.

„Zur Leiche", sagte sie. „Es ist eine Frau."

Sie ging ins Schlafzimmer und schloss die Tür hinter sich.

*

Nach den verschwommenen Bildern der Kristallkugel suchte Sandra Gall Rat in der Klarheit des Tarot.

Doch auch im Bilderreich ihrer Karten, die sie zum Großen Spiel ausgelegt hatte, fand sie zu ihrem Erstaunen nichts, was sie beunruhigt hätte. Je weiter sie sich darin vertiefte und den verborgenen Verbindungen und Botschaften auf den Grund ging, umso merkwürdiger erschien es ihr. Denn in der Regel sah sie sonst horrible Konstellationen, die sie erschreckten und beunruhigten. Diesmal blickte sie auf einen bunten Reigen von Belanglosigkeiten und harmlosen Vorkommnissen.

Es gab keinen Hinweis und schon gar keine Bestätigung dafür, dass Mareike Preußler, ihre beste Freundin und Schwester vom gleichen Geist, nicht mehr am Leben war.

„Die Polizei hat irgendwas gesagt, dass Mareike tot ist", hatte Herbert am Telefon geflüstert. „Also, dass sie eine Leiche gefunden haben. Sie kommen mich jetzt gleich abholen."

Seitdem hatte Sandra Gall nichts mehr gehört. Doch Kristallkugel und Tarot hatten sie ruhig werden lassen. Und die innere Stimme, die so oft in ihr flüsterte und der sie stets vertraute, hatte ihr zugeraunt, sie bräuchte sich keine Sorgen zu machen.

Dennoch zuckte sie zusammen, als gegen Mittag ihr Handy Mozarts *Eine kleine Nachtmusik* ertönen ließ, die sie neuerdings als Klingelton verwendete. Aber sie war nicht weiter erstaunt, dann Mareikes Stimme zu hören.

*

Kerstin Weiß fuhr einen weißen Mini, und sie fuhr damit sehr schnell. Blacky hatte gefragt, ob er sie in der Barchetta mitnehmen sollte. Dann hätte er sie wieder nach Hause bringen müssen, und das hätte durchaus für den weiteren Verlauf des Tages von Vorteil sein können. Aber sie hatte es kurzangebunden abgelehnt.

„Nicht so gut“, meinte sie. „Macht einen schlechten Eindruck bei den Kollegen, wenn ich bei einem dienstlichen Einsatz aus dem Auto eines Pressevertreters steige.“

Also folgte er ihrem rasanten Tempo durch Schweinfurt Richtung Höllental. Als die Straße hinter dem Biergarten zum Sträßchen wurde, schien sie das nicht zu beeindrucken. Sie bretterte durch die engen Kurven, bis jenseits des Höllenbachs die Blaulichter der Polizei- und Rettungsfahrzeuge auftauchten. Am Beginn des Schotterwegs, der zum Hexenbrünnle führte, parkte ein Leichenwagen des Bestattungsunternehmens *Medich*. Blacky dachte mit flauem Gefühl daran, wie vor ein paar Wochen Chiara in einem grauen Transportsarg aus dem Wenkheimer Gäßchen getragen und in diesen Wagen geschoben worden war.

„Du gehst am besten zu Fuß weiter“, sagte ein korpulenter Polizeihauptmeister in grüner Uniform zu Kerstin Weiß. „Es sind nur ein paar hundert Meter. Der Pressefuzzi hat keinen Zutritt.“

„Herr Schwarz kommt mit“, sagte die Polizeioberkommissarin, seit ihrem Aufenthalt im Schlafzimmer ebenfalls in Uniform.

„Ich glaub’ nicht, dass der Bayer das gut findet“, maulte der Polizist.

„Ich schon“, sagte Kerstin Weiß und ging voran. Sie folgten dem kleinen Bachlauf entlang des Schotterwegs, passierten das Biotop mit dem dichten Schilf und erreichten nach fünf Minuten das Hexenbrünnle. Die Sonne drang kaum durch die Wipfel der mächtigen Bäume. Es war düster, kühl und feucht. Neben der Leiche kniete ein Gerichtsmediziner im weißen Schutzanzug. Kriminalhauptkommissar Wolfram Bayer stand mit zwei Männern und Kommissarin Marion Werner ein paar Meter entfernt. Als er Kerstin Weiß und Blacky sah, kam er auf sie zu.

„Ach, der Herr Schwarz", brummte er. „Auch mal wieder im Einsatz. Man sieht sich inzwischen ja täglich. Eigentlich haben Sie hier nichts verloren. Aber wenn Sie schon mal hier sind – ich habe nachher noch einige Worte mit Ihnen zu reden. Wenn's Ihre Zeit erlaubt ..."

„Kein Thema", sagte Blacky. Er fand, es war schon schlechter zwischen ihnen gelaufen.

„Und?", fragte Kerstin Weiß. „Wie sieht es aus?"

„Tja", antwortete der Leiter der Schweinfurter Mordkommission, „unbekannte weibliche Leiche. Todesursache noch völlig unklar. Eintritt des Todes wahrscheinlich schon gestern. Keine Zeugen. Nur der alte Schwätzer da drüben, der sie gefunden hat. Weiß aber nichts."

„Unbekannt? Du sagtest doch am Telefon, ihr wüsstet, wer sie ist."

„Dachten wir erst. Sie hat einen Personalausweis in der Tasche. Mareike Preußler aus Waldsachsen. Inzwischen haben wir den Ehemann ausfindig gemacht. Herbert Preußler. Steht neben dem Schwätzer. Und er sagt, die Leiche da im Brunnen ist nicht seine Frau."

*

Murat Demir hatte wütend auf das Lenkrad seines alten BMW geschlagen, die Kamera eingepackt und war blind vor Zorn in sein Atelier in der Bauerngasse gefahren. Dort sah er sich die Bilder noch einmal an, die er eben geschossen hatte:

Kerstin Weiß in Uniform, die in ihren Mini stieg, kokett mit der Hand winkend. Und dieser Radiotyp mit Glatze, dümmlich grinsend, vor seinem Schrottfiat. Er war mindestens zwei Stunden bei ihr gewesen. Und sie hatte versucht, ihn, Murat Demir, für dumm zu verkaufen.

„Ich brauche diesen Sonntag echt mal für mich, Murat. Bin total ausgelaugt. Wir haben nur noch Stress auf der Dienststelle. Sei nicht böse. Wir können ja dann am Abend etwas essen gehen."

Er hatte sofort gehört, wie unecht das klang. Zum ersten Mal war er sich absolut sicher gewesen, dass sie ihn belog. Zweifel hatte er schon öfter gehabt. Und er hatte sich auch schon einige Male vor ihrer Wohnung auf die Lauer gelegt. Nie war irgendetwas geschehen, was seinen Argwohn bestätigt hatte. Geschämt hatte er sich dafür trotzdem nicht. Eifersucht hatte nun mal mit Ehre zu tun. Auch unbegründete Eifersucht. Und irgendwann würde sie begründet sein. Das war eben so. In der Türkei nicht anders als in Deutschland. Bescheuert der Mann, der das nicht wusste.

Eigentlich war ihm Kerstin Weiß ja scheißegal. So toll war sie auch nicht. Aber er hatte einen Auftrag. Und dafür brauchte er sie. Außerdem hatte er sich daran gewöhnt, dass sie da war. Für ihn da war. Eigentlich fast immer, wenn er wollte. Eher ungewöhnlich für eine deutsche Frau. Und da hatte ihm kein anderer dazwischenzufunken. Das war eine Sache des Stolzes.

Sosehr es ihn auch wurmte, das Wichtigste war es nicht. Murat Demir ging in den kleinen Raum, der neben seiner alten Dunkelkammer lag. Wie immer, wenn er dort war, verschloss er sorgfältig die Tür von innen.

*

Ein Abend voller Fragen.

Missmutig saß Blacky auf der Couch und schaute hinaus in die Dämmerung.

Kerstin Weiß hatte sich im Höllental kühl von ihm verabschiedet.

„Ich muss leider dringend in die Dienststelle. Wir müssen heute noch die Medien mobilisieren, um so schnell wie möglich die Identität der toten Frau festzustellen. Vielleicht brauche ich morgen früh im Radio auch deine Hilfe. Wir telefonieren, okay?"

Sollte er nicht einfach Kerstin Weiß allmählich in seiner Akte der hoffnungslosen Fälle abheften?

Kriminalhauptkommissar Wolfram Bayer hatte nur ein paar kryptische Sätze von sich gegeben.

„Also, Herr Schwarz, wenn Ihnen mal was zu Ohren kommt … Sie wissen schon … wenn Sie was mitkriegen … am besten sagen Sie der Kerstin, also der Frau Oberkommissarin Weiß, Bescheid. Und nichts für ungut, was die Vergangenheit betrifft … Wir hören voneinander, ja?"

War er damit zu einer Art Polizeispitzel ernannt worden? Oder sollte er irgendwelche Kastanien aus irgendeinem Feuer holen, um sich dabei ordentlich die Finger zu verbrennen?

Und was wollte ihm der Leitende Oberstaatsanwalt morgen ins Ohr flüstern? Würde er sich am Ende zwischen zwei Elefanten wiederfinden, von denen der eine Wurzer und der andere Bayer hieß? Was wollten sie wirklich von ihm? Und wer von beiden war der Gefährlichere?

Er griff zu dem Umschlag, den ihm Kerstin Weiß gegeben hatte. Der Obduktionsbericht war mehr als zwanzig Seiten lang und gespickt mit medizinischen Fachausdrücken.

Dennoch hatte er nach einer Stunde verstanden, dass die Umstände des Todes von Laura Gabrieli tatsächlich ungewöhnlich, erschreckend und beunruhigend waren.

Blacky wählte Lothars Telefonnummer in Irland. Überraschenderweise war sein Freund sofort am Apparat.

„Wie ist das Wetter in Irland?“, fragte er ihn, ihrem alten, unerschütterlichen Ritual folgend. „Und wieso bist du um diese Zeit nicht im Pub?“

„Weil es nicht regnet“, war die ökonomisch knappe Antwort auf beide Fragen.

„Was macht dein Krimi?“

„Stagniert. Linda Morata, meine Profilerin bei der Kripo Schweinfurt, ist recht kapriziös. Erst fand ich sie ganz nett, aber mittlerweile macht sie mir Schwierigkeiten. Sie will den Fall immer so lösen, wie es mir überhaupt nicht passt. Und was macht deine Polizistin?“

„Sie ist kapriziös. Wie immer.“

„Frauen“, sagte Lothar. „Was macht Schweinfurt?“

„Darüber wollte ich mit dir reden. Hier ist die Hölle los.“

„Was du nicht sagst. Hier in Ballyluffininish ist gerade gar nichts los.“

„Dann könntest du doch ein paar Tage kommen. Ich bräuchte deinen Rat.“

Blacky berichtete Lothar die Ereignisse der letzten beiden Tage. Er hörte konzentriertes Schweigen am anderen Ende der Leitung.

„Interessant“, sagte Lothar schließlich. „Aber ich kann jetzt nicht weg. Ab morgen findet das jährliche Golfturnier der irischen, englischen und schottischen Kriminalschriftsteller bei uns statt. Ich habe beste Chancen auf den Pokal.“

„Das ist natürlich wichtig“, sagte Blacky verstimmt.

„Du hältst mich auf dem Laufenden, ja? Aber bitte nicht stören. Golf ist eine Sache auf Leben und Tod."

Blacky ging früh zu Bett. Morgen war Montag, und er musste ausgeschlafen sein, um Schweinfurt und Umgebung aufzuwecken.

MONTAG

Sie hatte nur ein paar Stunden schlecht geschlafen und konnte sich an ihre Albträume erinnern. Allein das beunruhigte Sandra Gall zutiefst, denn sie hatte sonst keinen Zugang zu ihren nächtlichen Träumen. Am Beginn ihrer spirituellen Selbstentdeckung hatte sie es als Manko empfunden, dass ausgerechnet ihr diese Pforte des Unbewussten verschlossen blieb. Waren doch Träume zu allen Zeiten und in allen Kulturen eine der wichtigsten Inspirationsquellen für seherisch begabte Menschen.

Mit der Zeit lernte Sandra Gall, ihre Amnesie, was Träume betraf, als Stärke zu deuten. Denn so war sie nicht auf nächtliche Gaukelbilder angewiesen, sondern musste ihre Fähigkeiten bei Tageslicht wach und real erproben. Das machte sie sicher und selbstbewusst, weil sie zur Überzeugung gekommen war, deswegen eine besonders authentische Hexe zu sein.

Die Albträume dieser Nacht, die sie jetzt am Morgen erschreckend klar vor sich sah, waren auf Friedhöfen und in tiefen Wäldern angesiedelt gewesen, schwarzvermummte Männer waren darin vorgekommen, irgendwann düstere Gemäuer, eine Art Burg oder Schloss, und immer wieder hatte Kannibalismus eine unheimliche Rolle gespielt. Nicht unter Wilden auf einer Südseeinsel, sondern in Häusern einer merkwürdig verzerrten Stadt, die auf eine bestimmte

Weise Schweinfurt gewesen war und auf eine andere Weise auch wieder nicht. Weil Sandra Gall keine Erfahrung mit Träumen hatte, war sie mehrmals wach geworden und hatte starr vor Schreck im Bett gelegen. Schließlich war sie so davon überzeugt, ein schwarzvermummter Mann befände sich bei ihr im Zimmer, dass sie Licht machte und in einem halbwachen Dämmerzustand auf den Morgen wartete.

Jetzt saß sie in der Küche, trank Tee und versuchte klare Gedanken zu fassen. Eigentlich hatten diese Träume nichts mit dem wirren Telefongespräch zu tun, das Mareike am Sonntagnachmittag mit ihr geführt hatte. Trotzdem wusste Sandra Gall mit der ihr eigenen Hellsichtigkeit, dass sie eine heftige Reaktion des Unterbewusstseins darstellten und eine Botschaft enthielten: Nicht weit von ihr spielten sich im Verborgenen albtraumhafte Dinge ab, und etwas Böses stand bevor. Etwas, von dem sie immer gewusst hatte, dass es sie eines Tages heimsuchen würde.

Mareikes Worte waren Andeutungen gewesen.

„Ich rufe dich an, um dich zu warnen."

„Wovor warnen? Wo bist du? Was soll das alles?"

„Ich kann das am Telefon nicht sagen. Wir müssen uns sehen. Morgen. Tu bis dahin nichts Falsches. Tu gar nichts. Sprich mit niemandem."

„Was soll denn dieser Scheiß mit Marrakesch?"

„Vergiss Marrakesch! Das war eine Idee. Sie hat sich erledigt. Es würde uns auch dort einholen. Vielleicht können wir gar nichts mehr machen. Es wird etwas Schreckliches geschehen."

„Sag mal, kann es sein, dass du etwas übernervös bist?"

Mareike hatte schrill gelacht.

„Du hast ja keine Ahnung. Wir haben uns darauf eingelassen, und jetzt holt es uns ein. Ich rufe dich morgen wieder an."

Sie hatte aufgelegt und war seitdem nicht mehr zu erreichen.

Sandra Gall schenkte sich die dritte Tasse Tee ein und schaltete das Radio an. Bei dem, was sie über die geheimen Zusammenhänge der Welt zu wissen glaubte, wunderte es sie nicht, dass auf Main-Radio Schweinfurt soeben die Rolling Stones mit *Paint it black* liefen. Dann hörte sie Blackys Ich-red-euch-die-Welt-schön-Stimme, mit der er den Titel abmoderierte und zu den Nachrichten überleitete.

Blacky … Auch er hatte Chiara gekannt. Es war bei ihrem Gespräch damals, zwei Tage nach dem Tod Chiaras, offensichtlich gewesen, dass er sich in sie verguckt gehabt hatte. Sie hatte es sofort gespürt, und es war ein kleiner Stich gewesen. Männer hatten sich schnell in Chiara verguckt. Nie in sie. Wahrscheinlich war sie eben doch eine Art Mauerblümchen … was diesen Aspekt des Lebens betraf …

Plötzlich fiel ihr ein, was ihr am Samstag bei dem Gespräch mit der Meisterin merkwürdig vorgekommen war: dieses Detail, das sie irritierend und beunruhigend gefunden hatte, das in ihrem Innern einen Misston erzeugt hatte – ein Misstrauen, das die Genugtuung über die Ehre, die ihr zuteil wurde, überschattet hatte.

Vielleicht sollte sie deshalb einmal mit Blacky Kontakt aufnehmen.

*

Der Obduktionsbericht lag wie eine Anklage auf dem Schreibtisch – eine Anklage gegen ihn selbst, weil er auch diesmal nicht weiterwusste. Es war in seiner beruflichen

Laufbahn sehr selten vorgekommen, dass Kriminalhauptkommissar Wolfram Bayer ein Fall überfordert hatte. Doch noch nie war es so dramatisch gewesen wie jetzt. Das Verbrechen, das an Laura Gabrieli verübt worden war, erschütterte ihn seit Wochen bis ins tiefste Mark, und er hatte nach wie vor so gut wie nichts in Händen, was ihn weitergebracht hätte. Dieser Obduktionsbericht nun, den er nur flüchtig gelesen hatte, verschlimmerte die Sache in einem Ausmaß, das er gar nicht bis ans Ende denken mochte. Was, wenn das nur der Anfang war? Wenn noch weitere Kinderleichen aus irgendwelchen trüben Gewässern auftauchen würden? Das Einzige, was ihn halbwegs beruhigte, war die Information, dass es bayernweit keine anderen vergleichbaren Vermisstenfälle gab. Allerdings lag ihm das Ergebnis der bundes- und europaweiten Abfrage noch nicht vor; hier stand zu befürchten, dass es Hinweise auf Parallelfälle geben würde.

Eines stand nach der Autopsie schon jetzt außer Zweifel: Kevin Palmer war auf die gleiche Art und Weise ums Leben gekommen wie Laura Gabrieli. Der äußere Zustand seiner Leiche war genauso monsterhaft gewesen wie die des Mädchens. Die Rituale der Tötung – anders konnte man es nicht nennen – waren identisch. Beide Leichen waren in einem See versenkt worden, verschnürt in Plastikfolien, befestigt an Betonteilen, die von Sonnenschirmhalterungen stammten. Die Leiche von Laura hatte auf dem Grund eines Sees am Schweinfurter Kreuz gelegen und war nur zufällig durch Polizeitaucher auf der Suche nach der verschwundenen Hülya Demir entdeckt worden. Kevins Leiche war auf der Oberfläche des Ellertshäuser Sees getrieben, weil sich eines der Befestigungsseile gelöst hatte.

Kevin Palmer war vier Wochen vor Laura Gabrieli in Kitzingen verschwunden. Die beiden Fälle waren damals aus zwei Gründen kaum miteinander abgeglichen worden: Zum einen, weil der Junge amerikanischer Staatsbürger war und die US-Behörden die Ermittlungen führten. Zum anderen, weil es starke Anhaltspunkte dafür gegeben hatte, dass er aus familiären Gründen von seiner eigenen Mutter entführt und in die Vereinigten Staaten gebracht worden war. Nachdem nun seine Leiche gefunden worden war, ergab der Vergleich der beiden Fälle noch andere Gemeinsamkeiten: Die Kinder waren ziemlich gleichaltrig, sie waren beide, als sie noch lebten, recht schmal und für ihr Alter klein gewesen, und sie waren jeweils an einem düsteren Winterabend auf dem Nachhauseweg vom Sporttraining spurlos verschwunden.

Die Identität der Leiche aus dem Ellertshäuser See mit dem vermissten Kevin Palmer war am Morgen von den US-Behörden bestätigt worden. Der Leitende Oberstaatsanwalt befand sich zurzeit in Würzburg, um mit dem Polizeipräsidenten und der Militärpolizei abzuklären, wie die weiteren Ermittlungen geführt werden sollten. Kriminalhauptkommissar Bayer war schon wieder stinksauer auf den Chef der Staatsanwaltschaft. Dr. Wurzer hatte es am gestrigen Sonntag, nachdem er bei der Obduktion der Leiche des Jungen dabei gewesen war, nicht für nötig befunden, ihn über das Ergebnis zu informieren. Er war den ganzen Tag über nicht mehr zu erreichen, und Wolfram Bayer hatte erst am frühen Montagmorgen den Obduktionsbericht mit der Dienstpost erhalten. Beispiellose Vorgänge, und der Leiter der Mordkommission war fest entschlossen, den Oberstaatsanwalt im Lauf des Tages ultimativ zur Rede zu stellen.

Das Telefon klingelte. Am Apparat war ein Pathologe vom Institut für Rechtsmedizin der Universität Würzburg.

„Wir haben eben eure unbekannte weibliche Leiche obduziert", sagte er. „Die Frau ist auf wirklich bemerkenswerte Weise gestorben."

*

Die Redaktionskonferenz von Main-Radio Schweinfurt um zehn Uhr morgens verlief wie immer nach dem gleichen Muster. Patricia, die Chefin vom Dienst, saß im Konferenzraum vor ihrem Laptop und wartete. Blacky, der soeben seine Rolle als *Morning Man* abgegeben und dem Mittagsmoderator vor dem Mikrofon Platz gemacht hatte, kochte in der Küche Tee. Sören Eckenstade, der Dauerpraktikant aus Wilhelmshaven, war aufs Klo gegangen. Valentina, die neue Praktikantin, die ihren ersten Arbeitstag hatte, drückte sich verschüchtert in einer Ecke herum. Olaf Röder, der Redaktionsleiter, war nicht da.

„Es wird Zeit, Leute", rief Patricia.

Blacky balancierte seine Tasse dampfenden Darjeeling durch die Tür. Sören kam mit feuerroten Händen herein. Seit seine Akne besser geworden war, hatte er sich einen ausgeprägten Waschzwang zugelegt. Seife und kochend heißes Wasser begleiteten ihn neuerdings durch den Tag. Valentina setzte sich auf die Kante eines Stuhls.

„Olaf wird wohl später kommen", sagte Patricia, dem Muster entsprechend. Alle nickten dankbar.

„Wir haben eine extrem anstrengende Woche vor uns", fuhr Patricia fort. „Am Freitagabend steigt die Grillparty. Vorbereitet ist noch nichts. Olaf sagt aber, er habe alles im Griff."

„Wär' gut, wenn er da wäre“, meinte Blacky.

Wie aufs Stichwort ging die Tür auf, und Olaf Röder rauschte herein. Er hatte Viktoria, die ehemalige Praktikantin und angehende Volontärin, im Schlepptau. Über Sörens Gesicht glitt ein seliges Lächeln.

„Morg'n“, sagte Olaf Röder und setzte sich. „Alles klar?“

„Wir sprechen gerade über die Grillparty“, erläuterte Patricia.

„Au ja“, seufzte der Redaktionsleiter. „Was gibt's sonst noch?“

„Mord und Verbrechen“, rief Sören. „Zwei Leichen. Eine im Ellertshäuser See, eine hier in Schweinfurt. Die erste ist besonders interessant. Es sieht ganz danach aus, als ob die Kripo mal wieder was vertuschen will. Wir müssen uns da echt dranhängen.“

Olaf Röder sah Sören gelangweilt an.

„Müssen wir nicht“, sagte er. „Wir sind nicht die Polizei. Im Übrigen ist Blacky für Kriminalfälle zuständig. Viktoria wird ihn unterstützen. Sofern sie dazu Zeit hat. Sie muss sich ja eigentlich aufs Abi vorbereiten.“

„Was soll'n das?“, maulte Sören. „Ich bin der Spezialist für Verbrechen. Ich hab sogar mal ein Semester Jura studiert.“

„Mir egal“, sagte Olaf Röder. „Wer ist übrigens die junge Dame da?“

„Unsere neue Praktikantin“, antwortete Patricia. „Valentina. Ihr Vater ist Landtagsabgeordneter.“

„Interessant.“ Olaf Röder musterte das dunkelhaarige Mädchen eingehend. „Wir trinken nachher zusammen 'nen Kaffee, ja?“

„Okay“, hauchte Valentina.

„Gut, zurück zur Walpurgisnachtparty. Wir grillen diesmal im Höllental unterhalb vom Hexenbrünnle. Tolle Idee, die ich da hatte. Walpurgisnacht, Höllental und Hexenbrünnle. Das wird ein Megaknüller, sag ich euch. Unsere Hörer werden nur so strömen."

„Zwei Probleme", meldete sich Blacky zu Wort. „Einmal soll das Wetter zum Wochenende extrem schlecht werden. Und außerdem ist gestern im Hexenbrünnle die Leiche einer Frau gefunden worden. Ich halte es nicht gerade für pietätvoll, da ein paar Tage später eine Party zu feiern."

Olaf Röder saß da und schaute wie der sprichwörtliche Ochs vorm Berg.

„Tja", sagte er schließlich. „Das mit dem Wetter regle ich schon. Das mit der Leiche ist natürlich blöd. Auf der anderen Seite könnte es dem Ganzen erst den richtigen Kick geben."

„Olaf!", protestierten Patricia und Blacky wie aus einem Mund.

„Ich lass es mir durch den Kopf gehen", beschied der Redaktionsleiter und sah Valentina an. „Zeit für den Kaffee."

„Hast du noch ein paar Minuten für mich?", fragte Blacky. „Ich wollt' dich was fragen."

„Wenn's unbedingt sein muss", brummte Olaf Röder. „Aber nur ganz kurz, ja?"

*

Als Sandra Gall eben ihren Laden aufgeschlossen hatte, rief Mareike an und gab ihr zwei klare Anweisungen.

„Ich habe den Laden gerade erst aufgemacht", protestierte Sandra Gall.

„Vergiss den Laden und tu, was ich dir sage!"

Sie schickte zwei Kundinnen wieder weg, die sowieso nichts kaufen würden, sondern nach dem Wochenende den neuesten Klatsch und Tratsch austauschen wollten. Wie so oft ging es um die Frau des Oberbürgermeisters und deren angebliche Fähigkeit, die Arbeit ihres Mannes durch ausgeklügelte Horoskope zu lenken. Sandra Gall musste die beiden förmlich aus dem Laden schieben, dann überlegte sie kurz, griff zu ihrer besonderen Tasche, schloss ab und machte sich auf den Weg.

Am Roßmarkt nahm sie den Bus zum Hauptfriedhof. Um diese Zeit und auf dieser Strecke waren hauptsächlich gesprächige Witwen und Witwer unterwegs, die bereits alles über die tote Frau vom Hexenbrünnle zu wissen glaubten. Die wildesten Gerüchte machten die Runde. Angeblich sollte die Frau splitternackt gewesen sein, andere behaupteten, es handle sich um eine sehr prominente Persönlichkeit, deren Identität noch geheimgehalten würde. Besonders amüsant fand Sandra Gall das Geschwätz über Hexen, die es in Schweinfurt immer noch geben sollte.

An der Haltestelle Friedhofstraße stieg sie aus und betrat den Hauptfriedhof durch den Nebeneingang. Sie folgte einem der breiten Wege Richtung Norden, bis sie linker Hand die monumentale Anlage der Sachs-Gruft erreicht hatte. Der hohläugige Auferstandene über der Ruhestätte der Familie hob sich düster gegen das Grau des westlichen Himmels ab. Bösartig krächzten die Krähen in den hohen Bäumen. Ein unangenehm beißender Wind war aufgekommen, der dem Frühling offenbar erneut Paroli bieten wollte.

Mareike stand tief unten, am Eingang zur Gruft, vor der Bronzeplakette mit dem Konterfei von Ernst Sachs. Sie trug einen langen schwarzen Mantel, ihre blonden Haare flatterten im Wind. Mit Entsetzen sah Sandra Gall, dass sie einen magischen Kreis aus Steinen um sich gezogen hatte.

*

Blacky folgte Olaf Röder in sein Büro und schloss die Tür.

„Du kannst die Tür ruhig offen lassen", sagte der Redaktionsleiter, der bis dahin Valentina nicht mehr aus dem Auge gelassen hatte.

„Es ist vertraulich", sagte Blacky und setzte sich, ohne dazu aufgefordert worden zu sein. Olaf Röder runzelte die Stirn, verzog sich hinter seinen Schreibtisch und nahm mit verschränkten Armen eine nervös lauernde Abwartehaltung ein.

„Lass hören", sagte er.

„Ich will ganz offen sein", begann Blacky. „Was ich dir jetzt sage, ist so brisant, dass es hier in diesem Raum bleiben muss."

„Natürlich", sagte Olaf Röder. Blacky sah, wie sein Blick interessiert flackerte und die Ohren größer zu werden schienen.

„Ich recherchiere immer noch im Fall der kleinen Laura", fuhr er fort, „deren Leiche im See gefunden wurde. Und es wird immer mysteriöser."

„Ach ja?"

„Wie Sören vorhin schon sagte: Am Samstag wurde aus dem Ellertshäuser See eine Leiche geborgen. Diese Leiche könnte mit dem Tod von Laura in unmittelbarem Zusammenhang stehen. Ich erhalte heute Nachmittag exklusive Informationen darüber."

„Was du nicht sagst. Von wem?"

„Darüber darf ich noch nicht sprechen."

Olaf Röder hatte seine Abwartehaltung längst aufgegeben. Er zerbarst fast vor Neugier.

„Es könnte sein", sagte Blacky langsam, „dass wichtige Persönlichkeiten dieser Stadt in die Angelegenheit verwickelt sind."

Jetzt hielt es Olaf Röder nicht länger auf seinem Stuhl. Er sprang auf und trat ans Fenster. Von seinem Büro aus konnte er von Schweinfurt nichts sehen. Dennoch studierte er den Hinterhof, auf den er blickte, mit einer Miene, als läge ihm die Stadt zu Füßen.

„Vorsicht", sagte er. „Äußerste Vorsicht mit solchen Vermutungen."

„Natürlich. Deshalb wollte ich ja vertraulich mit dir reden. Du bist hier wer in der Stadt und weißt, wie die Fäden laufen."

„Das ist zweifellos richtig", erwiderte Olaf Röder stolz. „An mir geht nichts vorbei."

Blacky war zwar vom absoluten Gegenteil überzeugt, doch nun hatte er den Chef von Main-Radio da, wo er ihn haben wollte.

„Es wäre interessant zu wissen, wer sich hier regelmäßig mit wem trifft. Von den wichtigen Leuten, meine ich."

„Na ja", sagte Olaf Röder gönnerhaft, „das ist doch nun wirklich kein Geheimnis. Also, einmal ist das die Skatrunde am Dienstagabend, wahrscheinlich der wichtigste Zirkel in der Stadt. Da bin ich selber mit dabei, wie du weißt. Dann gibt es die Schlaraffen. Aber die sind völlig harmlos. Und die Freimaurer. Die sind noch harmloser, auch wenn gern das Gegenteil behauptet wird."

„Ja gut", sagte Blacky. „Das sind die sozusagen offiziellen Vereinigungen. Ich meinte eher …"

„Ich weiß, was du meintest“, unterbrach ihn Olaf Röder. Er ging zum Schreibtisch zurück und setzte sich wieder in seinen überdimensionalen Chefsessel. Dann sah er hinüber zur Tür.

„Was ich dir jetzt sage“, raunte er mit gesenkter Stimme, „darf nicht einmal ich selber wissen …“

*

„Sag mal, spinnst du? Was soll der Quatsch?“

Sandra Gall war die Stufen hinabgestiegen, an den Blumenbeeten vorbeigegangen und hatte sich vor Mareike aufgebaut. Sie wusste erst nicht, ob sie sich aufregen oder lachen sollte. Doch dann sah sie in ihrem Gesicht die Angst.

„Ich muss mich schützen“, flüsterte Mareike. „Hier bin ich im Augenblick sicher.“

Sie kannten sich seit Jahren. Begegnet waren sie sich im Laden. Wie viele Kundinnen war Mareike dort herumgestrichen, hatte geplaudert und selten etwas gekauft. Sandra Gall hatte bald gespürt, dass sie die Lage sondierte. Nach und nach war sie mit ihrer Geschichte herausgerückt. Nichts Besonderes letztlich. Schon als junges Mädchen hatte Mareike sich für die Natur und ihre Heilkräfte interessiert. Sie hatte gelesen, was sie in die Finger bekommen konnte, und es war das Übliche passiert: Ohne Anleitung hatte sie sich in ihrem Kopf ein wildes Gebräu aus allem Möglichen zusammenphantasiert; eine Zeitlang hatte sie sich für eine Schamanin gehalten und sich als Medium versucht, dann war sie von keltischer Mystik fasziniert gewesen und einem selbsternannten Druiden auf den Leim gegangen; schließlich – nach dem gescheiterten Versuch, eine normale Ehefrau zu werden – fand sie in ihrer Umgebung ein paar gleichgesinnte Frauen und bastelte mit ihnen in Waldsachsen eine ziemlich hanebüchene Version einer Wicca-Gruppe zusammen, wo sie sich krampfhaft bemühten, angelesene Elemente aus der *Aradia* und dem *Buch der Schatten* in einem handgestrickten Kult zu verwirklichen.

Durch ihre Gespräche, die bald sehr persönlich wurden, erkannte Sandra Gall das Potential, das in Mareike Preußler steckte. Und sie entschied sich, sie als Schülerin anzunehmen und sie in die wirklichen Geheimnisse der Zunft einzuführen. Nach drei Jahren wurde an Mareike am Beltane-Fest die Initiation vollzogen, und als ein Platz frei geworden war, wurde sie auch in den Schweinfurter Coven aufgenommen. Seitdem waren sie Freundinnen und Schwestern zugleich.

„Vor wem sicher?“, fragte Sandra Gall. „Kannst du mir bitte erklären, was du da treibst?“

„Das Böse hat sich verkörpert“, flüsterte Mareike. „Es ist unterwegs und sucht sich seine Opfer.“

„Jetzt red’ keinen Stuss. Wo bist du die ganze Zeit gewesen?“

„Bei ihr.“

„Bei wem, verdammt noch mal? Weißt du was, wir gehen jetzt einen Tee trinken und essen ein anständiges Stück Kuchen dazu, und dann beruhigst du dich, und wir reden über alles. Okay?“

Mareike schüttelte den Kopf.

„Ich kann hier nicht weg“, sagte sie. „Hier stehe ich unter seinem Schutz.“

Sie deutete mit der Hand über ihre Schulter zur überlebensgroßen Statue des auferstandenen Christus auf der Sachs-Gruft.

„Ach du lieber Gott", seufzte Sandra Gall. „Dich hat's ja ganz schön erwischt. Na gut, dann wird dich wohl das hier zur Vernunft bringen."

Sie öffnete ihre Tasche und nahm den gedrechselten Holzstab heraus.

*

Die Lagebesprechung, die der Leiter der Mordkommission anberaumt hatte, fiel kurz und für alle Beteiligten ernüchternd aus.

„Was die Kinderleiche aus dem Ellertshäuser See betrifft", sagte Kriminalhauptkommissar Bayer, „haben wir außer der Identität des Jungen keine weiteren Anhaltspunkte. Von der erschütternden und dramatischen Tatsache abgesehen, dass die Umstände seines Todes identisch zu sein scheinen mit dem Verbrechen, das an Laura Gabrieli begangen wurde. Was natürlich viele neue Fragen aufwirft, die uns aber auch nicht weiterbringen. Ich habe in meiner ganzen Laufbahn noch keinen Fall erlebt, der mich so aufgewühlt hat und gleichzeitig so unzugänglich war. Wie ein Schloss, bei dem wir keine Vorstellung davon haben, wie der Schlüssel dazu aussieht. Wer bringt Kinder auf eine solche Weise um? Und warum? Ich habe keine Ahnung."

Betretenes Schweigen bei den Beamtinnen und Beamten, die um ihn herumsaßen. So hatten sie ihren Chef noch nie erlebt. So bärbeißig und robust er sonst war, so kleinlaut und angeschlagen wirkte er jetzt. Er schien – was bei ihm noch nie vorgekommen war – tatsächlich nicht mehr weiterzuwissen.

„Wir müssen aber etwas tun", sagte Kriminalkommissarin Marion Werner.

Alle sahen sie an, als wäre sie eine Ruhestörerin.

„Natürlich", antwortete Wolfram Bayer. „Wir fangen ganz von vorne an, gehen jedes Detail noch einmal durch, ganz normale, akribische Polizeiarbeit eben. Aber wir brauchen auch eine Idee, eine Art Vision, eine Vorstellung von dem, was geschehen sein könnte."

„Ein Profiler", schlug einer der jungen Beamten vor. „Einer, der Psychologie mit Kriminalistik verbindet. Der ein Täterprofil erstellen kann."

„Hören Sie mir mit einem solchen Mist auf", knurrte Bayer, jetzt wieder ganz der Alte. „Sie schauen zu viel Fernsehen. Kommen wir zu der anderen Geschichte. Die Frauenleiche vom sogenannten Hexenbrünnle. Drei Dinge sind dazu zu sagen: Erstens, wir wissen immer noch nicht, wer sie ist. Es wird keine Frau vermisst, die mit ihr identisch sein könnte. Zweitens, der Bundespersonalausweis, den sie bei sich trug, gehört einer Mareike Preußler aus Waldsachsen. Sie ist aber, laut Aussage des Ehemanns, nicht Mareike Preußler. Das Bild im Personalausweis ähnelt ihr tatsächlich auch nur oberflächlich. Diese Mareike Preußler ist seit Samstag verschwunden. Sie könnte also die Täterin sein. Fahndung nach ihr läuft. Die Todesursache würde diese Vermutung übrigens stützen."

„Nämlich?", fragte Marion Werner.

„Na, Frauen vergiften doch gern, Frau Kollegin", sagte der Kriminalhauptkommissar. „Und unsere unbekannte Tote ist vergiftet worden."

*

Olaf Röder war mit Valentina abgezogen. Blacky verdrückte sich in die Küche und kochte noch einen Tee. Viktoria hatte mit Sören geschäkert, nun steckte sie den Kopf durch die Tür.

„Hast du mal kurz Zeit für mich?"

„Eigentlich nicht. Warum bist du überhaupt hier? Musst du nicht in die Schule?"

„Ich bereite mich aufs Abitur vor. Weißt du doch."

„Musst du dann nicht lernen?"

„Ich hab alles im Griff", sagte Viktoria. „Also, ich würd' gern noch mal mit dir reden."

„Worüber denn?"

„Über … Probleme."

„Wir haben am Samstag aber schon geredet." Junge Frauen und ihr Hang zu Problemen. Wenn man ihnen den kleinen Finger reichte, nahmen sie mehr als die Hand. Und kauten einem das Ohr ab. Und stahlen einem die Zeit. Aber wenn man dann mal was von ihnen wollte, wurden sie zickig.

„Okay", sagte sie. „Dann halt nicht."

Sie schloss die Tür mit Nachdruck. Er hatte offensichtlich zu genervt geklungen. Einen Moment überlegte er, es wieder geradezubügeln. Dann ließ er es sein. Er musste nachdenken.

Warum hatte Olaf Röder so bereitwillig geplaudert? Gut, generell genoss er es, andere portioniert an seinem Herrschaftswissen teilhaben zu lassen. Und viel mehr war es im Grunde ja nicht gewesen. Andererseits hatte er ihm doch deutlich eine Spur gewiesen. Sehr deutlich sogar. Natürlich, es konnte ein Ablenkungsmanöver sein. Aber das war unwahrscheinlich. Dazu hatte sich dieser eine Satz zu ehrlich angehört.

„Ich bin auch Journalist", hatte Olaf Röder gesagt. „Und auch ich bin an der Wahrheit interessiert. Ganz egal, wer da mit drinsteckt."

Blacky hatte ihm versprochen, ihn als Quelle in jedem

Fall außen vor zu lassen. Am Schluss hatten sie sich sogar die Hand gegeben. Das war noch nie vorgekommen.

*

Die Frage, die sich Sandra Gall oft gestellt hatte und auf die sie keine wirkliche Antwort finden wollte, war: Glaubte sie eigentlich selbst an das, was sie in die Welt setzte? An all das Gerede von buddhistischer Erleuchtung, schamanischem Weltwissen, verborgener Mystik, Erlösung im Yoga und ganzheitlicher Reinigung durch Ayurveda? An die Wahrheit der Kabbala, des I Ging oder des Tarot? An die Wirkkraft der Wünschelruten, Mistelzweige, Edelsteine, Klangschalen und Weihrauchkerzen, die sie in ihrem Laden verkaufte? An Aura und Astralleiber, Magie des Didgeridoo, die Prophezeiungen des Maya-Kalenders, die Weisheit der Hopi-Indianer? Glaubte sie das, was sie in Kursen, Seminaren, Vorträgen und Gesprächen mit ihren Kundinnen tagtäglich von sich gab? Glaubte sie es im eigentlichen und wirklichen Sinne selbst?

Sie stellte sich diese Frage, doch der Antwort wich sie immer aus. Entscheidend war, dass die anderen es glaubten, vor allem die bedürftigen Frauen auf ihrer Suche nach Antworten und Sinn. Davon lebte Sandra Gall materiell, und sie zehrte auch innerlich von dem Gefühl, etwas Gutes zu tun: Menschen auf ihrer spirituellen Lebensreise zu begleiten.

Denn letztlich war Sandra Gall ein nüchterner Mensch und eine handfeste Frau, die Sperenzchen, Hohlheiten, Unsinn und falsche Propheten rasch durchschaute. Das hatte sich schon damals bei ihrer Indienreise gezeigt, als sie die Realität glasklar erkannt und das Weite gesucht hatte. Und dass sie den Tsunami überlebte, hatte ihr den Blick auf das Leben geschärft und keineswegs die Sinne vernebelt.

Daraus leitete Sandra Gall das ab, was für sie tiefe Lebenswahrheit war: eine ganz besondere Frau zu sein. Eine ungewöhnliche Frau mit sehr eigenen Fähigkeiten. Es hatte lange gedauert, bis sie dafür ein Deutungsmuster und einen passenden Begriff gefunden hatte. Dann war ihr plötzlich und unvermittelt in einer Vollmondnacht klar geworden, dass sie eine Hexe war. Eine Frau, die in sich die Kraft einer Großen Göttin spürte. Eine weise Frau jenseits ihrer Zeit, die das Treiben um sich herum mit Distanz von außen betrachten konnte. Eine Frau mit der magischen Fähigkeit, in das Leben anderer Menschen einzugreifen, es zu beeinflussen und sogar zu lenken – im guten, aber auch im bösen Sinn.

Sie war selbst immer noch erstaunt darüber, wie leicht das oft zu bewerkstelligen war. So auch jetzt, auf dem Schweinfurter Hauptfriedhof, als sie einfach in die Tasche gegriffen und ihren Zauberstab herausgeholt hatte. Ein schöner, holzgedrechselter Stab, der in Haiti von einer Voodoo-Priesterin geweiht worden war. Mareike hatte den Stab gesehen und ihren Widerstand sofort aufgegeben. Sie verließ den magischen Kreis und folgte ihr mit der Teilnahmslosigkeit einer Schlafwandlerin.

Sandra Gall war sich nicht im Klaren darüber, was sie von der Sache halten sollte. Mareike war eine komplizierte, feinfühlige Frau, die aber nicht zu Exzessen neigte. Es musste etwas Tiefgreifendes vorgefallen sein, was sie so aus dem Gleichgewicht gebracht hatte. Ein gemütlicher Teeplausch im Café war jetzt wohl doch nicht das Richtige, um das zu klären. Auf dem Weg durch die Gräberreihen beschloss Sandra Gall, erst einmal nach Hause zurückzukehren und dort weiterzusehen.

„Mir ist so schwindlig", murmelte Mareike plötzlich. Sie war totenblass geworden und begann zu zittern.

Vor dem Haupteingang des Friedhofs stand ein Taxi. Sandra Gall kämpfte mit sich und ihrem ausgeprägten Widerwillen, einem Schweinfurter Taxifahrer Geld zu geben. Dann öffnete sie die Tür und ließ Mareike einsteigen.

„Zum Oberen Wall", sagte sie.

Schon nach fünfzig Metern merkte sie, dass der Fahrer sie im Rückspiegel penetrant merkwürdig ansah. Auf Main-Radio endete gerade *You are not alone* von Michael Jackson.

„Mittagszeit bei Main-Radio", sagte der Moderator. Zu Sandra Galls Bedauern war es nicht Blacky. „Wir wiederholen eine Fahndungsmeldung der Polizei. Gesucht wird die dreiunddreißigjährige Mareike Preußler aus Waldsachsen im Zusammenhang mit einer Straftat. Sie ist schlank und hat schulterlange blonde Haare. Ihre momentane Kleidung ist nicht bekannt, sie könnte aber einen langen schwarzen Mantel tragen. Sachdienliche Hinweise bitte an …"

Sandra Gall legte Mareike blitzschnell die Hand aufs Knie.

„Ach, fahren Sie uns doch lieber gleich zur Polizeiinspektion in der Mainberger Straße", sagte sie mit seelenruhiger Stimme. „Es ist schon spät, wir müssen zum Dienst. Heute ist die Hölle los, wegen dieser blöden Sache da …"

Der Taxifahrer blinzelte verwirrt und nickte mürrisch.

*

Wie immer verließ Blacky den Sender kurz nach zwölf. Er summte die Titelmelodie aus *High Noon* vor sich hin und dachte über die verschiedenen Strategien für den Rest des Tages nach. Obwohl sich kein Sonnenstrahl am bleigrauen

Himmel zeigte und ziemlich kalte Windböen über die Straße fegten, klappte er das Verdeck der Fiat Barchetta auf. Der Frühling war schon fünf Wochen alt, ein Cabriofahrer in Mitteleuropa durfte nicht zimperlich sein.

Nach dem üppigen Brunch des gestrigen Vormittags begnügte er sich heute bei McDonald's mit einer Schüssel Salat. Dann fuhr er in die Stadt, parkte den Wagen und ging zu *Viva Porcellino.* Es war Montag, und am Montag waren alle da, die sonst auch immer da waren, um zu beweisen, dass sie am Wochenende nicht abhandengekommen waren. Es gab Gerüchte, dass der Graffiti-Sprüher wieder aktiv und die tote Frau vom Hexenbrünnle doch nicht splitternackt gewesen sei. Dessen ungeachtet sollte sie aber recht jung und attraktiv gewesen sein, als sie noch am Leben war – was unter den Anwesenden zu ausufernden Spekulationen führte. Blacky hatte am Morgen in seiner Sendung eine Personenbeschreibung gebracht, die ihm Kerstin Weiß ohne weiteren Kommentar zugefaxt hatte. Irgendwelche Rückmeldungen darauf schien es bisher nicht gegeben zu haben.

Joe, der Barista, war vollauf beschäftigt und zu keinem Schwätzchen aufgelegt. Wie immer blätterte Blacky die *Süddeutsche Zeitung* durch, trank dann seinen Cappuccino aus und machte sich auf den Weg. Kurz vor 14 Uhr betrat er von der Rüfferstraße her das Gerichtsgebäude. Er passierte die Sicherheitsschleuse und ging die große Treppe mit ihrer Marmor- und Stuckpracht empor zum zweiten Stock. Auf die Minute pünktlich klopfte er an die Tür zum Vorzimmer des Leitenden Oberstaatsanwaltes.

*

Kerstin Weiß meldete sich spät zur Mittagspause ab, stieg in ihren Mini und fuhr über das Obertor zum Zeughaus. Die Parkplätze dort waren rar, aber sie hatte Glück und fand die passende Lücke für den kleinen Flitzer. Sie überquerte die Bauerngasse und blieb vor dem Schaufenster des Fotoateliers von Murat Demir stehen. Wie oft hatte sie ihn schon gebeten, endlich einmal ästhetische Klarheit in die Austellung der Bilder dort zu bringen. Aber auch da war jedes Wort vergebens. Nach wir vor herrschte das Chaos: ein wildes Sammelsurium mit quietschbunten Aufnahmen einer türkischen Hochzeit, großartigen Schwarzweißfotos vom Krieg in Afghanistan und den lasziven Akten unbekannter Frauen. Wieder spürte sie das ernüchternde Gefühl, an eine Grenze zu stoßen – die Grenze zwischen den Mentalitäten; und dabei hatte sie vor einiger Zeit noch geglaubt, diese Grenze leicht überwinden zu können. Heute wusste sie, dass es anders war.

Sie betrat das Studio, und Murat Demir kam ihr wie immer entgegen, sein absolut unwiderstehliches Lächeln im Gesicht. Er wollte sofort die Eingangstür verschließen, aber sie blieb davor stehen und schüttelte den Kopf.

„Lass mal", sagte sie. „Ich habe nicht viel Zeit."

Er zog einen Schmollmund und grinste sie an.

„Da hast du gestern Abend noch etwas anderes erzählt."

Obwohl sie nicht viel Lust gehabt hatte, war sie mit ihm ausgegangen. Nach dem unplanmäßigen Sonntagseinsatz hatte sie unbedingt ein Glas Wein gebraucht, und er hatte sie zur gegrillten Dorade im *Stella Mare* hinterm Rathaus überredet. Danach waren sie doch dort gelandet, wo sie auf keinen Fall hingewollt hatte; und sie hatte sich dummerweise mit dem Versprechen davongemacht, ihm morgen die Mittagspause zu versüßen. Schon auf dem Heimweg hatte sie sich wieder maßlos über sich selbst geärgert; und jetzt fragte sie sich, weshalb sie überhaupt gekommen war. Sie wusste, dass sie sich sehr bald noch viel mehr fragen musste.

„Ja, aber bei uns geht es rund. Wir haben zwei … Todesfälle."

„Mord?"

„Ich kann nichts dazu sagen. Versteh das bitte."

„Klar", meinte er leichthin. Dann wieder dieses unverschämt süße Lächeln. „Zehn Minuten? Eine Viertelstunde? Zwanzig Minuten?"

„Handeln geht anders herum", sagte sie. „Von oben nach unten. Von viel zu wenig."

„Also eine halbe Stunde?"

Blöderweise musste sie lachen. Jetzt wusste er, dass er gewonnen hatte. Dumme Kuh, die sie war.

Die Eingangstür wurde geöffnet, ein junges Pärchen kam herein, penetrant frischverliebt. Murat warf ihr einen bittenden Blick zu.

„Ich geh schon mal nach hinten", sagte sie. Warum ging sie eigentlich nicht zur offenen Tür hinaus? Vielleicht, weil das Leben kompliziert interessanter war?

Murat Demir wohnte über dem Atelier im ersten Stock. Eine schmale Treppe führte nach oben. Darunter war der Eingang zur Dunkelkammer und daneben eine Tür, die bisher immer verschlossen gewesen war.

„Abstellraum", hatte Murat einmal gesagt. „Nur Gerümpel."

Heute stand die Tür einen Spaltbreit offen.

Erst wollte Kerstin Weiß vorbeigehen. Dann siegte die Neugier.

Sie sah zurück. Murat verhandelte mit dem Pärchen. Wie es sich anhörte, würde es noch ein paar Minuten dauern. Sie stieß die Tür ein Stück auf. Ein kleines, karg möbliertes Büro. Kein Fenster, fast dunkel. Auf dem Schreibtisch ein Laptop. Sie schaute sich um. Regale. Aktenordner. An eine kahle Wand waren großformatige Fotos gepinnt. Es mochten Dutzende sein, vielleicht an die hundert. In der Dunkelheit des Raumes konnte sie nichts erkennen. Sie ging um den Schreibtisch herum. Vom Türspalt her fiel spärliches Licht auf einige der Fotos. Was sie sah, ließ sie erschaudern. Auf dem Schreibtisch stand eine altmodische Lampe. Kerstin Weiß zögerte. Dann drückte sie den Schalter. Gelbes, gedämpftes Licht.

Es waren Bilder von Kindern. Grauenhafte, ekelerregende Bilder. Eine Galerie des Schreckens.

*

Das Büro des Leitenden Oberstaatsanwaltes von Schweinfurt, Dr. Leopold Wurzer, war eigentlich ein Wohnzimmer. Die Tür war mit altmodischem grünem Leder schallgedämmt, der wuchtige Schreibtisch konnte noch aus dem 19. Jahrhundert stammen. Es gab ein riesiges grünes Sofa, zwei Plüschsessel, einen runden Tisch mit gestickter Decke. Der gewaltige Bücherschrank war eine Antiquität, ebenso die Kommode daneben. Darauf stand eine Unzahl von Flaschen, deren Inhalt ebenfalls recht alt war, wie Blacky vermutete. Zumindest bei den Whiskys würde sein Freund Lothar das besser einschätzen können. An den Wänden, die nicht gestrichen, sondern tapeziert waren, hingen Ölgemälde mit ernsten Männergesichtern.

Dr. Wurzer bemerkte Blackys Blick.

„Meine Vorgänger. Die Ahnengalerie sozusagen. In Öl gemalte Erinnerung an die Vertreter von Recht und Ordnung in dieser Stadt. Das ist wichtig in unseren Zeiten."

Pathetische Worte, wie sie Blacky nicht ausstehen konnte. Lothar neigte bei bestimmten Anlässen auch dazu, aber da nahm er es sportlich. Bei Amtspersonen und Politikern sträubten sich ihm die nicht vorhandenen Nackenhaare.

„Lassen Sie uns zum Thema kommen", sagte der Oberstaatsanwalt. „Meine Zeit ist begrenzt. Sie haben Chiara Gabrieli gekannt?"

„Ist das jetzt ein Verhör?", fragte Blacky. „Ich dachte, ich bekomme exklusive Informationen."

„Nicht so schnell, junger Mann. Wir müssen erst einiges klären. Also?"

Der Wind hatte sich völlig gedreht. Nichts mehr von der freundlichen Verbindlichkeit vorgestern am Ellertshäuser See. Stattdessen Schärfe und Kälte in der Stimme.

„Kennen ist zu viel gesagt", antwortete Blacky. „Ich habe sie einmal gesehen."

„Interessant. Und das hat ausgereicht, dass Sie sich selbst sozusagen zu ihrem Nachlassverwalter ernannt haben?"

„Ich verstehe nicht", sagte Blacky, der anfing, zu verstehen.

„Nun, Sie schnüffeln herum, was man Ihnen als Vertreter der Presse vielleicht gerade noch durchgehen lassen kann. Aber viel entscheidender ist, dass Sie Beweismaterial an sich gebracht und unterdrückt haben. Und das ist strafbar."

In Blackys Kopf wirbelten die Gedanken. Bill Jenkins. Natürlich. Er gab also Informationen an die deutsche Justiz weiter. Warum auch immer. Von Anfang an hatte er ihm nicht getraut, aber er hatte das Risiko eingehen müssen, ihn wegen des USB-Sticks um Hilfe zu bitten. Aber vielleicht war das doch ein großer Fehler gewesen.

„Das ist Quatsch!", sagte Blacky mit fester, leicht erhobener Stimme. Dr. Wurzer sah ihn erstaunt an. „Eine Verwandte von Chiara hat mir einen USB-Stick gegeben. Ja und? Sie hätte mir auch eine Briefmarkensammlung gegeben, wenn eine vorhanden gewesen wäre. Wieso Beweismaterial? Sie wissen doch gar nicht, was auf dem Stick drauf ist."

„*Eine Studie des Schreckens*", sagte der Oberstaatsanwalt.

„Ja, vielleicht der Anfang eines Romans, den sie schreiben wollte? Und was weiter? Zahlen. Ich bin daraus nicht schlau geworden. Vielleicht ein Code, vielleicht eine Gedächtnisübung. Ein Beweis wofür? Außer, Sie haben es entschlüsseln können. Haben Sie aber nicht."

Volltreffer. Dr. Leopold Wurzer machte ein Gesicht, als hätte er in den berühmten sauren Apfel gebissen. Dann setzte er ein bemühtes Lächeln auf.

„Wir wollen uns nicht streiten. Vielleicht sind Sie so freundlich, mir den Datenträger so rasch wie möglich auszuhändigen. Ich müsste ihn sonst beschlagnahmen lassen."

„Sie sitzen am längeren Hebel", murmelte Blacky.

„Ohne Zweifel. Und jetzt hören Sie mir genau zu. Chiara Gabrieli ist eine gute Woche vor ihrem Tod zu mir gekommen, weil sie glaubte, Verdachtsmomente gesammelt zu haben. Verdachtsmomente, die den Tod ihrer kleinen Schwester betrafen. Sie hat wilde Andeutungen gemacht und sogar behauptet, sie würde den oder die Täter kennen. Es würde ihr nur noch der letzte Beweis fehlen. Nun, sie war sicher eine bemerkenswerte junge Frau, Jurastudentin, blitzgescheit. Aber sie hatte sich verrannt. Wie immer, wenn Angehörige eines Mordopfers meinen, selbst ermitteln zu müssen. Oder Menschen, die zu nahe an der Sache dran sind. Lassen Sie sich das als Warnung dienen, Herr Schwarz. Nichts von dem, was Chiara Gabrieli glaubte herausgefunden zu haben, hatte Hand und Fuß. Sie war auf der völlig falschen Spur."

Hoppla he, dachte Blacky. Wenn einer mit aller Macht etwas in den Dreck zu ziehen versucht, hat er meistens selber Dreck am Stecken.

„Und was ist nun mit der exklusiven Information, Herr Oberstaatsanwalt?", fragte er.

„Ach so, das. Ja, da kann ich Ihnen sagen, dass im Ellertshäuser See eine Kinderleiche gefunden wurde. Zu gegebener Zeit wird Weiteres mitgeteilt werden."

„Und das ist alles?"

„Ich fürchte ja, Herr Schwarz. Für den Augenblick. Und jetzt müssen Sie mich leider entschuldigen."

Ehe Blacky sich versah, hatte Dr. Wurzer die mit grünem Leder beschlagene Tür geöffnet und ihn hinauskomplimentiert. Perplex stand er auf dem Gang und versuchte, sich einen Reim zu machen. Er wurde in seinen Gedanken unterbrochen durch die wuchtigen Schritte von Kriminalhauptkommissar Wolfram Bayer, der auf das Vorzimmer des Oberstaatsanwaltes zusteuerte.

„Ach, der Herr Schwarz", sagte er mit einem bitteren Ton in der Stimme. „Sie waren beim Oberstaatsanwalt, stimmt's? Ich hätte Sie für klüger gehalten."

*

Sie hatte ihr schamlos ein paar handfeste Lügen aufgetischt, und Antje Wenning hatte sie begierig geschluckt. Am Schluss hatte Sandra Gall alles, was sie wollte. Außerdem saß sie jetzt zum ersten Mal im Leben am Steuer eines Jaguars. Eines Jaguars XJ, was ihr aber nichts sagte. Metallicblau und so edel, dass Sandra Gall sich bereits auf der Maxbrücke fragte, ob reich sein nicht doch auch Vorteile hatte.

Mareike saß neben ihr und schwieg immer noch. Sie hatte die ganze Zeit geschwiegen, was Sandra Gall ihr eindringlich angeraten hatte.

„Spiel die Verschüchterte, die unter Schock steht", hatte sie ihr befohlen. „So durcheinander und blass, wie du bist, dürfte das ja kein Problem sein."

Als sie in der Mainberger Straße vor dem Polizeigebäude standen und das Taxi davongejagt war, hatte Mareike wieder zu zittern begonnen, diesmal so heftig, dass Sandra Gall befürchtete, sie würde umkippen.

„Ich hab doch nichts getan", heulte sie los.

„Keine Ahnung, was hier läuft. Ich weiß nur, dass wir abhauen müssen."

„Abhauen? Bringst du mich nicht zur Polizei?"

„Quatsch. Ich habe uns doch nur hierherfahren lassen, um den Taxifahrer zu verarschen. Er war so misstrauisch, dass er sofort die Bullen angerufen hätte, wenn wir irgendwo anders ausgestiegen wären. Gott sei Dank ist er auf die Nummer voll reingefallen."

„Und jetzt?"

„Unauffällig weg von hier. Andere Straßenseite, Richtung Leopoldina. Ich glaub, ich hab 'ne Idee."

Sie waren in die Hennebergstraße eingebogen, bergauf gegangen und um ein paar Ecken in die Deutschfeldstraße gelangt. Vor einem kupferfarbenen Sicherheitstor, das in eine hohe Mauer eingelassen war, blieb Sandra Gall stehen.

„Hier ist es“, sagte sie. „Natürlich kein Namensschild. Reiche Leute haben so etwas nicht. Jetzt pass auf, was ich dir sage. Hier wohnt eine Kundin von mir. Antje Wenning. Wir haben uns in letzter Zeit etwas angefreundet. Sie ist Witwe, ihr Mann ist vor etwa zwei Monaten gestorben. Na ja, er hat sich umgebracht. Ziemlich dubiose Geschichte. Seitdem lebt Antje am Rand des Abgrunds. Ich versuch' ihr ein bisschen zu helfen.“

Dann hatte Sandra Gall Mareike eingeschärft, die Verschüchterte zu spielen und möglichst wenig zu sagen. Es dauerte lange, bis sich nach dem Klingeln eine Tür öffnete.

Antje Wenning war eine blasse, schmale Frau mit leiser, müder Stimme. Sie bewegte sich in ihrem pompösen Haus wie ein Gespenst. Sandra Gall war schon öfter hier gewesen; sie führte, wie es ihre Art war, gleich das Zepter und kochte Tee. Antje Wenning schien es recht zu sein, sie und Mareike saßen wie zwei zerbrechliche Porzellanpuppen auf dem Sofa und schwiegen.

Dafür redete Sandra Gall umso mehr. Sie erzählte die herzzerreißende Geschichte von der armen Mareike, die seit Jahren von ihrem Mann misshandelt wurde und es nun endlich gewagt hatte, zu fliehen. Selbstverständlich war ihr Mann hinter ihr her.

„Bei mir kann sie nicht wohnen“, sagte Sandra Gall. „Der Dreckskerl kennt natürlich mein Häuschen. Und in das Frauenhaus will ich meine beste Freundin nicht bringen.“

„Sie kann doch hierbleiben“, erwiderte Antje Wenning. „Hier ist ja genug Platz.“

„Das wär' natürlich eine Idee“, sagte Sandra Gall. „Aber das macht dir doch Umstände.“

„Ich kann nicht in Schweinfurt bleiben“, flüsterte Mareike. „Hier lauert das Böse.“

„Wir haben noch ein Haus“, sagte Antje Wenning. „In Handthal. Das steht leer.“

„Handthal? Wo ist das denn?“

„Im Steigerwald. Nicht so weit von Gerolzhofen weg.“

„Steigerwald? Ich hab aber kein Auto“, sagte Sandra Gall.

Eine halbe Stunde später saß sie mit Mareike in einem Jaguar XJ. Antje Wenning hatte ihr das Navigationsgerät programmiert, und eine kühle Frauenstimme lotste sie durch die Stadt. Hinter der Maxbrücke sagte Sandra zu Mareike: „Ich kann jetzt nicht mir dir reden, weil ich mich auf die Blechstimmentussi da konzentrieren muss. Aber wenn wir in diesem Handthal angekommen sind, kenn’ ich keine Gnade mehr. Dann will ich haarklein wissen, was da eigentlich läuft. Im Augenblick komm’ ich mir vor wie in einem Horrorfilm. Ich hoffe, du hast eine echt gute Erklärung für die ganze Scheiße.“

*

Kriminalhauptkommissar Bayer verließ das Büro des Leitenden Oberstaatsanwaltes erst nach über einer Stunde. Sein Vorhaben, Dr. Wurzer ultimativ zur Rede zu stellen, war ziemlich gescheitert. Wenn auch vielleicht nicht ganz. Der Jurist war zunächst wie immer aalglatt, arrogant und zugeknöpft gewesen. Er hatte sich Wolfram Bayers zornigen Ausbruch ruhig angehört. Schließlich hatte er eisig gelächelt und gesagt: „Auch wenn Sie es mir vielleicht nicht zutrauen, Herr Hauptkommissar, ich weiß genau, was ich tue.“

„Ich traue Ihnen alles zu, Herr Oberstaatsanwalt", platzte es aus dem Kriminalbeamten heraus.

„Na, na, na, Bayer, das will ich jetzt mal lieber nicht missverstehen."

Das hatte jovial geklungen. Trotzdem war es Wolfram Bayer nicht entgangen, dass Dr. Wurzer einen winzigen Moment betroffen und unsicher gewirkt hatte. Der Leiter der Mordkommission buchte auch diese Beobachtung auf das Misstrauenskonto, das er sich angelegt hatte. Es gab dort bereits mehrere Posten, aber sie waren vage und spekulativ.

Dann hatte der Oberstaatsanwalt ein halbwegs freundliches Lächeln aufgesetzt – ein Lächeln, dem Wolfram Bayer überhaupt nicht traute.

„Glauben Sie mir, Herr Bayer, wenn dieser Fall nicht auch noch eine äußerst brisante Dimension enthalten könnte – ich drücke mich bewusst im Konjunktiv aus –, dann könnte ich offener zu Ihnen sein. So aber …"

„Und wie soll ich unter diesen Umständen sinnvoll meine Arbeit machen? Wenn ich ständig das Gefühl habe, dass mir Informationen vorenthalten werden? Wir kommen in der Sache Laura Gabrieli kein Stück voran. Und jetzt haben wir diese zweite Kinderleiche …"

„Wie ich schon sagte: Ich habe alles im Griff. Sie bekommen alle Informationen, die Sie für die praktische kriminalpolizeiliche Arbeit benötigen. Dass es darüber hinaus noch einen Rest geben mag, für den ich allein verantwortlich bin … nun ja. Das sind sozusagen politische Gründe, über die ich mich nicht äußern kann."

„Ach so!" Wolfram Bayer war an dieser Stelle noch einmal der Kragen geplatzt. „Wollen Sie eigentlich, dass dieser Fall aufgeklärt wird, oder nicht?"

„Sie sind ein Idiot, Bayer. Was halten Sie denn von mir? Natürlich will ich, dass der Fall geklärt wird. Ende der Debatte!“

Dann hatte der Kriminalhauptkommissar den Leitenden Oberstaatsanwalt noch über die Ermittlungen wegen der Frauenleiche vom Hexenbrünnle auf den Stand der Dinge gebracht.

„Identität nach wie vor unbekannt. Keine verwertbaren Reifenspuren im Umkreis des Fundortes der Leiche. Leider. Denn die Frau ist ohne Zweifel tot dorthin geschafft worden. Sie wurde mit Rizin vergiftet.“

„Interessant.“

„Finde ich auch. Wann hat man heutzutage noch einmal einen Giftmord?“

„Orale Verabreichung?“

„Ja. Offensichtlich mit einer Mahlzeit. Bei einem Erwachsenen genügen ein paar Samenkörner der Rizinusstaude, um eine tödliche Wirkung zu erzielen. Rizin ist einer der giftigsten natürlichen Eiweißstoffe. Bei entsprechender, aber eben relativ geringer Menge ist die Überlebenschance gleich null. Ein Gegenmittel gibt es nicht. Zwischen der Zuführung des Giftes und dem Eintritt des Todes am Samstagabend gegen zwanzig Uhr dürften etwa zwei Tage gelegen haben. Das ist für die letale Wirkdauer von Rizin ein normaler Zeitraum. Allerdings stellt sich die Frage, weshalb die Frau wegen der heftigen Symptome, die über viele Stunden hinweg aufgetreten sind, keine Hilfe gesucht hat.“

„Weil sie von ihrem Mörder daran gehindert wurde?“

„Das vermuten wir, ja. Die Gerichtsmediziner sind sich sicher, dass die Frau kurze Zeit nach Todeseintritt in das Hexenbrünnle gelegt wurde.“

„Irgendwelche Anhaltspunkte, weshalb?"

„Keine. Das ist ein recht abgelegener Ort, aber mit einem Fahrzeug gut zu erreichen. Allerdings steht direkt daneben ein einzelnes Wochenendhaus. Der alte Herr, der sich dort aufgehalten hat, scheint nichts mitbekommen zu haben."

„Das Hexenbrünnle …", sinnierte der Oberstaatsanwalt. „Könnte das eine symbolische Bedeutung haben?"

„Vielleicht", hatte Wolfram Bayer geantwortet. „Aber an so ein Zeug glaub' ich nie. Das ist nur eine Quelle, wo das Wasser in ein kleines Becken läuft. Wo der Name herkommt, weiß kein Mensch. Hexen wurden dort jedenfalls noch keine gesehen."

Als Kriminalhauptkommissar Bayer am späten Nachmittag in sein Büro zurückkam, saß dort Kerstin Weiß auf einem Stuhl und wartete.

„Ich muss unbedingt mir dir reden, Wolfram", sagte sie.

*

Blacky war mit dem Gefühl nach Hause gegangen, zwischen allen Stühlen zu sitzen. Oder sogar zwischen zwei Mahlsteine geraten zu sein, beide gleich unangenehm. Wolfram Bayer konnte ein echter Kotzbrocken sein, und der Oberstaatsanwalt war ein Arschloch. Er beschloss, den USB-Stick am nächsten Tag bei der Staatsanwaltschaft abzuliefern und sich noch einmal mit Kerstin Weiß zu beraten. Auch auf die Gefahr hin, damit in ein Bermudadreieck zu geraten.

Er versuchte Lothar in Irland zu erreichen – vergeblich. Vermutlich war das Golfturnier in vollem Gange. Dann spielte er Gitarre, räumte den Geschirrspüler aus und warf die Waschmaschine an. Kurz nach sechs verließ er die Wohnung und ging zum zweiten Mal an diesem Tag durch die

Innenstadt zum Gericht. Der Frühling hatte sich erneut durchgekämpft, aber die Wolken am Himmel drohten schon wieder mit Regen. Blacky gab der Versuchung nach, sich bei *Cosimo* in der Spitalstraße eine Kugel Schokoladeneis zu holen; damit schlenderte er die Schultesstraße entlang und näherte sich langsam dem Schillerplatz.

Die öde Fläche gähnte ihn einsam an, der trostlos verunglückte Brunnen sprudelte seine eigene Hoffnungslosigkeit in die Luft. Hier war niemand, weil niemand gewusst hätte, was er hier sollte. Schweinfurt tat sich schwer mit seinen Plätzen, und in Augenblicken wie diesen fragte sich Blacky, ob es die Stadt eigentlich verdiente, dass er sein Leben mit ihr teilte.

Dann machte er etwas, was er selten machte: Er setzte sich eine Mütze auf. Eine alte, speckige Ledermütze, die er vor Jahren in der Bretagne gekauft hatte, als ihm der atlantische Dauerregen irgendwann so auf die Glatze gegangen war, dass er sich der bretonischen Männermode unterworfen hatte. Seitdem hatte sie im Schrank vor sich hin gegammelt, bis er sie vorhin herausgeholt und in die Tasche gesteckt hatte. Man konnte den Mützenschild wunderbar ins Gesicht ziehen, und das tat er nun, nachdem er sich auf eine Bank gesetzt hatte. Von hier aus konnte er den Schillerplatz überblicken, und er hatte freie Sicht auf den Seiteneingang des Gerichtsgebäudes.

Als es von der Heilig-Geist-Kirche herüber sieben Uhr schlug, erwies es sich, dass Olaf Röders verschwörerisches Raunen vom Vormittag tatsächlich Insider-Wissen preisgegeben hatte:

„Jeden Montagabend, sieben Uhr, treffen sich die Siebener im Schweinfurter Gericht. Oben auf dem Dachboden gibt es eine geheime Versammlungsstätte, von der so gut wie niemand etwas weiß. Frag mich nicht, was die dort machen. Ich habe Gerüchte gehört, da zieht's dir die Schuhe aus. Mehr sag ich nicht."

Von allen Seiten strebten plötzlich Männer eiligen Schritts, aber betont unauffällig, dem Seiteneingang des Gerichts zu. Sie trafen sich an der Treppe, stiegen gemeinsam hinauf, von innen öffnete sich die große Holztür, Sekunden später waren sie verschwunden.

Es waren, wie Olaf Röder gesagt hatte, sechs Männer gewesen, und ein siebter hatte die Tür geöffnet. Die Kamera seines Smartphones hatte sie alle aufgenommen, aber Blacky brauchte die Bilder gar nicht. Er kannte sie alle sechs, und er ahnte auch, wer der siebte war.

DIENSTAG

Der Tag im späten April hatte mit Schneeschauern begonnen. Die Stimmung in der Redaktionskonferenz von Main-Radio Schweinfurt war auf dem Nullpunkt.

„Also, der Wetterbericht verheißt nichts Gutes", erklärte Blacky. „Für Freitag sind Dauerregen, Mistwetter und eine Scheißkälte vorausgesagt. Die Grillparty können wir knicken."

„Meine Güte, ihr Franken seid immer so zimperlich", ätzte Sören. „In Ostfriesland grillen wir bei jeder steifen Brise, und wenn es Fischköpfe regnet. Dazu Jever, genügend Klare, und alles is gut."

„Fragt sich nur, was ihr grillt", sagte Olaf Röder. Keiner wunderte sich, dass er schon wieder zur Redaktionskonferenz erschienen war, weil er unübersehbar Valentina nicht aus den Augen ließ.

„Alternativen?", fragte Patricia. „Irgendwo im Trockenen?"

„Dann ist das keine Grillparty mehr", protestierte Olaf Röder. „Wir vertagen die Entscheidung. Auf Wettervorhersagen kann'ste sowieso pfeifen. Wenn's am Freitag tatsächlich schifft, sagen wir kurzfristig ab. Wofür sind wir Radio? Bei uns hörst du heute, was morgen in der Zeitung steht. Also steht am Samstag in der Zeitung: *Main-Radio sagt traditionelle Grillparty zur Walpurgisnacht ab,* und wir haben's vorher schon gemeldet. Is doch genial, oder?"

Mitleidiges Schweigen, dann fragte Patricia: „Und wo jetzt?"

„Wir bleiben im Höllental in der Nähe des Hexenbrünnle. Geile Location für die Walpurgisnacht. Das mit der Leiche hat bis dahin doch eh jeder vergessen. Und wenn nicht: Gruselfaktor. Was tut sich denn eigentlich in der Geschichte?"

„Giftmord", sagte Sören. „Rizin. Spannender Fall. Die Frau ist nach wie vor unbekannt. Ich bin aber dran an der Sache."

Olaf Röder nickte. Dass Blacky und nicht Sören für Kriminalfälle zuständig war, hatte er wieder vergessen. Aber das war jedem egal.

„Wir grillen Hexensteaks und magische Bratwürste", sagte er. „Spezialwürze, extra für uns hergestellt. Die Würste natürlich grob. Ihr wisst ja: Jeder Schweinfurter wird mit 'ner Bratwurst im Mund geboren. Bier und Limo kommen diesmal vom Brauhaus. Was ist mit dem Event?"

„Die Vorbereitungen laufen", erläuterte Patricia. „Bekanntlich haben wir das an Frau Kühlborn von der Stadtbücherei delegiert. Sie hält uns laufend auf dem Laufenden. Stündlich eine E-Mail. Sie hat das im Griff."

„Wunderbar", sagte Olaf Röder. „An die Arbeit, Leute. Valentina, wir gehen einen Kaffee trinken. Ich erklär' dir heute mal grundsätzlich, was Radio eigentlich ist."

Bei der Tür warf er Blacky einen verschwörerischen Blick zu.

„Na, wir war's gestern Abend?"

„Aufschlussreich", sagte Blacky. „Aber da steh ich nun, ich armer Tor, und bin so klug als wie zuvor. Was machen die da?"

„Tja", meinte Olaf Röder. „Das musst du schon selber rauskriegen. Ich sag da nix."

Als Blacky mittags den Sender verließ, erwarteten ihn Sonnenschein und eine Überraschung.

*

Auf der B 286 ließ Sandra Gall die Katze zwischen Gerolzhofen und Schwebheim wenigstens einmal kurz schnurren. Der Berufsverkehr war vorbei und die Straße frei. Sie hatte noch nie ein so großes Auto gefahren, fand aber zunehmend Gefallen daran. Der Jaguar glitt in majestätischer Ruhe dahin, und wenn sie den Tacho nicht ständig im Auge behielt, erreichte sie im Nu abenteuerliche Geschwindigkeiten. War das vielleicht die moderne Version des Ritts auf dem Hexenbesen?

Sie wollte nicht lange in Schweinfurt bleiben. Nur Kleidung, Wäsche und das Nötigste zur Körperpflege von zu Hause holen und ein Schild an den Laden hängen: *Vorübergehend geschlossen.* Eigentlich konnte sie sich das nicht leisten, aber besondere Umstände erforderten besondere Maßnahmen. Mareike war ihre beste Freundin; sie konnte sie in der Verfassung, in der sie war, nicht im Stich lassen. Obwohl sie immer noch nicht wusste, was sie von all dem halten sollte. Sie befürchtete jedoch, dass ein sehr besonderer Fall eingetreten war.

Aus Mareike war gestern den Rest des Tages kein Wort mehr herauszubekommen gewesen. Kaum hatten sie das Wochenendhaus der Wennings im idyllisch gelegenen Handthal betreten, hatte sie sich auf die erstbeste Couch gelegt, eine Decke über sich gezogen und war in einen Erschöpfungsschlaf gefallen, aus dem sie sich nicht mehr wecken ließ. Sandra Gall hatte das Haus ein wenig hergerichtet, gelüftet, Betten bezogen, Milch, Brot und Käse eingekauft, war spazieren gegangen, hatte in der nahegelegenen *Steigerwald-*

stube zu Abend gegessen. Mareike hatte die ganze Nacht tief geschlafen; am Morgen, der im Steigerwald wie ein Wintereinbruch war, stand sie endlich auf, trank eine Tasse Tee und starrte dabei aus dem Fenster.

„Wo sind wir?", fragte sie schließlich.

„Im Steigerwald."

„Im Steigerwald? O Gott, nein!"

„Was hast du gegen den Steigerwald? Wirst du mir jetzt endlich erzählen, was los ist?"

Aber Mareike hatte geschwiegen. Sie hatte dagesessen und geschwiegen. Sandra Gall war fast ausgerastet.

„Du hast mich um Hilfe gerufen. Du hast gesagt, du musst mich warnen. Du machst ein Theater, das nicht zu glauben ist. Und jetzt kriegst du den Mund nicht auf."

„Bring mich von hier weg. Wir sind hier nicht sicher."

Das waren ihre einzigen Worte nach einer halben Stunde Schweigen gewesen.

„Es weiß doch niemand, dass wir hier sind. Das ist sozusagen der Arsch der Welt. Und solange du mir nicht sagst, was in deinem Kopf vorgeht, bringe ich dich nirgendwo hin. Außerdem ist die Polizei hinter dir her. Du bleibst jetzt erst mal hier, ich fahre nach Schweinfurt, erledige ein paar Dinge und hole uns Klamotten. Dann komme ich zurück. Ich weiß mir echt keinen Rat mehr mit dir. Jeder andere würde dich jetzt zu einem Doktor schleppen. Oder gleich in die Klapse bringen. Aber das kommt natürlich nicht in Frage."

Wenn Sandra Gall ein klares Feindbild im Leben hatte, waren es die Schulmedizin und vor allem Psychiater, Psychologen und Psychotherapeuthen. Sie hielt sie allesamt für Quacksalber, Schaumschläger und verblendete Größenwahnsinnige. Ihren eigenen Heilkräften traute sie allerdings auch nur bedingt etwas zu. Sie verstand wenig von Kräuterkunde, vom magischen Heilen etwas mehr, aber es gab Schwestern, die da weitaus bewanderter waren und über starke Kräfte verfügten.

Seit gestern allerdings, seit sie Mareike auf dem Friedhof im magischen Kreis vom Bösen hatte reden hören, ahnte sie, dass eine ganz besondere Macht nötig sein würde, um ihrer Freundin beizustehen und ihr zu helfen. Eine Macht, die weder sie noch die anderen Schweinfurter Schwestern besaßen.

Aber Sandra Gall wusste schon, wen sie zu Rate ziehen und um Hilfe bitten würde.

*

Der Leiter der Polizeiinspektion Schweinfurt war nicht begeistert gewesen, als ihn die Pressesprecherin, Oberkommissarin Kerstin Weiß, für ein paar Tage um Urlaub gebeten hatte. Aber es war etwas in ihrem Gesicht und in ihrer Stimme gewesen, was ihn bewogen hatte, zuzustimmen. So saß Kerstin Weiß an diesem Vormittag in ihrer Wohnung am Bergl und überlegte, wie sie nun weiter vorgehen sollte.

Am späten Montagnachmittag hatte sie Kriminalhauptkommissar Wolfram Bayer ins Vertrauen gezogen. Der Leiter der Mordkommission hatte bewiesen, dass er rasch umschalten konnte: von bärbeißig und brummig auf sanft und einfühlsam.

„Du hast also ein … Verhältnis mit diesem Demir?“, fragte er.

„Ja.“

„Na gut. Warum auch nicht. Seit wann? Ich meine, es geht mich nichts an, aber du wolltest mit mir reden …"

„Schon klar. Seit kurz nach Fasching. Ich bin zu ihm gegangen, weil ich … ein paar Aufnahmen von mir machen lassen wollte. Wir hatten zwar kurz vorher mit ihm zu tun wegen der kleinen Hülya, die verschwunden war. Er ist ihr Onkel, aber da sich die Sache ja aufgeklärt hat, sah ich keinen Grund, es nicht zu tun. Okay, er hat mich fotografiert, wir sind ins Gespräch gekommen, ich fand ihn … interessant. So passiert's eben …"

„Eigentlich schön für dich", sagte Wolfram Bayer und ließ einen Moment einen Gedanken zu, den er gleich wieder wegdrängte.

„Na ja, wie man's nimmt. Jede Beziehungskiste hat auch ihre Sargnägel. Ich will jetzt nicht ins Detail gehen, aber Murat hat schon seine eigenen Ansichten über Frauen und Männer. Aber so ist er halt erzogen worden. Was mich mit der Zeit stutzig gemacht hat: Er war sehr an unserer Arbeit interessiert. Hat mich ständig ausgefragt, wollte Details wissen."

„Was hast du ihm gesagt?"

„Nichts natürlich. Oberflächliche Geschichten. Anekdoten. Allgemeine Belanglosigkeiten."

„Du weißt, dass so etwas in die Hose gehen kann."

„Ja, ich weiß, Wolfram. Aber er ist … ein charmanter Mann. Man kann ihm schwer etwas abschlagen."

„Frauen", seufzte Wolfram Bayer. „Hättest du nicht mit diesem Schwarz vom Radio etwas anfangen können? Er steckt zwar seine Nase auch überall rein, aber er ist kontrollierbar. Dieser Demir dagegen …"

„Jetzt gehst du aber zu weit", protestierte Kerstin Weiß.

„Ich hatte alles unter Kontrolle, okay? Ich konnte doch nicht ahnen, was sich da für Abgründe auftun …“

„Und was machen wir jetzt? Das mit den Bildern allein genügt nicht für eine Hausdurchsuchung.“

„Im Zusammenhang mit unseren zwei Fällen vielleicht schon.“

„Nie und nimmer. Ich weiß doch nicht einmal, wo ich einen Zusammenhang hernehmen sollte. Außerdem müssen wir dich außen vor lassen. Du willst zu uns kommen. Da darf kein Fleckchen auf deiner weißen Dienstbluse sein.“

„Gut“, sagte Kerstin Weiß. „Dann liefere ich Beweise.“

Hauptkommissar Bayer sah sie misstrauisch an.

„Jetzt mach keine Dummheiten“, sagte er. „Du kannst nicht eine Privatkiste mit dem Dienst vermischen. Außerdem bist du Pressesprecherin und keine Ermittlerin.“

„Ich nehme Urlaub“, erwiderte Kerstin Weiß. „Und da kann ich machen, was ich will.“

Den Morgen des ersten Urlaubstages verbrachte sie damit, nachzudenken.

*

Lässig lehnte Bill Jenkins an der Barchetta.

„Hi, Blacky“, sagte er mit seinem Kaugummiakzent. „Schön, dich zu sehen.“

Blacky wusste nicht, ob er es schön finden sollte. Er wusste überhaupt nicht, wie er es finden sollte.

„Gehen wir einen Kaffee trinken?“, fragte der Amerikaner. „McDonald’s ist gleich um die Ecke.“

Was keine grundlegend neue Information für Blacky war. Aber vielleicht gab es andere Informationen.

„Okay.“

Bill Jenkins stieg so selbstverständlich in die Barchetta, als sei er zu Fuß gekommen. Auf der Fahrt überlegte Blacky, ob er überhaupt einen Plan hatte. Bill Jenkins war nicht zu trauen, so viel war klar. Er hatte die Sache mit dem USB-Stick an Oberstaatsanwalt Dr. Wurzer weitergegeben. Was bedeutete, dass er mit den deutschen Behörden zusammenarbeitete. Und zwar anscheinend nicht mit der Kriminalpolizei und Wolfram Bayer, sondern auf übergeordneter Ebene. Es sprach einiges dafür, dass sein Auftauchen heute mit dem Gespräch von gestern zusammenhing. Konnte es sein, dass der Oberstaatsanwalt den Amerikaner auf ihn angesetzt hatte? Oder war das ein Hirngespinst? Das Ergebnis davon, dass er in seinem Leben zu viele Agententhriller gesehen hatte? Unbestreitbare Tatsache war aber, dass ein Mann, der vielleicht der CIA oder einem anderen Geheimverein angehörte, soeben mit ihm zum Kaffeetrinken fuhr. Also doch keine Hirngespinste?

Olaf Röder saß mit Valentina ebenfalls bei McDonald's und war ganz bei der Sache. Trotzdem bemerkte er Blacky und musterte den Amerikaner mit interessiertem Blick. Blacky nickte ihm zu, bestellte Kaffee und verzog sich mit Bill Jenkins in die hinterste Ecke, so weit wie möglich von Olaf Röder entfernt. Er wusste, dass dessen Elefantenohren soeben noch einmal zu wachsen begannen.

Bill Jenkins hatte offensichtlich nicht vor, um den heißen Brei herumzureden.

„Wir sollten zusammenarbeiten", sagte er.

„Finde ich interessant", meinte Blacky. „Aber was soll das heißen? Konkret, meine ich."

„Wir tauschen Informationen aus."

„Ja", sagte Blacky. „Dann fang mal damit an."

Der Amerikaner lachte laut.

„So geht das nicht."

„Eben", sagte Blacky. „So geht das nicht. Was soll das Ganze also?"

„Okay", antwortete Bill Jenkins. „Was willst du wissen?"

„Wer du eigentlich bist, zum Beispiel. Leg mal deine Karten offen auf den Tisch."

„Weißt du, Blacky", sagte Bill Jenkins, „das würde dir nicht viel nützen. In unserer Branche legen wir die Karten nie auf den Tisch. Und selbst wenn, du wüsstest dann immer noch nicht, wie viele Karten ich noch im Ärmel habe. Lass es doch einfach damit bewenden: Ich bin für Sicherheit zuständig. Mehr brauchst du nicht zu wissen."

„Warum willst du mit mir zusammenarbeiten? Was soll ich für Informationen haben, die du nicht hast? Ich bin Amateur, du Profi."

„Das würde ich nicht unterschätzen. Außerdem ist es so, dass offizielle Stellen manchmal nicht an Informationen kommen, die so einer wie du beschaffen kann."

„Du willst mich also als Spitzel benutzen?"

„Spitzel?", sagte der Amerikaner. „Schönes deutsches Wort. Wir würden dafür auch bezahlen."

„Das ist nicht der Punkt." Aber doch eine neue Idee, fand Blacky. Er war schließlich selbständig.

„Außerdem habe ich das Gefühl", fuhr Bill Jenkins fort, „dass du sehr involviert bist. Mit deinem Herzen. Du möchtest wissen, wer Chiaras Schwester auf dem Gewissen hat. Oder nicht?"

Blacky schwieg. Sah man es ihm an der Nasenspitze an? Vielleicht nicht; aber allein, wie er sich bemüht hatte, dem

USB-Stick und Chiaras Code das Geheimnis zu entreißen, hatte ihn verraten. Bill Jenkins wusste, wo er ihn packen konnte.

„Allein wirst du es nicht herausfinden."

Das stimmte. Was hatte er denn? Chiaras Aufzeichnungen als Code, den er nicht zu entschlüsseln vermochte. Den Bericht über die Autopsie von Lauras Leiche, der bestürzende Fragen aufwarf und keine Antworten gab. Einen sehr vagen Verdacht, von dem er nicht wusste, wie er ihn erhärten sollte.

„Okay", sagte Blacky. „Dann lass uns ins Geschäft kommen."

Sein Handy klingelte. Eine Nummer, die er nicht kannte.

*

Sandra Gall parkte den Jaguar in der Siebenbrückleinsgasse, ging durch die Fußgängerzone zu ihrem Laden, kramte in einer Schublade nach dem Schild *Vorübergehend geschlossen* und klebte es an die Eingangstür. Dann griff sie zum Telefon. Sie bemerkte, wie ihre Hand zitterte und eine ungewohnte Nervosität in ihr hochkroch. Etwas, das sie eigentlich nicht mehr kannte. Seit sie sich zur selbständigen Geschäftsfrau und erfolgreichen Expertin für die Sinnfragen des Lebens hochgearbeitet hatte, war ihr Selbstbewusstsein bis zu der Größe angewachsen, die man für die innere Freiheit brauchte. Andere Menschen flößten ihr zwar manchmal noch Respekt, aber längst keine Angst mehr ein. Sandra Gall konnte sich nicht erinnern, wann sie das letzte Mal vor einem Telefonat nervös gewesen war, weil sie sich demjenigen, den sie anrief, nicht gewachsen fühlte.

Aber Rosemary Salem hatte bei ihrem Besuch am Samstagmorgen einen solchen Eindruck auf sie gemacht, dass Sandra Gall von einer nie verspürten Ehrfurcht gepackt worden war. Ehrfurcht und dem Gefühl, neben ihr klein, schwach und unbedeutend zu sein. Und jetzt hatte sie eine fast heilige Scheu, diese große Frau und Meisterin einfach anzurufen und um Hilfe zu bitten.

Verwirrt über sich selbst legte sie den Hörer wieder auf. Erst würde sie noch das erledigen, was sie sich gestern Morgen vorgenommen hatte. Sie nahm das Handy, suchte in den *Kontakten* eine Nummer und drückte die grüne Ruftaste. Die Stimme, die sie so gerne mochte, meldete sich.

„Ja, hallo, Christian Schwarz."

*

„Natürlich erinnere ich mich", sagte Blacky. „Sandra, die Vermieterin und Freundin von Chiara."

Er bat Bill Jenkins mit einem Handzeichen um Geduld und hörte zu.

„Klar", sagte er dann. „In einer Stunde, okay? Wir können uns ja bei *Viva Porcellino* treffen."

Bill Jenkins grinste breit, nachdem er aufgelegt hatte.

„Vielbeschäftigt, was? Gut, dann hör mir noch kurz zu. Zuerst eine Information, die in den nächsten Stunden sowieso an die Presse geht: Am Samstag wurde in einem See nördlich von Schweinfurt eine zweite Kinderleiche gefunden. Die Obduktion hat ergeben, dass der Junge unter den gleichen Umständen wie Laura verstorben ist."

So weit, so bekannt, dachte Blacky.

„Es handelt sich um einen Jungen, der seit über zwei Jahren vermisst wird. Kevin Palmer, zuletzt wohnhaft in Kitzingen. Weil er amerikanischer Staatsangehöriger war, werde ich nun offiziell mit den deutschen Kollegen zusammen die Ermittlungen führen."

„Weiß Kriminalhauptkommissar Bayer das schon?", fragte Blacky.

„Er wird heute davon unterrichtet werden. Warum fragst du?"

„Ach, weiter nichts. Ich stelle mir nur euch beide gerade als Ermittlerpärchen vor. Das wird bestimmt lustig."

Bill Jenkins schien das nicht erheiternd zu finden. Er setzte sein Pokerface auf und fuhr fort:

„Kommen wir zu einem wichtigen Punkt. Du weißt ja, dass Chiara mir gegenüber ein paar Andeutungen über ihre Ermittlungen gemacht hat."

Blacky nickte. Er hatte Bill Jenkins vor mehreren Wochen in Würzburg kennengelernt. Beide waren sie aufgewühlt von dem Mord an Chiara, und beide hatten sie nach Spuren gesucht. Bis heute wusste Blacky nicht, wie aufrichtig der Amerikaner war, wann er log und was er ihm verschwieg. Bill Jenkins hatte ihm damals erzählt, dass Chiara, die mit ihm zusammen im Kirchenchor von St. Johannis war, ihn ein wenig ins Vertrauen gezogen hatte.

„Viel hat sie wirklich nicht gesagt. Nur diesen merkwürdigen Satz, dass Laura, ihre kleine Schwester, geopfert wurde. Und dass sie wüsste, wer die Dreckskerle seien, die das getan hätten. Das habe ich dir ja alles schon in Würzburg gesagt."

„Neuigkeiten wären mal gut", meinte Blacky.

„Okay. Dann will ich dir reinen Wein einschenken, wie ihr hier in Deutschland sagt. Wie du auch weißt, hatte Chiara ein Gespräch mit Oberstaatsanwalt Wurzer. Sie hat ihm ebenfalls angedeutet, dass sie die Täter kennen würde. Dabei ist ein Name gefallen."

Das ist jetzt wirklich neu, dachte Blacky und behielt den Gedanken für sich.

„Sagt dir *Salem* etwas?“

„Klar. Hexenverfolgungen in Massachusetts. Roman von Stephen King. Eliteinternat am Bodensee. Außerdem heißt eine unserer Praktikantinnen so.“

„Genau. Viktoria Salem.“

Blacky sah Bill Jenkins verblüfft an. Vielleicht sollte man die CIA & Co. doch nicht unterschätzen. Aber was hatte Viktoria damit zu tun?

„Ihr Vater ist ein berühmter und einflussreicher Mann. Doktor Julius Salem. Es heißt, er sei der beste Schönheitschirurg weit und breit. Sehr reich. Mit besten Verbindungen zu Politikern, Künstlern und Industriellenfamilien.“

„Schon klar“, sagte Blacky. „Viktoria ist auch ein glückliches Mädchen.“

„Es hat Oberstaatsanwalt Wurzer sehr beunruhigt, dass sein Name gefallen ist. Im Zusammenhang mit einem Verbrechen.“

Was doch ungemein interessant war, fand Blacky. Wie hatte gestern Nachmittag Oberstaatsanwalt Wurzer noch zu ihm gesagt? *Nichts von dem, was Chiara Gabrieli glaubte herausgefunden zu haben, hatte Hand und Fuß. Sie war auf der völlig falschen Spur.* Wie sollte man das nennen, was ihm Bill Jenkins – todsicher in Absprache mit dem Oberstaatsanwalt – jetzt auftischte? Arbeitsteilig Verwirrung stiften und dabei einen eindeutigen Zweck verfolgen?

Über den Zweck ließ ihn der Amerikaner auch nicht lange im Unklaren.

„Es wäre aber doch gut, über Doktor Salem einige Informationen zu bekommen, die über das hinausgehen, was bekannt ist. Über sein Privatleben beispielsweise. Über Freunde, mit denen er sich trifft. Vielleicht kann man sich bei ihm zu Hause einmal umsehen. Was ist dafür besser geeignet als ein Kontakt zu seiner Tochter?“

„Sie ist überhaupt nicht mein Typ“, sagte Blacky.

„Aber du kennst sie. Wir nicht. Ein klarer Vorteil für dich. Und wie gesagt: Du musst das nicht umsonst machen.“

„Für so was nehm’ ich kein Geld“, erwiderte Blacky.

„Dann hilft dir bei deiner Entscheidung vielleicht der Gedanke: Chiara wäre stolz auf dich.“

„Das ist ein Scheißargument“, sagte Blacky. „Ein blödes Scheißargument.“

*

Die Aussicht, mit Blacky in einer Stunde Kaffee zu trinken, hob Sandra Galls Stimmung. Erneut nahm sie das Telefon. Diesmal wählte sie die Nummer, die sie am Samstag auf ihren Notizblock geschrieben hatte. Der Klang des Freizeichens kam ihr unnatürlich hohl und verzerrt vor, als würde der Anruf in eine ferne Welt gehen.

Meine Güte, Sandra, dachte sie, was ist los mit dir?

Es dauerte lange, bis abgenommen wurde.

„Bitte?“

Die kalte, dünne, strenge Stimme mit dem leichten Akzent.

Am Samstag war die Frau mit dieser Stimme aus dem Regen gekommen. Sie hatte ein altmodisches Cape getragen und eine merkwürdige Kapuze. Erst später war Sandra Gall eingefallen, dass sie solche Sachen aus alten englischen Filmen kannte. Als die Frau den Laden betrat, war es, als würde die Luft von einem leichten Frösteln bewegt.

Sie hatte sich nicht lange mit Smalltalk aufgehalten.

„Ich bin Rosemary Salem“, sagte sie. Sehr leise klang ein englischer Grundton durch. „Du kennst mich nicht, aber ich habe dich beobachten lassen.“

In der darauffolgenden Viertelstunde war es Sandra Gall, als würden sich ihr Leben und die ganze Welt verändern. Ahnungen, die sie bisher gehabt hatte, bestätigten sich plötzlich, und Wünsche schienen wahr zu werden. Sie hing gebannt an den Lippen dieser Frau und spürte bei jedem Wort, wie sehr sie ihr überlegen war.

Es war eine Meisterin. In der Welt der neuen Hexen, wie Sandra Gall sie bisher kannte, hatte sie nur davon gehört, dass es Meisterinnen gab. Es hieß, dass man nicht von selbst mit ihnen in Verbindung treten könne, sondern darauf warten müsste, auserwählt zu werden. Bei Zusammenkünften der verschiedenen Hexenorden, bei Festivals und Feierlichkeiten zu Candlemas oder Beltane wurde immer wieder darüber gemunkelt, dass es über den niederen Kulten noch eine zweite oder gar dritte Stufe geben sollte, zu denen nur einzelne Schwestern berufen würden. Es hieß, dort würde das eigentliche Geheimwissen dieser Welt gehütet, dort würde die wahre Magie gelehrt und es seien Erfahrungen möglich, die alle Vorstellungen von den Grenzen des Seins überträfen.

Sandra Gall hatte sich mit der ihr eigenen Skepsis und Nüchternheit nie allzu viel Gedanken darum gemacht. Dennoch hatte auch sie manchmal eine leise Sehnsucht verspürt, mehr zu wissen, mehr zu erfahren. Sie wusste, dass ihre Kunst beschränkt war, weil die Geschichte der Hexerei und Zauberei, in die sie sich vertieft hatte, ja zeigte, dass es noch andere Dimensionen geben musste. Aber sie zeigte eben auch, dass über die niedere Initiation hinaus die Einweihung in die höheren Künste der Magie keine Sache des eigenen Willens war. Damit hatte sich Sandra Gall bisher zufrieden gegeben.

Sie war hingerissen von dem, was Rosemary Salem ihr mitteilte. Irgendwelche Zweifel hegte sie nicht. Wer sich so ausdrücken konnte, wer so authentisch Bescheid wusste, wer über eine so bezwingende Autorität verfügte, legimitierte sich mit jedem Wort selbst.

„Ich komme aus Wales und bin in der uralten keltischen Tradition unseres Kultes ausgebildet worden. Wie du sicher weißt, hat in meiner Heimat die wahre Hohepriesterin Old Dorothy das geheime Wissen und die magischen Rituale gesammelt, die in einer langen Linie von einer weisen Frau zur anderen bis in unsere Zeit weitergegeben worden sind. Ich wurde in den Orden der Goldenen Dämmerung berufen und führe nun dessen altehrwürdige Traditionen in Deutschland weiter. Meine Schwestern und ich sind auf dich aufmerksam geworden. Wir laden dich ein, die Nacht auf Beltane mit uns zu feiern, um dich in der Dämmerung des frühen Morgens in den ersten Grad unserer Gemeinschaft einzuweihen. Überlege es dir gut und gib mir Bescheid. Es würde für dich der Beginn eines neuen Lebens sein. Du kannst noch eine Schwester deines Vertrauens mitbringen."

Mehr Worte hatte die Meisterin nicht gemacht. Als sie den Laden verlassen hatte, war Sandra Gall wie vor den Kopf geschlagen. Sie hatte bis Mittwoch Zeit, es sich zu überlegen. Am Freitagabend, nach Einbruch der Dunkelheit, begann Beltane, von den christlichen Hexen Walpurgisnacht genannt. Und der frühe Morgen danach könnte für sie zur Tür in eine andere Welt werden. Sie musste nur diese Nummer wählen, die ihr von der Meisterin hinterlassen worden war.

Jetzt hatte Sandra Gall diese Nummer gewählt, und die kalte, strenge Stimme hatte sich gemeldet. Sie nahm allen Mut zusammen und schilderte Rosemary Salem ihr Anliegen.

*

Gegen Mittag hatte Kerstin Weiß einen Entschluss gefasst. Er kostete sie zwar Überwindung, aber sie sah keine andere Möglichkeit.

Sie rief Murat Demir an.

„Na", sagte sie harmlos, um an die Missstimmung des Vortages gar nicht erst anknüpfen zu müssen, „viel zu tun?"

Sie war, nachdem sie die Bilder in diesem Raum gesehen hatte, aus dem Atelier gestürmt, hatte ihm „Ich muss zum Dienst" zugerufen und war für ihn den Rest des Tages nicht erreichbar gewesen. Er hatte ihr mehrere wütende SMS geschickt, sie hatte nicht geantwortet. Es war nicht das erste Mal, dass sie sich auf diese Weise zankten.

Er schien keinen Verdacht geschöpft und sich beruhigt zu haben.

„Was war denn gestern los?", fragte er.

„Ja, Stress halt. Zwei Leichen, und die Presse hat mir die Tür eingerannt. Außerdem wollte mich mein Chef sprechen. Zuhause bin ich einfach eingeschlafen. Aber heute habe ich frei."

„Ich könnte mich auch freimachen", sagte er sofort.

Sie lachte und versuchte natürlich zu klingen.

„Hört sich vielversprechend an."

„Soll ich zu dir kommen?"

„Nein", sagte sie. „Ich muss sowieso noch in die Stadt. Wollen wir etwas essen?"

„Vielleicht danach?", schlug er vor.

Sie zögerte. Es war nicht gut, jetzt ihren Willen durchzusetzen. Das mochte er nicht. Sie musste ihn aber bei Laune halten.

„Okay", sagte sie. „Ich bin in zwei Stunden bei dir."

Danach führte sie zwei Telefonate.

*

Viva Porcellino in der Judengasse gehörte nicht zu den Lokalitäten, die Sandra Gall sonst aufsuchte. Das sah Blacky sofort, als sie hereinkam. Sie hatte den Newcomer-Blick, der alles abschätzend musterte und an den schrägen Details hängenblieb, die es hier zu entdecken gab. Sie schien auch Joe nicht zu kennen, weil ihr Blick für einen Sekundenbruchteil verriet, dass sie seine Tätowierungen interessant fand. Dafür kannte Joe sie umso besser.

„Ach, die Räucherstäbchenfrau für alle Lebensfragen", sagte er. „Schön, dass du auch mal zu mir findest. Was darf ich dir ausgeben?"

„Was ist das Teuerste, das du hast?", konterte Sandra Gall.

Joe dröhnte sein stadtbekanntes Lachen.

„Das Beste, was ich habe, ist mein Kaffee. Lass dich überraschen, und danach sehen wir weiter."

Er macht sich an seiner Maschine zu schaffen, und Sandra Gall ging hinüber zu Blacky, der auf seinem Lieblingsplatz saß.

„Na, kennst du mich noch?", fragte sie, und Blacky merkte, dass sie befangen war.

„Aber klar", sagte er und strahlte sie an. „Is ja erst ein paar Wochen her, seit wir uns gesehen haben. Und so schnell vergesse nicht einmal ich eine Frau."

Sie war nervös. Anders als damals, zwei Tage nach Chiaras Tod. Damals war sie hypernervös gewesen. Und sie hatte geraucht wie ein Schlot.

„Ich hör dich immer noch jeden Tag", sagte sie.

Sie hatte diesen Bewunderungston in der Stimme, den er bei manchen Frauen nicht leiden konnte.

„Ein Schicksal, das du mit vielen teilst", schmetterte er sie ab.

Joe brachte eine Tasse Kaffee und den obligatorischen Cappuccino für Blacky.

„Das ist die exquisiteste Röstung, die du in Schweinfurt bekommen kannst. Ich rate zu Milch und Zucker, aber von beidem nur ein bisschen."

Sandra Gall folgte dem Rat und rührte lange und schweigend in der Tasse.

„Was hast du auf dem Herzen?", fragte Blacky, um die Verlegenheitspause zu überbrücken, die sie offenbar eingelegt hatte. „Übrigens, wenn du rauchen willst, sag Bescheid. Wir können auch mal kurz nach draußen gehen."

„Ich rauche nicht."

„Das letzte Mal hast du eine nach der anderen geraucht."

„Oh, daran kannst du dich erinnern?" Sie sah ihn dankbar an. „Das war nur ein exzessiver Rückfall, weil mich Chiaras Tod so mitgenommen hatte."

„Wen nicht", sagte Blacky.

Wie so oft, klingelte sein Handy im falschen Moment. *Kerstin Weiß ruft an* leuchtete auf dem Display.

„Kann ich kurz rangehen?"

Sandra Gall nickte.

„Hi, Kerstin, das ist aber eine Überraschung. Ich dachte schon, dich hätte der Erdboden verschluckt. Viel zu tun?"

Blacky hörte aufmerksam zu. Dann sah er auf die Uhr.

„Okay, das klappt … Ja, da kann ich dort sein. Und um Punkt sechzehn Uhr rufe ich dich an … Ja, ich labere einfach dummes Zeug, und ich wundere mich über nichts … Nein, du schuldest mir deswegen keinen Gefallen … Andererseits, wenn du darauf bestehst, nehme ich das Angebot natürlich mit Freuden an. Ich meine, der Brunch am Sonntag war ja schon einsame Spitze … Okay, wenn du das toppen willst …"

Er legte auf und wusste, dass ihm ein Grinsen im Gesicht geschrieben stand.

Bei Sandra Gall dagegen schien eine weniger erfreuliche Botschaft angekommen zu sein. Ihre Augen funkelten wie die einer Raubkatze.

„Na gut", sagte sie. „Ich will dich nicht lange aufhalten. Als du neulich bei mir warst, habe ich dir erzählt, was Chiara mir gesagt hat: dass sie nämlich wüsste, wer Laura auf dem Gewissen hat. Und dass es vertuscht werden soll. Eines hatte ich aber total vergessen: Sie hat ein komisches Wort erwähnt … also, ich dachte, dass es ein Wort sei … Es könnte aber auch ein Name gewesen sein. Gestern ist es mir wieder eingefallen, weil ich das Wort nochmals gehört habe … in einem anderen Zusammenhang … und zwar tatsächlich als Name … *Salem* …"

„Salem?", sagte Blacky verblüfft. Zum zweiten Mal innerhalb einer Stunde kam dieser Name zur Sprache. „Weißt du noch, in welchem Zusammenhang Chiara dieses Wort oder diesen Namen gebraucht hat?"

„Ja. Als sie erfahren hatte, dass Lauras Leiche gefunden worden ist. Sie ist völlig ausgeflippt und hat geschrien, sie wüsste, wer die Dreckskerle sind, die das getan haben. Und dann hat sie einen seltsamen Satz gesagt … *Brennen muss Salem …*“

„Das ist ein Roman von Stephen King“, sagte Blacky.

„Und worum geht es da?“

„Um Vampire.“

„Sehr originell.“

Wieder klingelte Blackys Handy.

„Du bist ein echt begehrter Mann“, sagte Sandra Gall resigniert.

*

Sie sah ihn jetzt mit anderen Augen. Voll Misstrauen. Vorsichtig. Und sie sah plötzlich, dass er ein anderer war, als sie bisher geglaubt hatte. Oder wollte sie ihn nur so sehen? War er nicht doch so wie immer? Bildete sie sich alles nur ein?

Er sprühte vor Charme, machte ihr Komplimente. War ausgelassen, entspannt und witzig. Und natürlich wie immer ziemlich geil auf sie. Sie würde zunächst leichtes Spiel mit ihm haben.

Murat Demir fummelte schon an ihr herum, als er noch dabei war, die Eingangstür abzuschließen. Kerstin Weiß lachte und versuchte natürlich zu klingen.

„Wir haben heute doch Zeit“, sagte sie. „Ausnahmsweise haben wir mal Zeit.“

Er legte den Arm um sie und ging mit ihr durch das Atelier zum hinteren Gang. Die Tür neben der Dunkelkammer war verschlossen. Auf der Treppe musste sie ihn erneut abwehren.

„Ich habe Hunger“, flüsterte sie schmeichlerisch. „Wollen wir nicht doch erst was essen gehen?“

„Danach“, sagte er. „Danach habe ich immer Bärenhunger.“

Er nahm sie an der Hand und zog sie in die Wohnung. Kerstin Weiß machte sich los und sagte:

„Aber ich bin hungrig. Ich habe seit dem Frühstück nichts mehr gegessen. Mir ist schon richtig schwindlig.“

„Es dauert doch nicht lange“, antwortete er.

Ein typischer Murat-Satz.

„Aber es soll lange dauern.“ Sie formte einen Kussmund. „Schön lange.“

„Wo sollen wir denn jetzt hingehen?“, protestierte er schwach. „Mitten am Nachmittag?“

„Du könntest doch eine Pizza holen“, sagte sie. „Eine richtig leckere von Antonio. Die mit den Meeresfrüchten.“

Er sah sie entgeistert an.

„Aber da muss ich ja nach Oberndorf fahren“, sagte er.

„Na ja“, meinte sie kokett, „das hat viele Vorteile. Es steigert die Vorfreude. Antonios *Frutti di mare* ist die einzige weit und breit mit Chilis. Die machen scharf und fördern die Durchblutung. Und auf dem Rückweg kannst du dir schon einmal vorstellen, wie ich mich hier im Bett räkele.“

Kerstin Weiß sah in seinen Augen, dass sie seine Phantasie angeregt hatte. Ein eindeutiges Grinsen, das ihr heute ziemlich dümmlich vorkam, glitt ihm durchs Gesicht.

„Okay, okay“, sagte er. „Dann zieh ich mal los.“

Er suchte den Autoschlüssel, nötigte ihr einen Kuss auf und rannte die Treppe hinunter.

„Beeil dich“, rief sie ihm nach.

Dann sah sie auf die Uhr. Halb drei. Eine knappe Stunde Zeit, wahrscheinlich weniger. Und dann musste sie noch einmal tricksen.

Timing war an diesem Nachmittag alles. Als Erstes rief sie Jonathan an.

*

Es war Viktoria. Viktoria Salem.

Wie hieß es doch? Wenn man vom Teufel spricht … Aber das war natürlich Quatsch. Denn um sie ging es ja nicht. Aber ihr Anruf kam ihm sehr gelegen.

„Hi, Viktoria. Dich wollte ich heute auch noch anrufen."

„Echt?"

„Du wolltest doch mit mir reden."

„Ja, wenn du Zeit hast?"

Viktoria klang erfreut.

„Klar. Wann?"

„Morgen vielleicht? Am besten nicht so spät. Ich muss ja noch nach Hause kommen."

„Okay. Gern."

Er verabredete sich mit ihr für siebzehn Uhr auf einen Kaffee im *Viva Porcellino.*

„Wohnst du eigentlich hier?", fragte Sandra Gall. Ihr kam es vor, als würde sie als Mithörerin seiner Telefonate an seinem Leben teilhaben.

„Manchmal habe ich auch das Gefühl." Blacky schenkte ihr ein Lächeln. „Tja, Sandra, danke für den Hinweis auf den Namen."

„Wahrscheinlich kannst du nichts damit anfangen."

„Das würde ich so nicht sagen."

*

Nichts. Absolut nichts. Sie hatte alle Schränke geöffnet, alle Schubladen durchkramt und nichts gefunden, was nur annähernd verdächtig, anrüchig oder seltsam gewesen wäre. Murat Demir schien ein Mann ohne peinliche Marotten, schlechte Angewohnheiten oder hässliche kleine Geheimnisse zu sein. Er besaß insgesamt erstaunlich wenig, und die Wohnung machte den Eindruck, als würde hier nur ein Durchreisender hausen. Kerstin Weiß begriff plötzlich, dass sie eigentlich nichts über diesen Mann wusste.

Sie ging ins Atelier hinunter und sah sich um. Hier gab es nur Technik und Dekoration. Daneben das eigentliche Büro. Dort kapitulierte sie sofort. Dutzende von Aktenordnern, Schränke voller Bildmappen und Hunderte von Diakästen. Keine Chance, etwas zu finden. In der Dunkelkammer die üblichen Gerätschaften samt Zubehör. Blieb der verschlossene Raum daneben.

Kerstin Weiß schaute auf die Uhr. Zeit genug. Sie zögerte kurz und vergegenwärtigte sich einen skrupulösen Moment lang, was sie da eigentlich tat. Dann inspizierte sie das Schloss. Kinderspiel. Hier in der Bauerngasse standen alte Häuser; Treppen, Wände, Türen waren seit Jahrzehnten nicht modernisiert worden. Diese Tür hatte ein uraltes Schloss ohne Sicherheitszylinder. Sie holte den Bund mit Dienstdietrichen, der offiziell nicht existierte, aus der Handtasche. Zwei Versuche, die Tür war offen.

Heute knipste sie die Deckenbeleuchtung an. Hässliches Neonlicht. Die grauenhaften Fotos an der Wand schrien ihr stumm entgegen. Mit ihrer kleinen Kamera machte sie eine Aufnahme nach der anderen: die Wand in der Totalen, Halbtotale, einzelne Bilder so nah wie möglich. Keine lückenlose, aber eine umfassende Dokumentation – eine Dokumentation, von der sie wusste, dass sie keinerlei Beweiswert besitzen würde.

Sie öffnete einen der Aktenordner, die in den Regalen standen. Korrespondenz, Texte auf Türkisch, Blätter mit arabischer Schrift. Erneut keine Chance. Der Laptop auf dem Schreibtisch. Wahrscheinlich würde er – Konsequenz des digitalen Zeitalters – alles Interessante ausspucken. Probehalber fuhr sie ihn hoch und scheiterte wie erwartet an der Passwortbarriere. Sie klappte ihn zu, zog das Netzkabel und verstaute ihn in der Handtasche. Dann löschte sie das Licht, verließ den Raum und verschloss die Tür mit ihrem Dietrich.

Auf der Treppe packte sie noch einmal der Skrupel. Sie boxte ihn weg, ging in die Wohnung zurück und legte sich aufs Bett.

*

„Was haben wir denn?", fragte Kriminalhauptkommissar Bayer müde. „Nichts, oder?"

Er sah mürrisch aus dem Fenster, wo jenseits der Eisenbahnlinie der Main im Schein der tiefstehenden Sonne blaurot glänzte. Ein Tag, der mit Schneeschauern begonnen hatte, verwandelte sich auf den Abend zu in eine Frühlingsidylle. Wolfram Bayers Stimmung war novembergrau.

„So gut wie nichts", bestätigte Kriminalkommissarin Marion Werner. „Die Frau hat Salat gegessen. Wahrscheinlich waren die Rizinuskörner zwischen andere Samenkörner und Sprossen gemischt. Ihre Leiche war in eine Wolldecke gehüllt. Der Transport dürfte nicht allzu schwierig gewesen sein. Die Frau war zierlich, schlank und fast untergewichtig. Ende dreißig, Identität immer noch unbekannt. Sie wird nirgends vermisst."

„Warum wurde sie in diesen Brunnen gelegt?“, sinnierte der Hauptkommissar vor sich hin. „Wozu dieser Aufwand? Einerseits, die Leiche soll fortgeschafft werden. Andererseits wird sie nicht versteckt, sondern an einem öffentlichen Ort abgelegt, wo sie über kurz oder nicht viel länger gefunden werden muss. Zwar in einem Wald, aber direkt vor einem Wochenendhaus und neben einem Weg, der zu einer vielbesuchten Gaststätte führt.“

„Es geht nicht um irgendeinen Ort, sondern um das Hexenbrünnle. Die Leiche sollte im Hexenbrünnle gefunden werden. Das ist doch völlig klar.“

„Jetzt fangen Sie auch noch mit der Symbolscheiße an“, brummte Bayer. „Der Wurzer hat auch schon so ’nen Schmarrn verzapft. Hexen! Sind wir hier im Kindermärchen, oder was?“

„Ich weiß nicht, ob Sie da so ganz auf dem Laufenden sind, Chef“, sagte Marion Werner. „Auch in Schweinfurt und Umgebung gibt es neue Hexen.“

„Was für’n Blödsinn?“

„Eine von Frauen dominierte Szene, die sowohl mit dem Okkultismus als auch der feministischen Bewegung zu tun hat.“

„Ach du grüne Scheiße. Und weiter?“

„Nichts weiter. Es ist ja nur so ein Gedanke. Das Hexenbrünnle. Giftmord. Ein typisches Frauendelikt. Es könnte zumindest ein Anhaltspunkt sein.“

„Aber ein ziemlich wackliger. Was schlagen Sie vor?“

„Es gibt hier in Schweinfurt eine gewisse Sandra Gall. Sie hat einen gutgehenden Esoterik-Laden in der Petersgasse. Man munkelt, dass sie so eine Art Oberhexe in der Szene sei.“

„Sandra Gall? Mit der hatten wir doch schon mal zu tun!“

„Richtig, Chef. Sie war die Vermieterin und Freundin von Chiara Gabrieli.“

„Tatsächlich? Schweinfurt ist doch eine kleine Welt. Wollen Sie ihr mal auf den Zahn fühlen?“

„Hab ich schon versucht. Sie ist weg. Ihr Laden ist geschlossen. Zuhause ist sie auch nicht.“

„Dann bleiben Sie dran. Wenn sie eine Oberhexe ist, wird es ja wohl auch Unterhexen geben. Vielleicht wissen die was.“

„Alles klar“, sagte Marion Werner. „Apropos Hexen … Wo ist eigentlich die Kollegin Weiß?“

„Hat Urlaub.“

„Jetzt? Wo hier die Kacke am Dampfen ist? Der ihr Leben möcht’ ich haben.“

„So was sollte man sich nie wünschen“, sagte Kriminalhauptkommissar Bayer. „Denn man weiß nicht, was man sich da einhandeln würde.“

*

Kerstin Weiß hörte ihn die Treppe heraufkommen. Kurz nach halb vier. Sie überlegte, ob sie die Bluse ein wenig öffnen sollte. Dann ließ sie es sein.

Sie bemerkte, wie ein Schatten über Murats Gesicht glitt, als er das Schlafzimmer betrat. In seinen Augen stand noch die Phantasie, jetzt sah er die Realität; sie war nicht so, wie er sie sich vorgestellt hatte. Genervt warf er die Pizzaschachteln aufs Bett.

„Du bist schon da“, sagte sie.

„Ich war doch lange genug weg, oder?“ Ziemlich pampiger Tonfall.

„Ich hol uns mal zwei Teller.“ Kerstin Weiß setzte sich auf und begann, aus dem Bett zu klettern.

„Von mir aus können wir auch aus der Schachtel essen.“

„Murat“, sagte sie. „Du bist doch sonst so ein Ästhet. Wenn ich nur an deine Bilder denke …“

Sie ging in die Küche und öffnete den Wandschrank. Dann stand er hinter ihr, umfasste sie mit den Armen, seine Hände glitten nach oben. Sie drehte sich um und lächelte ihn strahlend an.

„Jetzt essen wir erst mal.“

Er stieß ärgerlich den Atem aus und ließ sie los. Sie stellte die Teller auf den Tisch.

„Wollen wir nicht im Bett essen?“

„Sag mal …“ Sie lächelte unbeirrt weiter. „Ich dachte immer, ihr versteht was von der Liebeskunst. Das Geheimnis liegt in der Verzögerung …“

Murat starrte sie an, murmelte etwas in Türkisch und ging ins Schlafzimmer, um die Pizzas zu holen.

Kerstin Weiß musste noch zwanzig Minuten überbrücken.

*

Sören Eckenstade hatte ewig telefoniert, dann die Mittagspause überzogen, wieder telefoniert und schließlich die Computertastatur traktiert wie ein Besessener. Dann kam er mit einem Blatt Papier in der Hand zu Patricia, der Chefin vom Dienst.

„Ich hab mal alles zusammengefasst, was über die Leiche im Hexenbrünnle rauszubekommen ist. Wir könnten es in *Aktuell aus Schweinfurt* um zehn nach vier senden.“

Patricia überflog den Text.

Großes Rätselraten herrscht nach wie vor bei der Schweinfurter Kriminalpolizei über die unbekannte Tote vom Hexenbrünnle. Wie Main-Radio ja schon mehrfach gemeldet hat, wurde am Sonntagmorgen in der Nähe des Höllentals eine nackte weibliche Leiche gefunden. Inzwischen steht zwar fest, wie die Frau zu Tode gekommen ist: Sie wurde mit Rizin vergiftet. Die Samenkörner der Rizinusstaude sind schon in geringen Mengen tödlich. Was aber noch völlig unklar ist: wo die Frau sich vor ihrem Tod aufgehalten hat. Und wer sie eigentlich ist. Bei der Toten handelt es sich um eine Frau Ende dreißig, zierlich, sehr schlank, lange blonde Haare. Nach wie vor tatverdächtig ist die dreiunddreißigjährige Mareike Preußler aus Waldsachsen. Ihr Aufenthalt ist unbekannt, die Fahndung nach ihr läuft. Mittlerweile konnte Main-Radio nach hartnäckiger Recherche herausfinden, weshalb Mareike Preußler als Täterin in Frage kommt: Sie ist seit Samstagmorgen flüchtig – und bei der Leiche wurde ihr Bundespersonalausweis gefunden. Wir halten Sie auf dem Laufenden, denn bei uns hören Sie schon heute, was morgen in der Zeitung steht. Sören Eckenstade für Main-Radio Schweinfurt.

„Okay", sagte Patricia. „Können wir so bringen."

Sören strahlte und marschierte ins Aufnahmestudio, um den Text einzusprechen.

*

Punkt sechzehn Uhr klingelte ihr Handy. Murat Demir war gerade dabei, Kerstin Weiß die Bluse aufzuknöpfen.

„Geh bloß nicht ran", zischte er.

„Ich muss", sagte sie. „Ich habe versprochen, dass ich in Rufbereitschaft bin."

Sie angelte mit der linken Hand das Handy aus der Handtasche, die sie neben das Bett gestellt hatte; mit der rechten Hand versuchte sie ihn auf Abstand zu halten. Dann meldete sie sich.

„Oh, du bist es“, tat sie erstaunt, „… äh, das ist im Augenblick ein bisschen schlecht.“

Murat ließ von ihr ab und richtete sich auf.

„Wer ist das?“, fragte er.

Sie gab ihm mit der Hand ein hektisches Zeichen, dass er ruhig sein sollte.

„Was heißt das, du weißt, wo ich bin? Spionierst du mir etwa nach?“

Kerstin Weiß hörte mit betroffenem Gesichtsausdruck konzentriert zu, wie Blacky belustigt übers Wetter plauderte.

„Ich glaub, mein Schwein pfeift“, sagte sie dann mit gereizter Stimme. „Das geht dich überhaupt nichts an … Wie, du bist unten vor der Tür? … Hast du sie noch alle?“

Murat Demirs Miene hatte sich verfinstert. Seine Augen sprühten Zorn. „Was ist los?“, fragte er heiser. „Ist das dieser Glatzenheini? Gib her!“

Er versuchte, nach dem Handy zu greifen. Kerstin Weiß wandte sich von ihm weg und sprang aus dem Bett.

„Okay, ich komm runter“, telefonierte sie weiter. „Wir klären das sofort … Hey, ich komme runter, verdammt nochmal!“

Sie nahm ihre Handtasche.

„Ich muss da grad was in Ordnung bringen“, sagte sie. „Bin gleich wieder da.“

Er packte sie am Arm.

„Du gehst nicht runter. Ich gehe und poliere ihm die Fresse.“

„Das wirst du nicht tun", sagte Kerstin Weiß scharf. „Es ist meine Angelegenheit, und ich regle das allein."

„Kommst du zurück?", fragte er und klang plötzlich wie ein kleiner Junge.

„Hab ich doch gesagt. Bist du schwer von Begriff?"

Sie drängte sich an ihm vorbei, lief die Treppe hinunter, der Schlüssel zur Eingangstür steckte wie immer von innen. Draußen in der Bauerngasse sah sie Blacky auf der anderen Straßenseite neben der Barchetta stehen. Rechts von ihr tauchte Jonathan Becker auf, ihr Lieblingskollege von der Kriminaltechnik. Kerstin Weiß zog den Laptop und den Bund mit den Dietrichen aus der Tasche.

„Wie lange wirst du brauchen?"

„Zehn Minuten", sagte er. „Höchstens 'ne Viertelstunde."

„Okay. Es ist die rechte Tür unter der Treppe. Das Schloss ist mit dem Zweifach-Dietrich kein Problem. Der Laptop stand auf dem Schreibtisch. Vergiss nicht, das Stromkabel wieder anzuschließen. Viel Glück."

„Wenn das rauskommt", sagte Jonathan Becker, „dann haben wir beide ein echt großes Problem."

„Klappt schon", erwiderte sie.

Er nahm den Laptop und die Dietriche und sprintete hinüber zu dem blauen Audi, der vor dem Zeughaus parkte. Kerstin Weiß überquerte die Straße, warf sich vor Blacky in Positur und schrie: „Sag mal, spinnst du eigentlich?"

„Ich wundere mich über nichts", gab er zurück.

„Was fällt dir überhaupt ein?" Dann senkte sie die Stimme. „Wir müssen mindestens zehn Minuten überbrücken."

„Kein Problem. Worüber wollen wir streiten?"

„Egal. Wahrscheinlich beobachtet er uns aus dem Fenster. Ich werde mich körpersprachlich sehr echauffieren."

„Tu dir keinen Zwang an. Soll ich auch ausflippen?"

„Warum nicht? Hauptsache, es wirkt echt."

„Erklärst du mir das Ganze irgendwann dann bitte auch?"

„Ja. Es ist eine heikle Angelegenheit. Schau mal ein bisschen grimmiger."

„Ich kann so schlecht böse werden", sagte Blacky.

Sie stritten fünf Minuten mit wütenden Gesten übers Wetter, dann sagte Blacky: „Scheiße!"

Kerstin Weiß drehte sich um. Murat Demir kam über die Straße auf sie zu.

„Geh hoch!", brüllte er sie an. „Ich werde mit dem Kerl allein fertig."

„Murat!", fuhr sie ihn an. „Halt dich da raus!"

Er schob sie zur Seite, ballte die Faust, holte aus und traf Blacky an der Unterlippe. Kerstin Weiß' Versuch, ihn am Arm zu packen, kam zu spät.

„Du bist ein Idiot", sagte sie.

Blacky tupfte mit dem Zeigefinger etwas Blut von der Lippe und betrachtete es.

„Das wird teuer", sagte er. „Kann ich bei dir gleich Anzeige gegen diesen Herrn erstatten?"

Kerstin Weiß warf ihm einen bittenden Blick zu. Dann schaute sie über die Schulter Richtung Zeughaus. Von Jonathan Becker keine Spur.

„Nicht bei mir", sagte sie. „Ich geh mit Murat jetzt nach oben. Und du verschwindest von hier."

Blacky sah das leichte Zwinkern ihrer Augen. Murat Demirs hämisches Grinsen ignorierte er.

„Das wirst du mir noch büßen", sagte er möglichst theatralisch zu Kerstin Weiß, stieg in die Barchetta, knallte die Tür zu und brauste davon.

„Komm mit!“ Kerstin Weiß nahm Murat Demir bei der Hand und ging mit ihm über die Straße zurück zum Atelier. Sie zog ihn hinein, machte die Tür zu, ohne abzuschließen, und legte die Arme um ihn.

„Du bist ein echt wilder Kerl“, flüsterte sie. „Lass uns nach oben gehen.“

Bereits im Gang vor dem Schlafzimmer begann er sie auszuziehen.

„Ich brauche dringend was zu trinken“, sagte sie.

Widerwillig ließ er von ihr ab, ging in die Küche und kam mit einer Flasche Cola zurück. Sie setzte sich aufs Bett und trank langsam in kleinen Schlucken.

„Machst du ein bisschen Musik?“

„Musik?“

„Na ja, für die Stimmung halt.“

Er sah sie erstaunt an, beugte sich zum CD-Player im Wandregal hinüber und drückte die On-Taste. Es klang sehr türkisch.

„Klasse“, sagte sie. „Kannst du sogar noch ein wenig lauter machen.“

Sie las in seinem Gesicht, dass sie es nicht mehr viel länger hinauszögern konnte. Murat Demir drehte die Musik etwas lauter, nahm ihr die Cola-Flasche aus der Hand und zog sein Sweatshirt über den Kopf.

In diesem Moment klingelte ihr Handy.

„Nein!“, sagte er laut.

Sie nahm den Anruf entgegen, während er das Sweatshirt auf den Boden schleuderte.

„Der Adler ist gelandet.“ Jonathan Beckers Stimme. „Alles paletti.“

Er legte auf.

„Ist gut, Schatz“, sagte sie. „Ich freu mich auf dich.“

Kerstin Weiß steckte lächelnd das Handy in die Tasche, dann sah sie Murat Demirs wütendes Gesicht und seine erhobene Hand, die auf sie zukam.

Diesmal war sie schnell genug. Der Griff nach dem Handgelenk, die tausendfach geübte fließende Drehbewegung, der zweite Griff mit der linken Hand zum Ellbogengelenk, das hässlich knackende Geräusch, Murats Schmerzensschrei, das augenblickliche Erschlaffen seines Widerstands, der verdrehte Arm auf dem Rücken, die Verschärfung des Griffs, die ihn zum Brüllen brachte. Dann ließ sie ihn los.

„Du schlägst keine Frauen“, sagte Kerstin Weiß, nahm ihre Handtasche und verließ die Wohnung.

*

Die Audio-Anlage des Jaguars hatte einen exzellenten Klang, und Johnny Wakelins *In Zaire* hörte sich bombastisch an, aber Sandra Gall war mit ihren Gedanken woanders. Die Meldung, die eben auf Main-Radio gesendet worden war, hatte sie in eine angstvolle Unruhe versetzt. Es war zwar nicht viel Neues darin gewesen, doch die knappe, prägnante Zusammenfassung der Sachlage hatte ihr klargemacht: Sie befand sich im Auge eines Sturms. Um sie herum tobten die Mächte des Bösen, ihre beste Freundin war in ein Netz des Unheils verstrickt – und sie selbst hatte vielleicht einen großen Fehler begangen. *Brennen muss Salem …* Sie hatte Rosemary Salem um Hilfe gebeten.

In der letzten Nacht hatte Sandra Gall traumlos geschlafen, nun sah sie die konturlosen Schatten eines Albtraums vor sich: Über den blauen Höhen des Steigerwalds, die im hellen Licht des Frühlingsnachmittags vor ihr lagen, schienen dunkle Wolken heraufzuziehen. Und in der kühlen Frauenstimme des Navigationsgerätes, die sie über kleine Straßen nach Handthal lotste, hörte sie plötzlich einen bedrohlichen Unterton.

In der Küche des Wochenendhauses der Wennings lief das Radio, ein Glas Milch stand auf dem Tisch. Sandra Gall rief nach Mareike. Keine Antwort. Sie schaute in alle Zimmer. Nichts.

Als Letztes öffnete sie den Heizungskeller. Im hintersten Winkel, völlig im Dunkeln, kauerte Mareike am Boden.

„Das war eine Warnung", flüsterte sie. „Als Nächstes bin ich an der Reihe."

*

Als Blacky am frühen Abend in die Frauengasse einbog, kam ihm Lothar entgegen.

„Was machst du denn hier?", fragte er entgeistert.

„Ich habe an deiner Tür geklingelt. Aber du warst nicht da. Was sich dadurch erklärt, dass du eben kommst."

„Ich dachte, du bist in Irland und spielst Golf."

„Ich bin beim Turnier der Kriminalschriftsteller Irlands, Englands und Schottlands leider nach der ersten Runde ausgeschieden. Aus Gram darüber habe ich das Land verlassen."

„Für immer?"

„Nein, nur für die Dauer des Turniers. Es geht über vier Tage, also kann ich am Freitag wieder zurück."

„Warum hast du nicht angerufen?"

„Wie du weißt, habe ich kein Handy", sagte Lothar. „Was hast du mit deiner Lippe gemacht?"

„Ach, nichts Besonderes", murmelte Blacky. „Blöde Geschichte."

„Ich hoffe, du hast nicht wieder den Liebeskasper gegeben und dich von einem Mitbewerber um die Gunst einer Frau hauen lassen. Es sieht mir ganz danach aus."

„So was Ähnliches."

„Dachte ich mir. Lass uns bei dem herrlichen Wetter einen Spaziergang durch Schweinfurt machen und dann bei El Sombrero vorbeischauen. Ich habe Lust auf Burrito el Presidente."

„Es darf aber nicht zu spät werden. Ich muss um halb vier aufstehen."

„Das wirst du schon schaffen. Aber jetzt bin ich neugierig auf Neuigkeiten."

„Davon gibt's wirklich jede Menge", sagte Blacky. „Ich weiß gar nicht, wo ich anfangen soll."

MITTWOCH

Um zwanzig Minuten vor sieben Uhr am Morgen ließ Blacky *My Destiny* von Lionel Ritchie ausfaden und kündigte Charlotte Kühlborn an, die Leiterin der Schweinfurter Stadtbücherei. Als Verantwortliche für das Rahmenprogramm samt Spezialevent der Grillparty von Main-Radio zum Auftakt der Walpurgisnacht sollte sie mehrmals am Tag die Hörer informieren und neugierig machen. Wie immer war sie nicht zu bremsen.

„*Ich denke doch, das war recht klug gemacht: Zum Brocken wandeln wir in der Walpurgisnacht*“, deklamierte sie. „So lässt unser großer Dichterfürst Johann Wolfgang von Goethe seinen Doktor Faust sprechen. In der Hexenküche hatte sich der alte Gelehrte zuvor verjüngt, nun ist er, mit frischen Lebenskräften ausgestattet, in Begleitung von Mephistopheles unterwegs zu immensen Ausschweifungen in dieser geheimnisvollen Nacht, die dem Maifeiertag vorausgeht. Na, ganz so wild wird es bei uns nicht zugehen, und wir werden auch nicht zum Brocken wandeln, sondern in das Schweinfurter Höllental. Dort werden wir nicht weit vom Hexenbrünnle entfernt am Freitagabend die traditionelle Grillparty von Main-Radio feiern. Nach einer alten Sage haben sich früher die Schweinfurter Hexen bei dieser Quelle versammelt, um gemeinsam zur Walpurgisnacht auf den Blocksberg zu fliegen, wie der Brocken im Harz auch genannt wurde. Als künstlerische Leiterin des Rahmenprogramms verspreche ich Ihnen einen bunten Hexenkessel voller Überraschungen. Für die Kinder beginnen wir schon am späten Nachmittag mit einer wunderschönen Handpuppenaufführung der *Kleinen Hexe,* gestaltet von Ole Brocken aus Kronungen, einem Meister des Puppenspiels. Ja, Sie hören schon an seinem Namen: Bei uns ist nichts zufällig – und wie es weitergeht, wenn die Dunkelheit der Walpurgisnacht hereingebrochen sein wird, das verrate ich Ihnen im Laufe des Tages hier bei Main-Radio Schweinfurt."

„Vielen Dank", sagte Blacky und jagte den Abba-Titel *Mamma Mia* hinterher. Dann sah er, wie das Display seines stummgeschalteten Handys zu blinken begann. Es war Lothars deutsche Festnetznummer.

„Ich glaub's ja nicht", begrüßte er ihn. „Du um diese Zeit … Ich dachte, du findest vor elf Uhr nie aus dem Bett?"

„Red' keinen Blödsinn", sagte Lothar. „Wichtige Angelegenheiten erfordern heroische Anstrengungen. Ich glaube, ich weiß, welches Buch es ist."

„Buch?"

„Ja, das Buch, das diese Chiara für ihren Code verwendet hat."

*

Kerstin Weiß saß in ihrer Küche, trank Kaffee, hörte Blackys Morgensendung und war ratlos, unzufrieden und wütend auf sich selbst.

Spät am Abend noch hatte Jonathan Becker, der Kollege von der Kriminaltechnik, angerufen.

„Also, der Laptop ist sauber."

„Wie, sauber?"

„Keine verdächtigen Bilder oder Videos. Ich hab die Kopie der Festplatte jetzt zwei Stunden durchgecheckt."

„Und was ist drauf?"

„Ziemlich viele Textdateien. Fast alles in Türkisch. Keine Filme oder Videos. Sehr viele Bilder, mehr als zehntausend. Aber nichts, wonach du suchst."

Das war also der berühmte Schlag ins Wasser gewesen. Scheiße. Der ganze Wirbel, den sie veranstaltet hatte, völlig umsonst. Blacky hatte wahrscheinlich eine dicke Lippe, und sie selber war die Gelackmeierte. Nichts in den Händen, jede Menge zerschlagenes Porzellan. Außerdem war da noch das kleinlaute Geständnis von Jonathan Becker zum Schluss:

„Ich glaube, ich hab vergessen, die Tür zu dem Raum wieder zuzuschließen. Und ich habe auch nicht mehr gewusst, ob der Laptop offen war oder zugeklappt. Tut mir leid. Hoffentlich hat der Typ nichts gemerkt."

Wie sollte sie jetzt noch an Murat Demir herankommen? Natürlich, wenn sie auf den Knien zu ihm kriechen würde, könnte sie ihn wahrscheinlich wieder um den Finger wickeln. Aber sein gekränkter Stolz würde dafür einen hohen Preis verlangen. Und sie war nicht mehr bereit, überhaupt irgendeinen Preis an Murat Demir zu bezahlen. Oder sich ihm auf irgendeine Weise noch einmal zu nähern. Dieses kurze Kapitel ihres Lebens war zu Ende. Doch was nun?

Kerstin Weiß nahm das Telefon, rief Kriminalhauptkommissar Wolfram Bayer an und fragte ihn, ob er Lust auf einen Kaffee hätte.

*

Es dauerte lange, bis die Sonne über den östlichen Höhen des Steigerwaldes emporgestiegen war und die grünen Wiesen von Handthal in ein mildes Frühlingslicht tauchte. Sandra Gall war schon früh unterwegs gewesen, um Zigaretten aufzutreiben. Sie musste dringend rauchen. Wieder hatte sie in der Nacht Albträume gehabt, und wieder konnte sie sich daran erinnern. Diesmal hatte sie Flammen gesehen, Feuer, brennende Häuser. Menschen, die wie Fackeln brannten. Und sie hatte Rosemary Salem gesehen. Undeutlich, verzerrt, auf groteske Weise verändert. Gekleidet wie ein Mann in eine altmodische Ledertracht stand sie auf einer Art Marktplatz und überwachte die Verbrennung von Hexen. Ausgerechnet sie! Aber sie war es unzweifelhaft gewesen. Die kurzen pechschwarzen Haare, der magere, ausgemergelte Körper, das verunstaltete Gesicht. Dieses Gesicht, das ohne Leben war, starr wie eine Maske, verwachsen zu einer Fratze. Abstoßend und mitleiderregend. Und die bohrenden Augen in den tiefliegenden Höhlen, kalt wie die einer Schlange, magisch, bannend. Rosemary Salem hatte eine Fackel geschwungen, dann war alles nur noch ein einziges großes Feuer gewesen.

Sandra Gall stand auf dem Balkon des Wochenendhauses, schaute zu den Wäldern hinüber und zündete sich die x-te Zigarette an. Mareike schlief schon wieder oder immer noch. Sie war in einer Art Dauerdämmerzustand, den sie ab und zu verließ, um ein paar Bissen zu essen, etwas zu trinken und einzelne, zusammenhanglose Sätze zu sprechen. Gestern Abend war sie nur mit Mühe dazu zu bringen gewesen, den Heizungskeller zu verlassen. Sie hatte dann apathisch auf der Couch gesessen und im Lauf einer Stunde immerhin so viel von sich gegeben, dass Sandra Gall sich schließlich in ihrer Angst mehr als bestätigt fühlte: Ihre Freundin war nicht mehr sie selber. Eine dunkle Macht hatte von ihr Besitz ergriffen.

Es hatte Zeiten gegeben, da hätte Sandra Gall eine solche Vorstellung in Bausch und Bogen für Blödsinn erklärt. Erst als sie sich ihrer eigenen Kräfte immer mehr bewusst geworden war, hatte sie gespürt, dass es auch Gegenkräfte gab. Dunkle Schatten einer anderen Welt, die so stark waren, dass sie sich jedes Menschen bemächtigen konnten. Den Namen dessen, der Herr über diese andere Welt war, nahm Sandra Gall nie in den Mund. Sie bemühte sich, ihn nicht einmal zu denken.

An diesem Morgen aber, nach den albtraumhaften Bildern der Nacht, fragte sie sich, ob sie nicht im Begriff stand, den Teufel mit dem Beelzebub auszutreiben.

Ihr Handy klingelte. Überrascht sah sie, dass es Blacky war, der sie anrief.

*

Mit der gebotenen Höflichkeit und für seine Verhältnisse unterwürfig führte Murat Demir ein langes Telefonat. Danach wählte er die Nummer seines Bruders.

„Wir sollen sofort zu Süleyman Bey kommen“, sagte er.

„Das geht nicht“, antwortete Okan Demir. „Ich habe Termine.“

„Dann musst du sie absagen. Süleyman Akbey will uns jetzt empfangen. Beide.“

Einige Sekunden lang Schweigen. Dann sagte Okan Demir: „Wir treffen uns vor dem Eingang.“

Murat Demir holte den BMW aus der Garage und fuhr in das Schweinfurter Viertel, das er wie seine Westentasche kannte. Seine Eltern hatten in der Theresienstraße gewohnt, hier hatte er seine Kindheit verbracht, und der unscheinbare Gebäudekomplex in der Sattlerstraße war ihm von jeher vertraut – auch wenn er ihn vor gut zwei Monaten zum ersten Mal betreten hatte. Hier lebte seit Jahrzehnten die Familie Akbey, einflussreich und von großem Ansehen, deren Name für alle Traditionen und Werte der türkischen Heimat stand. Hier klopfte jeder an, der Rat suchte, Geld brauchte oder einen Streit zu schlichten hatte. Keiner wurde abgewiesen, aber jeder hatte seinen Tribut zu leisten, wenn er die Hilfe der Familie und ihres Oberhauptes, Süleyman Akbey, in Anspruch nahm. Auch Murat Demir und sein Bruder standen in ihrer Schuld, seit ihnen der Friedensrichter geholfen hatte, Hülya, die Tochter Okans, wiederzufinden.

Okan Demir wartete bereits auf ihn. Sie betraten durch einen schmalen Torbogen den großen Innenhof und wurden von zwei Männern schweigend in Empfang genommen. Süleyman Akbey saß wie immer hinter seinem großen Schreibtisch und ließ die Finger über eine Gebetskette gleiten. Der Tee stand schon bereit, aber der alte Mann mit dem weißen, kurzgestutzten Bart hatte die Angewohnheit, ohne Höflichkeitsfloskeln und ausschweifende Vorreden gleich zur Sache zu kommen.

„Nun", sagte er, „was habt ihr mir mitzuteilen?"

„Es hat sich etwas Entscheidendes verändert", antwortete Murat Demir.

*

„Wie kann man eigentlich am Bergl wohnen?", fragte Kriminalhauptkommissar Wolfram Bayer unverblümt.

„Nicht jeder kann am Hochfeld wohnen", antwortete

Kerstin Weiß. „Was habt ihr Schweinfurter eigentlich immer gegen den Bergl?“

„Nichts“, sagte der Leiter der Schweinfurter Mordkommission. „Ich habe hier bis zum Abitur gewohnt. Nur damit du's weißt. Aber man muss auch mit Lebenskapiteln abschließen können.“

„Richtig. Ich sage nur: Aschaffenburg. Ein abgeschlossenes Kapitel.“

„War's so schlimm?“

„Die Stadt vielleicht nicht. Aber der Dialekt. Und die Mentalität. Und dann beides zusammen … Wenn du weißt, was ich meine.“

„Versteh schon“, sagte Wolfram Bayer. „Je breiter der Main wird, umso breiter die Ausdrucksweise.“

Er stellte die Kaffeetasse zur Seite und wandte sich dem Computermonitor zu.

„Dann lass mal sehen, was du hast. Und ich will überhaupt nicht wissen, wie du dazu gekommen bist.“

Kerstin Weiß hatte die Bilder von der kleinen Kamera auf ihren PC geladen. Der Kriminalbeamte betrachtete sie lange und hochkonzentriert. Sein Gesicht zeigte keine Reaktion.

„Er hat sie an die Wand gepinnt“, murmelte er schließlich. „Er hat aber noch kein Muster. Er will sie noch ordnen.“

„Was soll das heißen?“, fragte Kerstin Weiß. „Was willst du damit sagen?“

„Dieser Mann ist ein Künstler“, sagte Wolfram Bayer. „Ein Ästhet. Vielleicht ist er auch ein Irrer. Aber das geht ja oft Hand in Hand.“

*

Blacky beendete seine Morgensendung mit dem Uriah-Heep-Klassiker *Lady in Black* und rannte aus dem Studio.

„Ich muss weg", sagte er. „Die Konferenz findet ohne mich statt."

„Egal", meinte Patricia. „Der Chef ist auch nicht da. Genießt wahrscheinlich die Sonne. Freitag soll es übrigens Kuhbatzen regnen."

„Aprilwetter eben", sagte Blacky.

Draußen klappte er das Verdeck der Barchetta herunter und fuhr in die Stadt. Er parkte in der Tiefgarage und ging die paar Schritte zur Judengasse hinüber. Joe sah ihm durch das Fenster von *Viva Porcellino* erstaunt nach, als er vorübereilte und das Antiquariat schräg gegenüber betrat.

Luc, der Antiquar, saß auf seinem Hocker und spielte leise Blockflöte. Es klang irgendwie irisch.

„Hi", sagte Blacky. „Hast du Lothar gesehen?"

Luc spielte weiter, hob das Kinn und wies mit der Flöte zu einem der vielen Bücherregale. Dahinter tauchte Lothar auf wie ein Junge, der Verstecken gespielt hat.

„Er hat das Buch nicht", klagte er. „Er hat alles von Stephen King, nur dieses eine Buch nicht."

Luc beendete sein Spiel mit einem energischen Triller und setzte die Blockflöte ab.

„Es ist uralt", sagte er. „Vergriffen. Ich kann es natürlich besorgen."

„Plan B", sagte Blacky. „Ich weiß, wo der Schlüssel ist."

*

„Wie geht es Hülya?", fragte Süleyman Akbey, nachdem er den starken Pfefferminztee eingeschenkt hatte.

Okan Demir senkte den Kopf.

„Ich hoffe, gut", sagte er. „Ich habe sie vor ein paar Wochen gesehen. In Dubai. Ich weiß nicht, wann ich sie wiedersehen werde. Dilek ist alles zuzutrauen."

„Du bist ein Mann", sagte Süleyman Akbey. „Ein Advokat. Wieso kannst du dich gegen eine Frau nicht durchsetzen?"

„Die Liebe zur Mutter ist stärker", antwortete Okan Demir leise. „Hülya hat sich entschieden, bei ihrer Mutter zu bleiben. Ich muss es respektieren."

„Nun, das musst du nicht. Dilek hat deine Ehre verletzt. Sie hat Schande über deine und ihre Familie gebracht. Man muss es sich vorstellen: Sie wird als Reporterin in Tschetschenien von Rebellen entführt, verliebt sich in den Anführer der Rebellen, täuscht ihre Ermordung vor und bleibt bei dieser Bande. Und dann nimmt sie dir deine Tochter. Wie kannst du das respektieren? Wenn du unsere Hilfe brauchst, sag es. Wir werden dafür sorgen, dass Hülya zu dir zurückkehrt. Und wir können dafür sorgen, dass Dilek die Strafe bekommt, die sie verdient."

„Das sind nicht mehr meine Wege und Mittel", sagte Okan Demir. „Ich lebe in Deutschland. Lasst mich bitte in Frieden."

„Du willst deine Wurzeln verleugnen", erwiderte der alte Mann mit leiser Verachtung. „Nun, das ist deine Entscheidung. Du stehst allerdings in unserer Schuld. Wir haben dir geholfen, Hülya wiederzufinden. Wir haben deine betrügerischen Machenschaften verschleiert und dich aus deinen Verstrickungen mit dem Clan der Aserbaidschan-Leute herausgekauft."

„Dafür bin ich sehr dankbar, Süleyman Bey. Ich vertrete

seitdem alle Landsleute, die Sie zu mir schicken, unentgeltlich vor Gericht."

„Das genügt nicht", sagte Süleyman Akbey scharf. „Wir werden darüber nachdenken, wie du uns noch mehr zu Diensten sein kannst. Denn wir gehen schweren Zeiten entgegen und brauchen Männer wie dich, die sowohl das deutsche Recht wie auch unser heiliges Gesetz kennen. Aber nun zurück zu dir, Murat Demir. Du hast noch nichts geliefert und trittst mir mit einer solchen Geschichte unter die Augen?"

„Allah möge mir verzeihen", murmelte Murat Demir.

„Was sind das für Bilder, von denen du gesprochen hast? Und bist du dir wirklich sicher, dass die deutsche Polizistin etwas gesehen hat?"

Süleyman Akbeys Stimme klang väterlich streng, aber Murat Demir wusste, dass sie in Wahrheit die Stimme eines Richters war.

*

„Ich glaube, du siehst auf diesen Bildern etwas anderes als ich, Wolfram", sagte Kerstin Weiß schließlich. Sie hatte lange geschwiegen und die Fotos auf dem Monitor noch einmal eingehend studiert.

„Was siehst du?"

„Tote Kinder. Misshandelte Kinder. Grausam zugerichtete Kinder. Obszöne, perverse Bilder."

„Nein", sagte Kriminalhauptkommissar Wolfram Bayer. „Das eben nicht. Du übersiehst das Entscheidende."

„Ich weiß nicht, was du meinst."

„Vielleicht, weil du eine Frau bist und den Blick nur auf den Aspekt des Leides richtest. Wahrscheinlich aber auch, weil dir eine wesentliche Erfahrung fehlt."

„Und welche Erfahrung soll das sein?"

„An wie vielen Autopsien hast du schon teilgenommen?"

„An gerichtlichen Leichenöffnungen? An noch gar keiner. Gott sei Dank."

„Ja", sagte Wolfram Bayer, „vielleicht solltest du dafür dankbar sein. Aber wenn du zu uns kommst, wird sich das ändern. Das wird dann dein Alltag sein. Ich habe Hunderte gesehen. Und deshalb weiß ich, dass das hier alles Bilder von Leichenöffnungen sind. Vorher, währenddessen und danach aufgenommen."

„Wie bitte?"

„Du bist deshalb irritiert, weil du nur Fotos aus unseren Akten kennst. Kalte, klinische Aufnahmen aus dem Sektionsraum, zu wissenschaftlichen und kriminaltechnischen Zwecken gemacht. Das hier sind künstlerische Bilder. Jemand, wahrscheinlich dieser Murat Demir, hat tote Kinder aus aller Herren Länder als Objekte benutzt. Unfallopfer … wie dieser Junge hier. Opfer von Verbrechen … dieses Mädchen zum Beispiel. Und anscheinend auch Opfer aus Kriegsgebieten mit typischen Wunden, Verstümmelungen und so weiter. Er hat die Umgebung verändert, den Hintergrund, das Licht, die Farben. Du siehst nie den Kontext, den ursprünglichen Zusammenhang. Wahrscheinlich wurde alles in Leichenschauhäusern und in der Gerichtsmedizin aufgenommen, aber das ist kaum zu erkennen. Er hat die Leichen mit Tüchern drapiert, Spielzeug dazugefügt, kosmetische Veränderungen vorgenommen. Diesem Teenie hat er sicher die Lippen nachgeschminkt. Er hat mit Kerzenlicht gearbeitet und mit grellem Blitz. Die Verletzungen, die du siehst, sind entweder Wunden oder Folgen der Obduktion. Diese Bilder sind Inszenierungen … des Schreckens und des Todes."

Kerstin Weiß hatte Wolfram Bayer, den Leiter der Schweinfurter Mordkommission, noch niemals so viel am Stück reden hören.

„Du klingst ja regelrecht fasziniert."

„Ich fotografiere", sagte Wolfram Bayer verlegen. „In meiner Freizeit … manchmal."

Sie betrachtete die Bilder erneut.

„Wahrscheinlich hast du recht. Wenn man es so sieht … Aber warum?"

„Frag einen Künstler nie nach dem Warum. Die Kraft des Morbiden vielleicht. Eventuell plant er eine Ausstellung. Oder eine Veröffentlichung, einen Fotoband. Diese Bilder sind ungeheuerlich, in gewisser Weise obszön, aber sie sind strafrechtlich wohl kaum relevant."

„Sie sind pervers."

„Nein, sie zeigen die Perversion der Welt und des menschlichen Lebens. Zugegeben, auf krasse Weise."

„Und warum Kinder?"

„Vielleicht, weil sie schwach und unschuldig sind. Frage Murat Demir."

„Und wenn es doch anders ist?"

„Es ist nicht anders, Kerstin", sagte Wolfram Bayer geduldig. „Das sind Bilder eines Berufsfotografen, der inszeniert und aufgenommen hat, was ihm in dieser Welt an Schrecklichem begegnet ist. Es sind keine Bilder eines Kinderschänders und Serienmörders, wie du geglaubt hast."

„Ich hoffe, du hast recht", sagte Kerstin Weiß. Aber ihr Misstrauen war größer als zuvor.

*

Sie gingen über den Marktplatz und die Rückertstraße hinunter.

„Was für eine Stadt“, sagte Lothar. „Hier tobt das Leben.“

„Aha“, antwortete Blacky und sah sich um. „Ich seh’ nichts.“

„Weil du keinen Blick mehr dafür hast. Gemessen an Ballyluffininish ist das hier eine Weltmetropole. Dort ist nichts. Verstehst du? Nichts.“

„Warum lebst du dann dort?“

„Weil ich es in einer Stadt wie Schweinfurt nicht aushalte. Denn hier tobt das Leben. Ich finde dieses Toben unerträglich.“

„Jedem das Seine“, murmelte Blacky.

Am Ende der Rückertstraße stiegen sie die Treppe zum Oberen Wall empor. Sandra Galls Häuschen lag auf der linken Seite.

„Gehört schon eine gewisse Abgeklärtheit dazu, heutzutage noch einen Schlüssel unter die Fußmatte zu legen“, meinte Blacky.

„In Ballyluffininish schließen wir nicht einmal ab“, entgegnete Lothar.

„Dort ist ja auch nichts“, erwiderte Blacky. „Nichts.“

Er zog den Schlüssel unter der Matte hervor und schloss die Tür auf.

„Ganz schön vertrauensselig, diese Sandra“, meinte Lothar.

„Ich glaube, sie mag mich irgendwie. Was, nebenbei gesagt, ja auch nicht weiter verwunderlich ist. Jedenfalls habe ich ihr versprochen, dass wir uns nur Chiaras Bücher kurz anschauen wollen. Sie selber hat keine Ahnung, welche Bücher Chiara besessen hat.“

„Wo steckt sie eigentlich? In ihrem Laden?"

„Nein, ich glaub nicht. Sie klang am Telefon sehr gestresst und nervös. Aber das war sie gestern auch schon."

Sie betraten Chiara Gabrielis ehemalige Wohnung im ersten Stock.

„Nette Begrüßung", sagte Lothar und wies auf das Schild aus schwarzem Karton an der Tür, auf dem mit Silberstift handschriftlich geschrieben stand: *Der du hier eintrittst, lass alle Hoffnung fahren.*

Blacky sah das Bild an, das Sandra Gall auf den leeren Schreibtisch gestellt hatte.

„Das ist sie", sagte er leise.

Lothar nickte. Dann schaute er sich um.

„Wo ist denn ihr Computer?"

„Soweit ich weiß, hat den die Kripo damals mitgenommen. Genauso wie Akten und Unterlagen. Keine Ahnung, wo die Sachen inzwischen sind."

„Na ja, wir könnten wahrscheinlich eh nicht so ohne weiteres darauf zugreifen. Aber es wäre natürlich interessant zu wissen, ob sie den Text irgendeines Buches darauf gespeichert hat. Nach allem, was du mir gestern Abend von dem Code erzählt hast, glaube ich nicht, dass sie die Verschlüsselung manuell Wort für Wort durchgeführt hat. Sie hat das bestimmt mit einer Volltextsuche gemacht."

„Schauen wir erst mal ihre Bücher durch", meinte Blacky.

Es gab zwei Regale, sie waren mit Büchern vollgestopft.

„Alphabetisch nach Autorennamen geordnet", stellte Lothar fest. „Vorbildlich. Was haben wir mit *K?* Franz Kafka, so ziemlich alles … Immanuel Kant, ein Band mit ausgewählten Schriften … Jack Kerouac, bemerkenswert, das ist eigentlich meine Generation … Philipp Kerr, irgendein blöder Thriller … das *Dschungelbuch* von Kipling … Das war's … Nichts von Stephen King …"

„Vielleicht hat sie was zwischen den anderen Büchern versteckt?", schlug Blacky vor.

Den Kopf zur Seite gelegt, gingen sie Titel für Titel auf den Buchrücken durch.

„Fehlanzeige", sagte Lothar schließlich. „Aber du musst zugeben, *Brennen muss Salem* von Stephen King war grundsätzlich keine schlechte Idee."

„Es war die einzige Idee. Theoretisch kommen alle diese Bücher in Frage. Plus die, die überall sein können."

Lothar trat zurück und ließ seinen Blick über die Buchreihen gleiten.

„Was ist denn das allererste Buch?", fragte er. „Im ersten Regal links oben?"

Blacky zog den Band heraus.

„Alighieri", sagte er. „Dante. *La Divina Commedia – Die Göttliche Komödie.* Eine zweisprachige Ausgabe in Italienisch und Deutsch."

„Das ist interessant. Sie macht es als gebürtige Italienerin vollkommen richtig, und trotzdem würde es niemand so machen."

„Muss ich das jetzt verstehen?"

„Eigentlich schon. Chiara hat alle ihre Bücher alphabetisch nach den Nachnamen der Autoren geordnet. Wie kaum jemand weiß, hieß der berühmte Dante mit Familiennamen Alighieri. Was natürlich verwirrend ist, weil jeder glaubt, Dante sei der Nachname. Deshalb würde jeder ein Buch von Dante unter *D* einsortieren. Und jeder würde es auch unter *D* suchen. Chiara macht es aber anders und ordnet es unter *A* ein. Wo es niemand suchen würde."

„Ja und?“, fragte Blacky verständnislos.

„Ist doch eine geniale Idee“, sagte Lothar. „Sie versteckt das Buch da, wo es eigentlich hingehört.“

„Das ist alles Quatsch. Es ist aussichtslos. Lass uns gehen.“

„Und was ist das hier?“

Lothar ging energisch zur Wohnungstür, öffnete sie mit Schwung und zeigte theatralisch auf das Schild aus schwarzem Karton.

„Ein dummer Spruch.“

„Nein, mein Freund. Das steht im Dritten Gesang von Dantes *Inferno* als Inschrift über dem Eingang zur Hölle. Dante! Es ist Chiaras Botschaft an die, die lesen und verstehen können. Es ist der Schlüssel zu ihrem Code.“

„Okay“, sagte Blacky. „Dann sollten wir uns dieses Buch hier vielleicht doch mal ausleihen.“

*

„Ich will mit diesen Bildern die Welt aufrütteln“, erklärte Murat Demir. „Ich will zeigen, dass überall Kinder die Opfer sind. Vielleicht kann ich sie demnächst irgendwo ausstellen.“

„Warum machst du dir dann Sorgen?“, fragte Süleyman Akbey. „Diese Bilder dienen doch einem guten Zweck.“

„Weil auf dem Laptop Briefe sind. Korrespondenz. Dokumente, von denen die deutsche Polizei nichts erfahren darf.“

Der alte Mann sah ihn durchdringend an.

„Was hast du mir zu sagen?“

Es war wieder die Stimme eines Richters.

„Man muss von etwas leben, Süleyman Bey. Ich bin oft in den Golfstaaten. Dort gibt es einen gewissen Markt …“

„Nun, am Golf gibt es für alles einen Markt. Womit machst du dort Geld?“

„Mit Bildern von Kindern. In Dubai und Abu Dhabi haben wie überall auf der Welt bestimmte Männer spezielle Interessen. Die Männer am Golf sind sehr reich. Sie zahlen viel Geld für ihre Interessen."

„Das sind dann aber andere Bilder?"

„Natürlich", sagte Murat Demir verlegen. „Es sind Bilder, deren Besitz hier in Deutschland strafbar ist. Der Handel mit ihnen sowieso."

„Hast du teil an den Geschäften deines Bruders?", fragte Süleyman Akbey Okan Demir.

„Nun ja …", antwortete er. „Ich … berate ihn manchmal."

„Das ist nicht ehrenwert, was ihr macht", sagte der alte Mann. „Ich verstehe dich nicht, Murat. Du willst die Welt auf das Leid von Kindern aufmerksam machen. Und du verdienst Geld mit hässlichen Bildern, für die Kinder leiden müssen. Bist du irre in deinem Kopf?"

Murat Demir saß zerknirscht und schuldbewusst auf seinem Stuhl.

„Das Leben hat immer zwei Seiten", sagte er. „Vielleicht kann ich meine Schuld auf der einen Seite ausgleichen, indem ich mit den anderen Fotos der Welt zeige …"

„Nun, das ist Unsinn", unterbrach ihn Süleyman Akbey. „Ich werde darüber nachdenken, ob dir zu helfen bist. Doch zunächst: Weshalb bist du dir sicher, dass diese Polizistin Verdacht geschöpft hat?"

„Weil der Raum, den ich immer abschließe, offen war. Der Laptop auf dem Tisch war zugeklappt. Das tue ich nie. Das Stromkabel war gezogen und lag auf dem Boden. Sie war in diesem Raum, und sie hat irgendetwas getan. Und dann hat sie mich behandelt wie ein Stück Dreck."

„Kann dir diese Korrespondenz, von der du sprachst, gefährlich werden?“

„Ja natürlich. Wenn man alles übersetzt und auswertet, werde ich Probleme bekommen.“

„Das wird der deutschen Polizei viel Mühe bereiten. Außerdem können sie es nicht verwenden. Sie haben es sich illegal beschafft.“

„Das wird am Ende niemand interessieren“, sagte Okan Demir. „Wir sind Türken.“

„Nun, du musst alles, was dich belastet, sofort verschwinden lassen“, befahl Süleyman Akbey. „Und du musst das Vertrauen dieser Polizistin wiedergewinnen.“

„Wie bitte?“

„Nur wenn du Verbindung zu ihr hast, kannst du Einfluss auf sie nehmen. Überzeuge sie von deinen guten Absichten, was die Bilder betrifft, die sie in dem Raum gesehen hat. Sie ist eine Frau, sie wird ihr Herz dafür öffnen. Du musst ihr Misstrauen zerstreuen. Vielleicht wird sie dann nicht weiter nachforschen.“

„Sie sind sehr weise, Süleyman Bey“, sagte Murat Demir.

„Und vergiss nicht, wir benötigen Informationen über das, was die Polizei und die Justiz in dieser Stadt denken und planen. Besonders der Oberstaatsanwalt ist ein gefährlicher Mann. Er hat kein Verständnis dafür, dass der Islam ein eigenes Gesetz hat und die Gläubigen in dieser Stadt ihre Angelegenheiten nach ihrem Recht und ihrer Sitte regeln wollen. Du hast bisher noch nicht viele Informationen geliefert. Ich erwarte mehr Mühe und Anstrengung von dir.“

Seine dünnen Finger, die von der Gebetskette umschlungen waren, scheuchten mit einer kleinen, herrischen Geste Murat und Okan Demir von den Stühlen hoch. Sie sprangen auf, küssten dem alten Mann die Hand und verließen demütig geduckt das Zimmer.

*

„Und sonst?“, fragte Kerstin Weiß. Sie spürte, dass gerade ein seltenes Ereignis stattfand: Wolfram Bayer, der Leiter der Schweinfurter Mordkommission, war in Rede- und Gesprächslaune.

„Alles scheiße“, sagte er.

Sie wartete ab und war sich sicher, dass noch mehr kommen würde. Er schwieg lange und trank seinen Kaffee.

„Weißt du, Kerstin“, begann er schließlich, „vielleicht wär’ Fotograf auch ein Beruf für mich gewesen. Ich hätte Blumen, Tiere und schöne Frauen fotografiert. Und was hab ich mein Leben lang gesehen? Leichen, Gauner, Verbrecher, Oberstaatsanwälte. Und Journalisten.“

Sie musste lachen, verschluckte sich am Kaffee und hustete.

„Das ist nicht zum Lachen“, sagte er. „Das ist sehr traurig. Man hat dieses Leben nur einmal. Und man sollte es sich eigentlich früh überlegen, ob man sich lieber mit Rosen oder mit Müll beschäftigen will.“

„Du hast Müll weggeräumt, damit Rosen blühen können“, antwortete Kerstin Weiß. „Du hast immer wieder der Gerechtigkeit zum Sieg verholfen.“

„Quatsch. Gerechtigkeit gibt es nicht. Wir tun nur so. Keines der Opfer, die ich aufgeschnitten in der Gerichtsmedizin gesehen habe, hatte etwas davon, dass ich den Täter irgendwann eingebuchtet habe. Das mit der Gerechtigkeit ist nur ein Konstrukt, mit dem wir uns beruhigen.“

„Wolfram!“, protestierte sie. „So kannst du nicht reden.“

„Hast du eine Ahnung, wie viele der Mörder, die ich hinter Gitter gebracht habe, längst wieder frei herumlaufen? Weil ihnen auch Gerechtigkeit widerfahren muss! Oder weil sie einer von diesen unsäglichen Psychofuzzis herausgelabert hat. Es ist zum Kotzen!"

Sie konnte darauf nichts erwidern. Viele der älteren Kollegen dachten und sprachen so, wenn sie ihren Frust hatten. Und sie hatten ziemlich oft Frust.

„Ich kann in letzter Zeit manchmal nicht mehr schlafen", sagte Wolfram Bayer. „Ist mir früher nicht passiert."

„Dir liegt die Sache mit den Kindern im Magen, nicht wahr?"

„Wer tut denn so was?", fragte er. „Entführt mitten im Winter zwei Kinder. Hält sie über zwei Jahre irgendwo gefangen. Mästet sie, bis sie fast platzen. Schneidet ihnen schließlich die Kehlen durch. Entfernt die inneren Organe. Entnimmt einen Teil des Körperfetts. Begräbt sie. Lässt sie ein bis zwei Wochen unter der Erde. Gräbt die Leichen wieder aus, wickelt sie in Plastikfolie und schmeißt sie in einen See. Laura Gabrieli und Kevin Palmer. Sie hatten eigentlich nichts miteinander zu tun. Aber dann sind sie in die Hände desselben Irren gefallen. Oder mehrerer Irrer. Wovon ich ausgehe."

„Du vermutest, dass es mehrere Täter waren?"

„Ich bin überzeugt davon. Seitdem die zweite Kinderleiche aufgetaucht ist, glaube ich felsenfest, dass viel mehr dahintersteckt, als ich ursprünglich angenommen habe. Vielleicht müssen wir sogar noch auf weitere Opfer gefasst sein. Insofern gebe ich dem Herrn Oberstaatsanwalt schon recht: Damit wurde eine neue Dimension erreicht."

„Höre ich da einen gewissen Unterton heraus?"

Wolfram Bayer schaute so intensiv in seine Kaffeetasse, als könnte er aus der schwarzen Flüssigkeit eine letztgültige Wahrheit herausdestillieren.

„Hör zu, Kerstin", sagte er dann, „ich lass dich mal an ein paar Überlegungen und Fragen teilhaben. Dass meiner Meinung nach von oben, also von der Staatsanwaltschaft, in diesem Fall geblockt wird, weißt du. Deshalb habe ich dich ja gebeten, diesem Schwarz mal ein paar Informationen zuzuspielen. Ich hab zunächst immer gedacht, dass bei Dr. Wurzer tatsächlich seine berühmten übergeordneten Interessen im Spiel sind. Is' ja auch nicht ganz unplausibel, bei einer solchen Schweinerei sehr vorsichtig zu agieren. Wenn man an den Dutroux-Fall in Belgien denkt ... Da ging es auch um Kinder, und ganz sicher waren dubiose Hintermänner in die Geschichte verwickelt, die dann nicht belangt wurden. Wurzer hat angedeutet, dass er eine ähnliche Dimension in unserem Fall für möglich hält. So weit, so gut. Inzwischen glaube ich aber, dass Wurzer selber Dreck am Stecken hat."

„Du bist ja verrückt", entfuhr es Kerstin Weiß.

„Ach ja? Wieso torpediert unser Oberstaatsanwalt dann mittlerweile die gesamte Ermittlungsarbeit? Hält noch nicht einmal mehr die selbstverständlichsten Regeln ein? Reißt alles an sich? Informiert mich über nichts? Weigert sich hartnäckig, Details über die beiden Morde an die Öffentlichkeit zu geben, obwohl dies nun dringend nötig wäre, um endlich Hinweise zu bekommen?"

„Weil er vielleicht tatsächlich Verdachtsmomente hat, die so brisant sind, dass er damit sehr vorsichtig umgehen muss?"

„Schnickschnack! Wenn es so wäre, müsste er trotzdem seinen Chefermittler ins Vertrauen ziehen. Tut er aber nicht, weil er etwas zu verbergen hat."

„Wolfram, bitte!“

„Dafür setzt er mir einen Amerikaner ins Team. Diesen komischen Bill Jenkins. Weil der kleine Kevin US-Staatsbürger war. Dabei soll dieser Jenkins Spezialist für religiösen Fundamentalismus sein, durchgeknallte Araber und so. ’ne echte Hilfe.“

Bill Jenkins? Kerstin Weiß erinnerte sich, dass Blacky sie schon einmal nach ihm gefragt hatte. Damals hieß es, er sei eine kleine Nummer im Militärischen Geheimdienst der US-Army.

„Und noch eine merkwürdige Sache: Wieso treiben sich der ehrenwerte Oberstaatsanwalt und der Chef der Rechtsmedizin, dieser unsympathische Professor Erik Schneider, beide an einem verregneten Samstagmorgen in der Nähe des Ellertshäuser Sees herum? Mitten in der Pampa, wo zufälligerweise an diesem Morgen die Leiche von Kevin Palmer gefunden wird?“

„Jetzt siehst du aber Gespenster, strickst Verschwörungstheorien und konstruierst Verbindungen, die ganz weit hergeholt sind.“

„Na gut, mag sein“, brummte Wolfram Bayer. „Vielleicht werd’ ich nur allmählich blöd im Kopf. Trotzdem: Kannst du noch mal dem Radiofuzzi auf den Zahn fühlen? Er war vorgestern beim Oberstaatsanwalt, und ich krieg’ das Gefühl nicht los, dass die beiden auch miteinander kungeln.“

„Christian?“, sagte Kerstin Weiß. „Nie im Leben. Aber okay, ich muss ihn sowieso anrufen. Er hat noch was gut bei mir.“

„Das würd’ ich ja gern wissen“, meinte Kriminalhauptkommissar Bayer. „Wie es ist, bei dir was gutzuhaben.“

*

Blacky und Lothar hatten Sandra Galls Häuschen verlassen, von einem Nachbarn misstrauisch beäugt, und waren auf dem Weg zurück zur Innenstadt.

Auf der Treppe hinunter zur Rückertstraße kam ihnen Bill Jenkins entgegen.

„So ein Zufall“, sagte Blacky. „Machst du einen Spaziergang?“

„Etwas in der Art“, sagte der Amerikaner und sah Lothar interessiert an.

„Oh, ihr kennt euch noch nicht“, meinte Blacky. „Das ist Lothar, ein alter Freund. Und das ist Bill, ein Bekannter.“

Bill Jenkins richtete den Blick auf das Buch, das Lothar in der Hand hielt.

„Was liest du? Entschuldige, wenn ich frage, aber ich bin Mormone, und wir sind versessen auf Bücher.“

„Ach, nichts Besonderes“, murmelte Lothar und klemmte das Buch mit einer raschen Bewegung unter den Arm. „Ich geh dann schon mal. Wir sehen uns später.“

Der Amerikaner schaute ihm eine Weile hinterher.

„Du vergisst mich doch nicht?“, sagte er. „Wir haben einen Deal.“

„Schon klar“, erwiderte Blacky. „Sobald ich was weiß, melde ich mich.“

„Wie weit bist du?“

„Na ja, ich habe wenig Zeit. Später treffe ich mich mit Viktoria Salem. Vielleicht kann ich sie ein bisschen über ihren Vater ausfragen.“

„Sehr gut“, sagte Bill Jenkins. „Du rufst mich an, okay?“

„Mach ich“, antwortete Blacky. Er fragte sich, ob diese Begegnung wirklich ein Zufall war.

War sie nicht.

Bill Jenkins zog einen Briefumschlag aus der Innentasche seiner amerikanischen Fliegerjacke.

„Schau dir das mal an", sagte er. „Als Ergänzung zu deiner Observation am Montagabend. Du weißt schon … Die Ledermütze hat dir übrigens gut gestanden. Solltest du öfter aufsetzen. Macht dich sexy."

*

Alle Versuche, Mareike zum Reden zu bringen, scheiterten. Auf jede direkte Frage verweigerte sie die Antwort. Entweder sagte sie gar nichts und starrte ins Leere. Oder sie flüsterte, murmelte und hauchte immer wieder dieselben Worte und Satzfetzen.

„Das Böse … in der Nähe … ich kann es spüren … überall … nirgends sicher … Was haben wir getan? Warum? Urteufelin … Höllenrose … im Wald … entkommen … ich … Wo ist sie?"

Dazwischen unvermittelt klare Sätze:

„Sie hat mich gewarnt. Ich bin an der Reihe. Einmal konnte ich entkommen. Ein zweites Mal nicht mehr. Du hast ja keine Ahnung, Sandra."

Es war zum Verzweifeln. Sandra Gall war sich im Klaren darüber, dass es sich um einen psychotischen Zustand handelte, hervorgerufen durch ein traumatisches Erlebnis und einen Schock. Aber Mareike war weder durch gutes Zureden und Bitten noch durch Drohen und Schimpfen zu einer Andeutung zu bewegen, was geschehen war. Es war nicht zu erkennen, ob sie keinen Zugang dazu hatte oder ob sie bewusst jedes Wort darüber verweigerte. Seit dem ersten Anruf am Sonntag und ihrem Treffen auf dem Hauptfriedhof waren die Symptome ständig schlimmer geworden. Die

Hoffnung, dass sie sich allmählich fangen und die Lethargie überwinden würde, hatte sich nicht erfüllt. Nach wie vor schlief sie den größten Teil der Zeit, dazwischen saß sie wie ein Häufchen Elend auf der Couch und wiederholte stereotyp ihre Worte und Sätze.

Am frühen Nachmittag hörte Sandra Gall endlich, wie ein Fahrzeug in die Garageneinfahrt einbog. Sie war erleichtert und besorgt zugleich. Vielleicht war es falsch gewesen, um Hilfe zu bitten. Aber jetzt war es zu spät, sich darüber noch Gedanken zu machen.

Sandra Gall trat vor die Eingangstür, um die Meisterin zu begrüßen. Rosemary Salem stieg aus einem großen schwarzen Geländewagen. Sie trug einen eleganten roten Frühjahrsmantel, schwarze Stiefel und eine rote Baskenmütze.

„Hallo, Sandra."

Ihre Stimme klang heute nicht kalt, sondern nahezu herzlich. Und über ihr vernarbtes Gesicht glitt die Andeutung eines Lächelns. Sandra Gall spürte, wie sie ruhiger wurde. Wieder konnte sie sich der Ausstrahlungskraft dieser ungewöhnlichen Frau nicht entziehen.

„Komm rein", sagte sie. „Ich habe schon Tee gemacht."

Sie führte Rosemary Salem durch den Flur ins Wohnzimmer. Mareike saß auf der Couch, mit dem Rücken zur Tür.

„Wir haben einen Gast", sagte Sandra Gall.

Mareike drehte sich langsam um.

Erst war ihr Schrei fast tonlos, ein Stöhnen, dann schrill, bis er endlich in ein hysterisches Wimmern überging.

*

Viva Porcellino platzte um diese Zeit aus allen Nähten. Joe, schwer beschäftigt, grüßte Blacky nur mit einem knappen Kopfnicken.

Besitzer einer Kaffeebar, dachte Blacky, das wär's.

Lothar saß in der hintersten Ecke und las.

„Hör zu!", rief er, als er Blacky sah. „Mit Dante auf Höllenreise: *Es kam, sieh da, zu Schiff einhergefahren ein alter weißbehaarter Mann und rief: ‚Verworfne Seelen, wehe, nimmermehr sollt ihr den Himmel sehn, hier gilt kein Hoffen. Ans andre Ufer bring ich euch hinüber in ewige Finsternis zu Glut und Eis.' Und bleiche Angst mit Zähneklappern fasste die müden, nackt gewordnen Seelen an, da sie des Schiffers grimme Worte hörten.* Grandios, oder?"

„Ja", sagte Blacky. „Aber bringt uns das weiter?"

„Keine Ahnung. Ich schlage eine Arbeitsteilung vor. Du kümmerst dich um diese sieben Pappkameraden und versuchst herauszufinden, was sie auf dem Dachboden des Gerichts so treiben. Und ich widme mich Chiaras Zahlenrätsel. Mal schauen, ob mit Dante die Nuss zu knacken ist."

„Ob das eine faire Aufgabenverteilung ist, weiß ich nicht. Aber okay."

„Was ist schon fair?", sagte Lothar und stand auf. „Zahlst du meinen Kaffee mit? Merkwürdiger Geselle übrigens, dieser Bill. Die Begegnung vorhin war kein Zufall. Ich wette, er wusste genau, wo wir waren. Big brother is watching you."

„Ist mir gerade klar geworden. Er hat mir auch noch etwas gegeben."

Blacky öffnete den Briefumschlag, den ihm Bill Jenkins in die Hand gedrückt hatte. Ein einzelnes Blatt Papier. Die schlechte Fotokopie einer Art Urkunde.

„Was ist das für ein Blödsinn?"

Lothar setzte sich wieder und studierte das Blatt mit großer Aufmerksamkeit.

„Faszinierend“, sagte er. „Kulturhistorisch äußerst bemerkenswert. Die Ermächtigung der Londoner Zentrale des OTO, in Deutschland eine eigene Loge zu gründen. Stammt vom Anfang des zwanzigsten Jahrhunderts und scheint von Aleister Crowley höchstpersönlich unterzeichnet zu sein.“

„Kannst du etwas deutlicher werden?“

„Satanisten“, sagte Lothar. „Sexualmagie. Obskures Gebräu aus einer Zeit, als alles igitt war. Männerphantasien. Der OTO ist der *Ordo Templi Orientis,* ein Geheimorden, der 1904 von einem deutschen Industriellen gegründet wurde.“

„Ach, nicht schon wieder“, meinte Blacky. „Das hatten wir doch alles neulich erst auf Schloss Mainberg.“

„Das nicht. Orgien gab es meines Wissens dort keine. Beim OTO schon. Vor allem, als Aleister Crowley, der berüchtigte englische Hexenmeister, den Verein übernommen hat und die Abtei Thelema auf Sizilien gründete. Da ging’s dann ab. Rudolf Steiner, die Lichtgestalt der Waldorfpädagogik, war übrigens auch mal Mitglied. Den Orden gibt es bis heute.“

„Und was hat das am Ende mit Schweinfurt zu tun?“

„Dieser Orden war nie etwas für Schwachköpfe. Dort tummelten sich immer Politiker der höchsten Ränge und Großindustrielle. Männer unter sich. Heute schickt jede lumpige Versicherung ihre Vertreter ganz profan zur Belohnung ins Bordell. Vor hundert Jahren musste das esoterisch überhöht und pseudoreligiös verbrämt werden. Die Orgie als heiliger Ritus. Wie gesagt, kulturhistorisch interessant. Unterschätze mal unser gutes altes Schweinfurt und die

Macht der Großindustrie nicht. Die Geschichte der Familiendynastie Sachs beispielsweise ist sehr bemerkenswert."

„Du meinst ...?"

„Ich meine gar nichts", sagte Lothar. „Aber wundern tut mich auch nichts. Der Dachboden des Schweinfurter Gerichts ... Grandios."

Er stand auf, klemmte sich das Buch wieder unter den Arm und verschwand.

Joe brachte Blackys Cappuccino.

„Der Herr Kriminalschriftsteller", sagte er. „Schwer in Eile."

„Bei dir ist ja heute die Hölle los", meinte Blacky. „Hast du trotzdem mal kurz Zeit?"

„Logisch."

„Du kennst doch Gott und die Welt. Und du hörst in Schweinfurt seit Jahren das Gras wachsen."

„Wenn du das sagst."

„Hast du schon mal was von den Siebenern gehört?"

Blacky registrierte, wie das professionelle Lächeln, das der Barista den ganzen Tag parat hatte, einen Moment lang erlosch. Aber nur einen Moment. Dann war es wieder da.

„Meinst du die sieben Zwerge oder die sieben Schwaben?"

„Ich meine die hier", sagte Blacky und holte sein Smartphone heraus. Als er Joe die ersten Bilder zeigte, die er am Montagabend aufgenommen hatte, war dem Barista das Lächeln bereits ganz abhandengekommen.

*

„Es gibt Neuigkeiten, Chef", sagte Kriminalkommissarin Marion Werner, als der Leiter der Mordkommission, Wolfram

Bayer, in die Dienststelle zurückgekehrt war. „Wir wissen, wer unsere Tote vom Hexenbrünnle ist."

„Und?"

„Sie heißt Miranda Grenouillet. Schweizerin. Geboren in Genf. Siebenunddreißig Jahre alt. Ehemaliges Model. Hat auch in ein paar Filmchen mitgespielt. Mit Wohnsitz gemeldet in Monaco. In Genua geriet sie mal bei einer Party in eine Drogenrazzia. Da wurden ihre Fingerabdrücke genommen. Die Datenbank von Interpol hat das jetzt ausgespuckt."

„Wie kommt sie nach Schweinfurt?"

„Tja, keine Ahnung. Mehr haben wir bislang nicht rausgefunden. Wir haben ja so gut wie keine Anhaltspunkte. Niemand scheint sie zu vermissen. Keine Erkenntnisse, wo sie sich in letzter Zeit aufgehalten hat. Da sie nackt war, gibt es auch keine Kleidung, auf der irgendwelche Spuren zu finden sein könnten. Das Einzige, was wir haben, ist diese kleine Ledertasche mit dem Personalausweis von Mareike Preußler. Und damit bin ich bei der nächsten Neuigkeit."

„Da ist man zwei Stunden weg", brummte Bayer, „und schon laufen die Kollegen zur Höchstform auf. Sollte mir zu denken geben."

„Vor allem die Kolleginnen", sagte Marion Werner. „Ich habe Ihnen doch von Sandra Gall erzählt. Der Oberhexe mit dem Eso-Laden in der Petersgasse. Deren beste Freundin soll diese Mareike Preußler sein. Und beide sind weg. Spurlos verschwunden. Abgehauen."

„Dann ist doch alles klar. Bei der Durchsuchung des Hauses von der Preußler haben wir nichts gefunden. Nehmen Sie den Laden und die Wohnung dieser Gall unter die Lupe. Vielleicht liegt da ja noch ein bisschen Rizin herum."

„Schon veranlasst. Durchsuchungsbefehl kommt."

„Hexen“, sagte der Kriminalhauptkommissar. „Würde ja erklären, wieso diese Miranda Sowieso nackt war.“

„Pardon?“

„Na, Hexen tanzen doch nackt im Vollmondschein, oder? Auf irgend so ’nem Berg.“

„Chef“, sagte Marion Werner. „Jetzt geht die Phantasie aber mit Ihnen durch.“

„In der Walpurgisnacht, stimmt’s? Wann ist die gleich noch mal wieder?“

„Übermorgen“, sagte Marion Werner. „Übermorgen ist Walpurgnisnacht.“

*

„Nicht jetzt“, sagte Joe, der Barista, und sah sich nervös in seiner eigenen Kaffeebar um. „Und nicht hier.“

„Okay“, meinte Blacky. „Verstehe ich. Wann und wo?“

„Heute Abend. Nicht vor zehn.“

„Bist du wahnsinnig? Ich muss früh raus. Halb vier tobt der Wecker.“

„Geht nicht eher. Ich hab ’nen Termin bei meinem Steuerberater. Das Finanzamt will diese Woche noch Unterlagen.“

„Kenn’ ich“, sagte Blacky. „Na ja, dann wird’s ’ne kurze Nacht. Wo?“

„Im *Six.* Neben der Kunsthalle. Wirst du ja kennen.“

„Klar. Aber sei pünktlich.“

„Bin ich.“

Der Barista hastete zurück hinter seinen Tresen, vor dem sich eine ehemalige Oberbürgermeisterin, der Leiter des Theaters, der Inhaber der Buchhandlung *Kakadu,* zwei Stadträte und zwei italienische Gastronomen stauten. Die vier

Letzteren taten so, als ob sie sich nicht kennen würden, weil doch jeder Insider wusste, dass die zwei Gastronomen die beiden Mafia-Clans in Schweinfurt repräsentierten. Blacky beobachtete amüsiert die nonverbale Kommunikation, mit der die vier sich verständigten, und sah auch, wer von ihnen den Kaffee bezahlte.

Sein Handy klingelte. *Kerstin Weiß ruft an* erschien auf dem Display.

„Tut mir leid", nuschelte er zur Begrüßung. „Ich kann nicht richtig reden. Ich hab eine ziemlich dicke Lippe."

„Deswegen rufe ich ja an", sagte sie. „Ich wollte etwas gutmachen."

„Das hört sich gut an. Mir geht es schon ein kleines bisschen besser."

„Wunderbar. Wann hast du Zeit? Heute abend?"

„Schlecht", sagte Blacky. „Ich habe ein … wichtiges Hintergrundgespräch. Gerade vereinbart."

„Danach?"

„Danach ist Mitternacht."

„Würde mich nicht stören. Ich habe Urlaub."

„Aber ich nicht." Blacky zögerte. Er war längst aus dem Alter raus, wo er sich die Nächte bedenkenlos um dic Ohren schlug. „Mitternacht hat natürlich auch seinen Reiz."

„Eben. Soll ich zu dir kommen?"

„Warum nicht? Also Schlag zwölf zur Geisterstunde?"

„Ich bin da. Eine Flasche eisgekühlten Champagner in der Hand."

*

In Anbetracht der Pläne für diesen Abend beschloss Blacky, nach Hause zu gehen und ein paar Stunden zu schlafen. In der Judengasse kam ihm Viktoria entgegen.

„Oh", sagte er. „Du hier?"

Dann fiel es ihm ein.

„Du bist aber superpünktlich."

„Ich hab mich auch angestrengt", strahlte sie. „Gehen wir rein?"

Joe verzog keine Miene, als er mit Viktoria *Viva Porcellino* betrat.

„Schön, dich auch mal wieder zu sehen", sagte er nur.

Der Tisch, an dem er gesessen hatte, war noch frei und der Stuhl noch warm. Viktoria hatte ihr Strahlen abgeschaltet und war ernst geworden.

„Schön, dass du für mich Zeit hast", sagte sie.

„Kein Problem. Was hast du auf dem Herzen?"

„Also, eigentlich wollte ich mit dir noch einmal über meine Mutter reden. Und über meinen Vater."

„Ich weiß nicht, ob ich der Richtige dafür bin."

„Ich glaub, ich weiß, wer die Frau ist", platzte sie heraus.

„Welche Frau?"

„Die tot in diesem Hexenbrünnle gefunden wurde."

„Und was hat das mit deiner Mutter und deinem Vater zu tun?"

Blacky sah Viktoria verblüfft an. Sie wirkte jetzt nervös und sprunghaft.

„Ich hatte gleich so ein blödes Gefühl. Und gestern hab ich lange mit Sören telefoniert. Oder er mit mir. Egal. Jedenfalls, er war mit einem großen Bericht über diese Sache beschäftigt. Er hatte ziemliche viele Informationen. Auch Fotos und so."

Natürlich, dachte Blacky, Saskia. Kerstin Weiß' Sekretärin und Sörens unerschöpfliche Quelle.

„Also, ich bin mir jetzt ziemlich sicher: Die Frau heißt Miranda Grenouillet. Sie kommt aus der Schweiz."

„Okay. Und warum erzählst du das mir und nicht der Polizei?"

„Na ja, weil … weil diese Frau die Geliebte meines Vaters ist. Oder war."

*

Urplötzlich hatte das Wetter umgeschlagen. Der sonnige Frühlingstag verdämmerte in einem Sturm von eisigen Graupelschauern. Blacky fuhr langsam und konzentriert. Neben ihm saß Viktoria und weinte.

Die letzten beiden Stunden waren anstrengend gewesen.

Viktoria hatte die Gelegenheit genutzt und sich hemmungslos ausgekotzt. Sie hatte ihm die nicht besonders originelle und dennoch traurige Geschichte einer unglücklicken Familie erzählt. Blacky hasste solche Geschichten, aber er hatte sie geduldig über sich ergehen lassen. Immerhin wusste er danach einiges über Dr. Julius Salem, aber nichts, was ihn weitergebracht hätte.

Der erfolgreiche Mann, der als Chirurg sehr viel Geld verdiente und als Vater nie Zeit hatte. Das stille Leiden einer Ehefrau und Mutter, die an seiner Seite verkümmerte, bis sie ein echter Schicksalsschlag völlig aus dem Leben riss. Dazwischen ein Kind, ein Mädchen, ein Teenager. Verwöhnt und trotzdem allein.

„Meine Mutter konnte ich danach völlig vergessen", hatte Viktoria gesagt. „Mein Daddy ist zwar kein Arsch, aber er benimmt sich ständig wie einer. Miranda war nicht die Erste.

Und auch nicht die Einzige. Eigentlich hatte er sie vor einem halben Jahr abserviert. Ich weiß nicht, warum sie plötzlich in Schweinfurt als Leiche herumliegt."

„Und nun?", fragte Blacky.

„Keine Ahnung. Zur Polizei geh ich jedenfalls nicht. Stell dir vor, es war meine Mutter. Oder mein Vater."

„Jetzt mal' nicht gleich Gespenster an die Wand."

„Du hast doch keine Ahnung", sagte Viktoria, „was bei uns zu Hause in den letzten Jahren los war."

„Scheiße", hatte Blacky gesagt. „Warum gerate andauernd ich in solche Geschichten?"

Er verwarf den Gedanken, mit Kerstin Weiß darüber zu sprechen. Er versprach Viktoria, den Mund zu halten. Er fragte sie, weshalb sie ihm überhaupt etwas davon erzählt hatte.

„Mit irgendjemand muss ich ja darüber reden", sagte sie.

Dann hatte sie auf die Uhr geschaut.

„Und jetzt ist mein Bus weg."

„Ich dachte, du hast ein Auto?"

„Ja, aber keinen Führerschein mehr. Ich bin neulich besoffen gefahren."

Hinter Gerolzhofen verlor er die Orientierung. Viktoria hörte auf zu weinen.

„Warum hast du denn kein Navi?", fragte sie.

„Weil ich Karten lesen kann. Außerdem passt so ein Ding in eine Barchetta nicht rein."

„Okay, jetzt Richtung Michelau. Und dann geht's ab in die Pampa. Danke übrigens, dass du mich fährst."

„Das ist fast kein Problem", sagte Blacky. „Ich hatte sowieso nichts anderes vor."

Trotzig brach im Westen die letzte Abendsonne noch

einmal hinter den Sturmwolken hervor. Die Graupelschauer über dem Steigerwald tanzten in ihrem Licht wie rote Kobolde.

*

„Was ist dein Vater für ein Mensch?“, fragte Blacky.

„Ich hab dir doch schon alles erzählt“, antwortete Viktoria.

„Ja, du hast mir erzählt, wie er als Vater so ist oder auch nicht ist. Aber darüber hinaus … Er ist doch richtig berühmt. Hat er viele Freunde?“

„Ich glaub nicht. Er arbeitet ja nur. Ist den ganzen Tag in der Klinik, bis spät am Abend. Und am Wochenende. Er hat überhaupt keine Zeit für Freunde.“

„Auch ’ne Art von Leben.“

„Ab und zu spielt er Schach. Mit Eugen Grob. Der wohnt ja bei uns um die Ecke.“

„Ach“, sagte Blacky. „Der Bundestagsabgeordnete und frühere Gesundheitsminister?“

„Ja, aber der ist gar nicht so schlimm, wie man immer denkt. Der kommt nur im Fernsehen so blöd rüber. Okay, ein bisschen unsympathisch ist er wirklich. Aber mein Vater kennt ihn schon seit ewig. Vielleicht ist er sogar sein einziger Freund.“

„Interessant“, sagte Blacky. „Ich glaube nicht, dass Eugen Grob noch viele andere Freunde hat. Nach dem Skandal damals.“

„Keine Ahnung, wovon du redest“, meinte Viktoria. Es schien ihr auch egal zu sein. „Mein Vater interessiert sich überhaupt nicht für Politik.“

„Für Politik vielleicht nicht", erwiderte Blacky. Den Rest, den er dachte, behielt er für sich.

*

Das Haus der Familie Salem entsprach den Geschichten, die bei Main-Radio erzählt wurden, seit Viktoria dort ihr Praktikum gemacht hatte. Ein riesiges Anwesen auf einer einsamen Steigerwaldhöhe mit pompöser Auffahrt zu einem kubistisch verschachtelten Bau aus weißen Flächen und überdimensionalen Glasfenstern, der auch auf den Hügeln von Hollywood hätte stehen können.

„Du musst gar nicht fragen, was alle fragen", sagte Viktoria, als Blacky die Barchetta davor geparkt hatte. „Ja, du hast dieses Haus schon so ähnlich in Filmen gesehen, in *Basic Instinct* mit Sharon Stone beispielsweise. Mein Vater hat sich davon inspirieren lassen."

„Hat er Sharon Stone auch operiert?"

„Sie nicht, andere schon", antwortete sie knapp. „Möchtest du noch auf einen Kaffee mit reinkommen?"

„Wenn ich ehrlich bin, ja", sagte Blacky.

Die kühle Nüchternheit der Inneneinrichtung gefiel ihm auf den ersten Blick. Er bevorzugte auch in seinem Penthouse klare Linien und reduzierte Optik, konnte aber, was Größe und Eleganz betraf, hier nur staunen.

„Ich bin beeindruckt", meinte er.

„Ach, das ist nicht mehr als ein goldener Käfig. Wobei das Gold ganz gut versteckt ist."

Das war einer ihrer lebensklugen Sätze, die ihn verblüfften. Sie führte ihn in eine Küche, deren Größe und Design alles toppte, was er sich bisher hatte vorstellen können.

„Das Personal ist schon weg“, sagte Viktoria. „Aber ich kann Kaffee kochen.“

Das Personal ist schon weg … Ein Satz fürs Leben, den man sich unbedingt merken sollte.

„Deine Mutter wohnt nicht hier?“

„Irgendwie wohnt sie schon auch hier und irgendwie auch wieder nicht. Das ist alles kompliziert. Sie hat eine Hütte im Wald, in der Nähe des Zabelsteins. Also, sie nennt es Hütte, aber es ist natürlich ein Haus. Meine Eltern haben früher dort gewohnt. Meine Mutter hält es unter Menschen nicht aus. Ich hab dir ja schon gesagt, dass sie merkwürdig ist … seit dem Unfall damals.“

Viktoria hantierte an einer Saeco herum. Blacky sah ihr stirnrunzelnd zu.

„Lass mich mal ran“, sagte er schließlich. „Ein wirklich guter Kaffee ist Männersache.“

„Dann machen Sie doch bitte einen für mich mit.“

Eine sonore, kultivierte Stimme. Blacky drehte sich um.

Dr. Julius Salem stand unter der Tür zur Küche. Er trug Jeans und einen grauen Kaschmirpullover und wirkte wie die Ausgeglichenheit in Person.

*

Sie plauderten, als wären sie alte Freunde. Blacky fand es bemerkenswert, wie ein berühmter Mann seine Allüren, die er zweifelsohne hatte, souverän verstecken konnte. Das kam nicht oft vor. Die Begegnungen zwischen Prominenten und Journalisten verliefen meist anders. In der Regel waren die Großen, Schönen, Reichen und Mächtigen darauf aus, sofort die Grenzen abzustecken und das Gefälle deutlich zu markieren. Julius Salem tat das Gegenteil. Er machte sich klein und verwischte jede Grenze, indem er so tat, als sei er an nichts anderem als an seinem Gast und Main-Radio Schweinfurt interessiert. Blacky honorierte es dadurch, dass er sich hütete, den Grundfehler eines Journalisten zu begehen: sein Gegenüber mit platitüdenhaften Fragen zu langweilen. Viktoria stand daneben und schien glücklich den Augenblick zu genießen.

„Ich bin froh, meine Tochter in guten Händen zu wissen", sagte der Arzt schließlich. „Sie wird bei Ihnen sicher etwas lernen."

Die spannendste Frage schnitt er nicht an: Wieso seine Tochter eigentlich ein Volontariat bei Schweinfurts kleinem Sender machen sollte? Von einer Berühmtheit wie Dr. Julius Salem hätte man erwarten können, dass er sie mit einem Fingerschnippen irgendwo anders unterbrachte. Blacky hatte darüber schon einmal mit Olaf Röder philosophiert, und der Redaktionsleiter hatte die Antwort sofort gewusst: „Weil ihn das Mädchen nicht interessiert. Eine Koryphäe seines Formats kann sich nur einen Sohn vorstellen, der in seine Fußstapfen tritt. Eine Tochter ist ihm völlig wurscht."

Blacky gewann den Eindruck, dass Olaf Röder recht hatte. Und wieder kam ihm Viktoria wie ein verlorenes Menschenkind vor. Er würde sich um sie kümmern müssen.

Am Schluss wurde seine Zurückhaltung, was die journalistische Neugier anbelangte, belohnt.

„Wenn Sie wollen, kann ich Ihnen gern mal die Klinik zeigen", sagte Dr. Salem. „Vielleicht interessiert Ihre Hörer ja meine Arbeit."

Blacky ergriff die Gelegenheit sofort beim Schopf.

„Wann?", fragte er wie aus der Pistole geschossen.

Julius Salem lachte.

„Na, jetzt zeigen Sie ja doch noch professionellen Ehrgeiz. Wann immer Sie wollen. Freitagnachmittag zum Beispiel."

„Klasse", sagte Blacky. Das waren zwei Fliegen mit einer Klappe: Erstens bekam er ein hochklassiges Interview. Und zweitens konnte er sich damit elegant vor den lästigen Vorbereitungen für die Grillparty drücken.

Sehr zufrieden mit sich fuhr er nach Schweinfurt zurück. Aus dem Graupelwetter war mittlerweile ein richtiger Sturm geworden.

DONNERSTAG

Um fünf Minuten nach Mitternacht klingelte Kerstin Weiß zum letzten Mal an Blackys Haustür in der Frauengasse. Dann versuchte sie es erneut auf dem Handy. Wieder die Ansage *Der Teilnehmer ist zurzeit nicht erreichbar.*

Sie zögerte und nahm den großen braunen Umschlag an sich, der zur Hälfte aus dem Briefkasten ragte und am Durchweichen war. *Für Christian* stand in kühngeschwungener Handschrift darauf. Verärgert packte sie die Flasche Champagner am Hals und hastete durch den Schneeregen zurück zu ihrem Mini, den sie verbotswidrig in der Rittergasse abgestellt hatte.

Einen Reim konnte sie sich darauf nicht machen. Blacky war normalerweise die Zuverlässigkeit in Person. Und eines wusste sie sowieso: Ein Date mit ihr mitten in der Nacht war etwas, das Christian Schwarz nicht ohne triftigen Grund platzen lassen würde. Ihr fiel eigentlich überhaupt kein Grund ein, der ihn um diese Zeit davon abhalten konnte, mit ihr Champagner zu trinken und auf Weiteres zu hoffen.

Kerstin Weiß fragte sich deshalb, ob sie sich Sorgen machen musste. Als sie im Auto saß, rief sie bei der Dienststelle an und erkundigte sich bei den Kollegen, ob irgendetwas Ungewöhnliches vorgefallen sei. Die Antwort, die sie erhielt, beruhigte sie ein wenig: In Schweinfurt sei trotz des schlechten Wetters in dieser Nacht völlig tote Hose.

Verwirrt und enttäuscht fuhr sie nach Hause.

*

Das Unwirkliche wurde allmählich wieder Realität. Und auch eine Art Erinnerung kehrte zurück. Erst spürte sie, dass da noch etwas war. Etwas außerhalb dieses grauen Schwindels, der sich unaufhörlich drehte. Übelkeit. Es war Übelkeit. Sie drang langsam in ihr Bewusstsein und wurde heftiger. Ein erster Gedanke löste sich aus einem dumpfen Nebel: Mir ist schlecht … Sie begann unendlich langsam darüber nachzudenken. Kleine Splitter weit entfernter Ideen wurden zu Bruchstücken von Bildern. Dann fühlte sie plötzlich, dass sie einen Körper hatte. Dieses Gefühl verdichtete sich schließlich zu einer Erkenntnis. Es war die Erkenntnis, dass sie da war … dass es sie gab … Irgendwann fiel ihr ein, wer sie war …

Das alles war noch jenseits einer Zeit. Sie begann, sich mit dem Raum um sie herum auseinanderzusetzen. Der Schwindel wirbelte alle Dimensionen und Perspektiven durcheinander. Als er nachließ, erkannte sie, dass sie sich in einer Art Zimmer befand. Sie selbst lag auf einem Bett, aber sie konnte sich kaum bewegen. Die Panik, in die sie geriet, nahm sie als etwas Namenloses, Unbegreifliches wahr. Dann verstand sie, dass sie Angst hatte.

Die Angst schüttelte ihren Körper in die Zeit zurück. Sie begann, einen Zusammenhang zu erahnen. Erste klare Bilder tauchten auf. Es war mühsam, sie aneinanderzureihen. Manche verschwanden wieder, andere leuchteten ständig schmerzhaft über ihr, neben ihr. Bis sie endlich begriff, dass diese Bilder Erinnerungen waren und Realität, dauerte es noch lange. Aber plötzlich sah sie, dass in dem Zimmer

Licht brannte. Sie sah das andere Bett; und als ihr klar wurde, dass die Frau, die dort lag, Mareike war, kehrte Sandra Gall in die Wirklichkeit zurück.

*

Nach zwei Stunden Schlaf klingelte der Wecker, und Blacky schlüpfte aus dem Bett, bevor sein Körper ihn zu der Dummheit verleiten konnte, die Augen noch einmal zu schließen. Schon ein paar Sekunden würden zum Fiasko führen, und es half nur eines: eiserne Härte gegen sich selbst. Er wankte zur Saeco, brachte sie mit der Routine des Halbschlafs in Gang und verzog sich unter die Dusche. Danach war er ziemlich wach, der anschließende Kaffee sorgte für den Rest. Der Tag konnte beginnen.

Dann tat er etwas, was er noch nie getan hatte: Er ging zu Fuß zur Arbeit. Eigentlich war der Weg vom Zürch hinüber zu Main-Radio immer nur ein Klacks gewesen, aber er war noch nie auf diesen Gedanken gekommen, die Barchetta stehenzulassen. Warum, wusste er nicht. Auch ein Cowboy hätte ja unter keinen Umständen auf sein Pferd verzichtet; dieser nicht ganz plausible Grund kam ihm in den Sinn, als er in der frischen Luft über die Frage nachdachte. Doch warum er heute zu Fuß ging, wusste er. Er brauchte einen klaren Kopf.

Blacky blieb auf der Maxbrücke stehen und sah hinüber zur Silhouette der frühmorgendlichen Stadt. Einer Stadt der Geheimnisse. Das Leben bestand aus vielen ungelösten Rätseln und aus noch mehr Geheimnissen. Nur manchmal konnte man eines davon lüften, und selten wurde man in eines eingeweiht. Schweinfurt hatte in der vergangenen Nacht eines der Geheimnisse preisgegeben, die hinter den

Fassaden der Stadt schlummerten; ein obskures Geheimnis, das der Nacht gehörte, aber mit Anbruch des Tages verwelkte und an Bedeutung verlor. Und er war eingeweiht worden in Zusammenhänge, deren Bedeutung er noch gar nicht überschauen konnte und die ihm Angst machten. Es war eine Nacht gewesen, die ihm Antworten auf alte Fragen gegeben und neue Fragen aufgeworfen hatte.

Was er sehr bedauerte nach dieser merkwürdigen Nacht war die Tatsache, dass er ein Champagnerdate mit Kerstin Weiß versäumt hatte. Verpasste Gelegenheiten kamen oft nicht wieder.

*

Sandra Galls letzte Erinnerung war, wie sie im Haus in Handthal mit der Teekanne in der Hand aus der Küche gekommen war und Mareike leblos auf der Couch hatte liegen sehen. Dann hatte sie eine Bewegung hinter sich verspürt und einen stechenden Geruch wahrgenommen. Dass ihr schwarz vor den Augen geworden war und die Teekanne am Boden zerschellte, war der allerletzte Fetzen dieser Erinnerung; dann war nichts mehr gewesen, bis der graue Schwindel eingesetzt hatte und sie in diesem Zimmer allmählich zu sich gekommen war.

Davor war Mareikes greller Schrei gewesen und dieses Wimmern. Und ihre Ahnung, dass jetzt etwas schiefgelaufen war. Aber Rosemary Salem hatte die Situation gelassen überspielt und ihren aufkeimenden Zweifel sofort unterdrückt.

„Lass mich nur machen“, hatte sie gesagt. „Ich sehe schon, was da vor sich geht. Es ist in ihrem Zustand völlig normal, dass sie auf jeden Fremden hysterisch reagiert. Koch uns einen Tee, ich werde sie beruhigen.“

Sandra Gall war in die Küche gegangen und hatte gespürt, dass sie der Lage nicht gewachsen war. Es war ein Fehler gewesen, Rosemary Salem um Hilfe zu bitten. Sie hatte beschlossen, den Tee zu servieren und die Meisterin dann zu bitten, das Haus zu verlassen. Und sie hatte überlegt, Mareike vielleicht doch besser noch an diesem Tag nach Werneck in die Klinik zu bringen. Sie hatte gewusst, dass sie die Verantwortung nicht länger tragen konnte. Es war eine gelbe Teekanne gewesen, mit der sie das Wohnzimmer wieder betreten hatte.

Nun lag sie in einem Zimmer, an ein Bett gefesselt, gequält von einem grellen Licht über ihrem Gesicht. Sie wusste nicht, wo sich dieses Zimmer befand. Und sie wusste nicht, wie lange sie schon hier war.

*

Das Six war um zehn Uhr abends so gut wie leer gewesen. Die beiden Kellnerinnen ließen es ihn spüren, wie unwillkommen er war. Aber darauf durfte man in Schweinfurt nichts geben. Es gab nur zwei oder drei Lokale in der Stadt, wo man um diese Zeit nicht mit eisigen Blicken empfangen wurde. Blacky schenkte ihnen sein betörendstes Lächeln. Sie lächelten nicht zurück.

Joe saß im hintersten Eck und strahlte schlechte Laune aus.

„Setz dich“, sagte er mürrisch. „Du machst mir Sachen.“

„Ich will nur wissen, was ihr treibt“, antwortete Blacky.

„Warum?“

„Halt so.“

„Nix Verbotenes.“

„Eine bunte Truppe“, sagte Blacky. „Der Bestattungsunternehmer Medich. Winfried Grabowski, Vorstandsvorsitzender einer Weltfirma. Chefarzt Doktor Wunibald Zippler. Rechtsanwalt Hans-Uwe Petzhof. Professor Erik Schneider, Rechtsmediziner aus Würzburg. Und Johannes Silbermann, Gastronom und angesagter Kaffeebarbesitzer. Dazu der Herr, der Montagabend Punkt neunzehn Uhr den Seiteneingang des Schweinfurter Gerichts öffnet und die bunte Truppe einlässt. Ich denke mal, Oberstaatsanwalt Doktor. Leopold Wurzer. Alles in allem die berühmt-berüchtigten Siebener."

„Du machst dich unbeliebt", sagte Joe finster.

„Ich weiß. Ist mir aber egal. Für 'ne gute Story muss man auch mal Unannehmlichkeiten auf sich nehmen."

„Was für 'ne Story?"

„Ich hab so allerhand gehört."

„Du bluffst, Blacky. Nix hast du gehört. Weil es nämlich nix gibt. Wir spielen Karten. Das ist alles."

„Strip-Poker oder was?"

„Ich lach mich verreckt."

An dieser Stelle hatte Blacky tatsächlich geblufft und einen falschen Trumpf aus dem Ärmel gezaubert.

*

Mareike kam zu sich. Sie stöhnte eine Weile vor sich hin, kämpfte gegen die Fesseln an und sagte schließlich laut und vernehmlich:

„Scheiße!"

Im nächsten Augenblick wurde eine Tür geöffnet, jemand betrat das Zimmer. Sandra Gall, geblendet vom grellen Deckenlicht und kaum in der Lage, den Kopf zu heben, konnte wenig erkennen. Es schien ein Mann zu sein. Er trug einen schwarzen Kapuzenpulli. Als er sich ihr zuwandte, sah sie sein Gesicht. Es war ein junges, merkwürdig weiches Gesicht. Die Augen waren unstet und flackerten nervös.

Er blickte sich um, verließ das Zimmer wieder. Ein Schlüssel wurde im Türschloss umgedreht.

„Wir dürfen nichts essen", sagte Mareike.

„Es gibt hier auch nichts zu essen", antwortete Sandra Gall. „Außerdem ist mir kotzschlecht."

„Nichts essen", wiederholte Mareike.

„Wie geht es dir?"

„Beschissen. Bist du auch gefesselt? Ich hab's doch gewusst. Die verdammte Schlampe!"

Sandra Gall konnte sie nur teilweise sehen. An der Stimme hörte sie, dass sich Mareikes Zustand verändert hatte. Sie klang wie die alte Mareike, robust und kernig.

„Bist du jetzt wieder normal?"

„War ich nicht normal?"

„Nein, warst du nicht. Überhaupt nicht."

„Ich kann mich an nichts erinnern", sagte Mareike.

„An überhaupt nichts?"

„Doch, an alles."

„Was jetzt?"

„Ich kann mich erinnern, dass du mich auf dem Friedhof mit deinem Stab aus dem magischen Kreis herausgeführt hast. Dann kann ich mich an nichts mehr erinnern."

„Und das, was zuvor war? Die letzten Tage? Marrakesch und der Blödsinn? Kannst du dich daran erinnern?"

„Natürlich", sagte Mareike. „Das wollte ich dir ja schon die ganze Zeit erzählen."

*

„Man munkelt von Satanismus“, sagte Blacky. „Es sollen auch Kinder geopfert worden sein.“

Erst hatte Joe, der Barista, gelacht. Dröhnend und herzhaft. Dann war er ernst geworden.

„Horch, Blacky“, sagte er. „Hörst du den Sturm draußen? Wie hat der Rückert in seinen *Kindertotenliedern* geschrieben? Ich hab mir sie erst neulich wieder ang’hört. *In diesem Wetter, in diesem Graus, nie hätt ich gelassen die Kinder hinaus* … Das bricht einem das Herz, wenn man das hört. Also, mach’ keine Witze, gell?“

„Okay“, sagte Blacky. „Und was ist mit dem Satan?“

„Ä Schmarrn.“

Blacky zog die Fotokopie aus der Tasche, die ihm Bill Jenkins gegeben hatte, und legte sie auf den Tisch.

„Und das hier?“

Joe warf einen kurzen Blick darauf.

„Alle Achtung. Du bist gut präpariert.“

„Eine Ermächtigung aus London an den Schweinfurter Hotelier Pankraz Silbermann, in Deutschland eine Loge des OTO, des Orientalischen Templerordens, zu gründen. Das war dein Urgroßvater, stimmt’s?“

„Also gut“, sagte Joe nur und erhob sich. „Komm mit.“

Sie waren an den erleichterten Kellnerinnen vorbei ins Freie gegangen. Die großen Bäume zwischen dem Sachs-Bad, das nun Kunsthalle war, und der Gerichtskreuzung wurden von heftigen Windböen geschüttelt. Gegenüber ragte die monumentale Fassade des Justizgebäudes in den düsteren Nachthimmel. Wo am hellen Tag Recht gesprochen wurde, lagen nun dunkle Schatten. Hinter einem der Fenster des zweiten Obergeschosses brannte noch Licht.

Joe überquerte die Rüfferstraße, er ging mit raschen Schritten und Blacky hatte Mühe, ihm zu folgen. Am Schillerplatz zog er das Handy aus der Tasche, drückte eine Taste und steckte es wieder ein. Der Brunnen war abgeschaltet, Regen gischtete aus allen Richtungen heran. Schweigend standen sie da und warteten. Dann wurde die schwere Holztür zum Seiteneingang des Schweinfurter Gerichts geöffnet; das stets käsige Gesicht des Leitenden Oberstaatsanwaltes, Dr. Leopold Wurzer, nickte ihnen ernst zu.

Es hatte keine Begrüßung gegeben. Kaltes Schweigen und frostige Blicke. Der Oberstaatsanwalt ging voran, eine Nebentreppe im Südostflügel des Justizgebäudes hoch. Am Ende eine graue, eiserne Feuerschutztür. Dr. Wurzer schloss sie auf und drückte einen Lichtschalter. Sie betraten die weite Flucht eines dämmrigen Dachbodens, das mächtige Stützgebälk verlor sich nach oben in der Dunkelheit wie die Säulen und Kreuzgewölbe einer mittelalterlichen Kathedrale. Lange Schatten krochen aus verborgenen Winkeln, Stille lag wie undurchdringlicher Nebel über der scheinbaren Endlosigkeit des Raumes. Blacky kam es vor, als würden sie nie an ein Ziel gelangen. Schließlich erreichten sie eine schlichte, schwarzgestrichene Holztür. Der Oberstaatsanwalt hatte auch dafür den passenden Schlüssel.

„Sie sind sehr weit gekommen, Herr Schwarz“, sagte er leise. Es waren seine ersten Worte überhaupt. „So weit wie noch keiner vor Ihnen. Wir können Sie nicht daran hindern, das an die Öffentlichkeit zu zerren, was Sie nun sehen werden. Sie sollten sich aber sehr gut überlegen, was Sie tun. Sehr gut.“

„Ist das eine Drohung?“, fragte Blacky.

„Natürlich nicht“, sagte Leopold Wurzer. „Aber vielleicht eine Warnung.“

Er stieß die Tür auf.

„Johannes, wenn Sie bitte Herrn Schwarz zeigen, was zu zeigen ist. Sie wissen, wo Sie mich dann finden.“

Dr. Wurzer deutete ein Kopfnicken an und verschwand in der Düsternis des Dachbodens.

Joe ging durch die Tür, machte Licht und sagte: „Na, dann komm rein und staune.“

Blacky folgte ihm durch einen Korridor in einen Saal, über den sich wieder das Konstrukt der Stützbalken des Daches spannte. Der Boden bestand hier nicht aus nacktem Beton, sondern aus schwarzen Dielenbrettern. Die Wände waren mit dunkelrotem Stoff verhängt. Zwei alte Kirchenbänke mit geschnitzten Wangen bildeten einen Winkel zueinander. Dazwischen ein erhöhtes Podest, auf dem ein sehr langer, wuchtiger Tisch stand. Mitten im Raum hing ein großes, schlichtes Holzkreuz, verkehrt herum, die Seitenbalken unten.

„Ach“, sagte Blacky. „also doch Satanisten.“

„Wenn du so ein Schlaumeier bist, wie du tust“, antwortete Joe, „dann weißt du auch, was die Tempelritter getan haben.“

„Alte Geschichten. Aber nicht aus Männerköpfen rauszukriegen. Die einen spielen Cowboy, die anderen Tempelritter. Mein Freund Lothar spielt Golf und hält das für eine Religion. Die meisten gucken Gott sei Dank nur Fußball.“

„Denk doch, was du willst.“

„Und was treibt ihr hier so? Auf dem Riesentisch zum Beispiel?“

„Du würdest es wahrscheinlich Mummenschanz nennen. Wir ziehen rituelle Gewänder an, entzünden Kerzen, zelebrieren den Ritus, den uns Altmeister Crowley in seiner Gnostischen Messe hinterlassen hat. Danach trinken wir Wein, diskutieren über das Leben und seine Fragen, und dann gehen wir ziemlich zufrieden nach Hause."

„Was habe ich mir unter diesem Ritus vorzustellen?"

„Darüber sprechen wir nicht. Du kannst ihn aber in einschlägigen Büchern in jeder Bibliothek nachlesen. Kinder opfern wir jedenfalls nicht. Blutspuren wirst du hier keine finden."

„Hier vielleicht nicht", sagte Blacky. „Wie nennt ihr euch untereinander? Brüder? Kannst du für jeden deiner Brüder die Hand ins Feuer legen?"

„Wer kann das schon? Aber was soll der Käs'? Du steigerst dich da in was rein. Okay, wir haben wahrscheinlich alle einen Spleen. Aber auch keinen größeren als die Freimaurer, die Schlaraffen oder die neuen Hexen. Und wir sind alle harmlos."

„Kein Mensch ist harmlos", sagte Blacky. „Und jeder hat sein Geheimnis. Wie lange gibt's euch schon?"

„Keine Ahnung. Hier in Schweinfurt seit vier Generationen. Aber es hat uns schon immer gegeben. Und es wird uns auch immer geben."

„Also seid ihr doch nicht harmlos."

Joe zuckte gleichmütig mit den Schultern.

„Wie g'sagt: Denk doch, was du willst."

„Das werde ich auch tun", meinte Blacky. „Von mir aus können wir gehen."

„Der Doktor Wurzer will noch ein paar Wörtchen mit dir reden."

Blacky sah auf die Uhr.

„Viel Zeit habe ich nicht mehr. Aber wenn ich schon einmal hier bin."

Sie gingen durch den Dachboden zurück und die Treppe hinunter.

„Den Gang entlang und dann rechts", sagte Joe im zweiten Obergeschoss. „Einfach klopfen."

Er hob grüßend die Hand und ließ Blacky allein.

Die Tür zum Dienstzimmer des Leitenden Oberstaatsanwaltes stand halb offen. Dr. Wurzer schien seine Schritte gehört zu haben und kam ihm mit einer Zigarre in der Hand entgegen.

„Nun, haben Sie Ihre Neugier gestillt?", fragte er und klang ziemlich ironisch.

„Eigentlich nicht", antwortete Blacky. „Weil ich immer noch nicht weiß, ob das nur ein höherer Blödsinn ist, den Sie da treiben, oder etwas Ernstes."

„Diese Frage werde ich heute Nacht nicht mit Ihnen diskutieren", sagte Dr. Wurzer. „Ich wollte nur, dass Sie sehen und begreifen, dass es abwegig ist, unseren kleinen Männerbund irgendwelcher Untaten zu verdächtigen."

„Sie wollten?", fragte Blacky. „Heißt das, Sie …?"

Leopold Wurzer schloss die Tür seines Büros und bat ihn mit einer Handbewegung, auf einem der Plüschsessel Platz zu nehmen.

„Unser gemeinsamer Freund Bill Jenkins war so nett, Ihre Schritte etwas zu lenken. Ich vermute, der gute Kriminalhauptkommissar Bayer hat Ihnen den Floh ins Ohr gesetzt oder setzen lassen, dass ich zu obskuren Verschwörungen neige und selbst zum Kreis seiner Verdächtigen gehöre.

Schön, ich kann es ihm nicht verdenken, weil ich ihn aus gutem Grund in manches nicht einbezogen habe. Richten Sie ihm also aus, dass seine Befürchtungen doch sehr ins Leere gehen. Sie können ihm auch sagen, dass der Gerichtsmediziner und ich am Samstag tatsächlich nicht zufällig in der Nähe des Ellertshäuser Sees waren. Allerdings nicht, weil wir gewusst hätten, dass dort eine Leiche gefunden würde, sondern weil wir uns in einem benachbarten Schloss mit Brüdern unseres Ordens aus ganz Deutschland getroffen haben."

„Und warum sagen Sie ihm das nicht alles selbst?"

„Mit dieser Frage, Herr Schwarz, kommen wir eigentlich schon zum Kern der ganzen Angelegenheit. Sehen Sie, der Kollege Bayer ist eine Amtsperson, jemand, mit dem ich nicht inoffiziell reden kann. Wir haben innerhalb unseres Dienstverhältnisses keine gemeinsame Grundlage, auf der wir uns offen und vertrauensvoll austauschen könnten. Dazu kommt, dass Herr Bayer gewisse Ressentiments gegen mich hegt … na ja, um es deutsch zu sagen: Er kann mich nicht ausstehen."

„Und warum sagen Sie mir das alles? Jetzt, mitten in der Nacht?"

„Weil vielleicht die dunkle, tiefe Nacht der beste Zeitpunkt dafür ist. Haben Sie ein Handy dabei?"

„Ja, natürlich", sagte Blacky erstaunt.

„Dann darf ich Sie bitten, es hier auf den Tisch zu legen und vor meinen Augen abzuschalten."

„Wieso das denn?"

„Weil mich ein Kollege von Ihnen schon einmal bös hereingelegt hat. Ich habe ihm in einer anderen Sache unter dem Siegel absoluter Verschwiegenheit vertraulichste Informationen gegeben, und er hat das Gespräch auf seinem Smartphone heimlich mitgeschnitten. So etwas passiert mir nicht noch einmal. Also, wenn Sie so freundlich wären ..."

Der Oberstaatsanwalt wartete, bis Blacky sein Handy aus der Tasche gezogen und abgeschaltet hatte.

„Das, was ich Ihnen jetzt sage, habe ich nie gesagt. Dieses Gespräch hat nie stattgefunden. Und Sie werden am Ende meiner Ausführungen bereits vergessen haben, von wem das stammt, was Sie dann plötzlich wissen."

Blacky sah auf die Uhr. Es war zwölf Minuten vor Mitternacht.

*

„Wo sind wir denn hier?", fragte Sandra Gall.

„In einer ehemaligen Klinik. Im Steigerwald", antwortete Mareike. „In ihrer Gewalt. Warum hast du mich denn in den Steigerwald gebracht?"

Sandra Gall versuchte erneut, sich aufzurichten. Es gelang ihr nicht. Breite Gurte fixierten sie an das Bett. Sie konnte Mareike halb sehen, wenn sie sich fast den Hals verrenkte.

„Das sage ich dir, wenn du mir endlich alles erzählt hast."

„Erinnerst du dich", fragte Mareike, „dass ich letztes Jahr an Halloween gefehlt habe?"

„Ja. Du hast gesagt, du seist krank. Ich war ziemlich sauer."

„Ich war nicht krank. Ich war in Marrakesch."

„Wie bitte?"

„Ich musste da einfach hin. Ich habe so viel über orientalische Magie gehört und gelesen. Es soll bei den Berbern in Marokko noch Frauen geben, die ganz alte Formen von

Liebesmagie kennen und ausüben. Na ja, es war ein Versuch."

„Jetzt erzähl mir bloß nicht …"

„Doch. Andy war verheiratet, wollte sich von seiner Frau nicht trennen, und da habe ich gedacht, ich könnte vielleicht was lernen. Wie ich ihn von seiner Frau wegkriege und mein Problem mit Herbert löse."

„Und ich dachte, ich sei deine beste Freundin", sagte Sandra Gall und wandte den Kopf ab.

„Bist du ja auch. Aber wenn's um Männer geht … hast du keine Ahnung. Also, jedenfalls war das Ganze mit Marrakesch ein Griff ins Klo. Völlig naiv von mir. Die Berberfrauen haben mich ausgelacht. Aber dann habe ich in einem Café am berühmten Platz der Gehenkten eine andere Frau kennengelernt. Eine Deutsche. Es stellte sich heraus, dass sie aus der Nähe von Schweinfurt war."

„Rosemary Salem", sagte Sandra Gall.

Was sie geahnt und befürchtet hatte, war im grellen Licht dieses Zimmers zur Gewissheit geworden.

„Ja. Erst war sie mir unheimlich. Sie sieht ja auch ziemlich schrecklich aus. Sie hatte ihren Lover dabei. Dieses Jüngelchen, das gerade hier war. Sie hat ihn völlig unter Kontrolle. Kein Wunder bei den Kräften, über die sie verfügt. Jedenfalls, erst waren die beiden mir suspekt. Aber eine Nacht in Marrakesch hat einen ganz eigenen Zauber. Wir haben ein bisschen was geraucht …"

„Mareike! Was habe ich dir immer gesagt?"

„Ach, du alte Moraltante. Denkst du, bloß weil ich aus Waldsachsen bin, muss ich mich deinem provinziellen Verständnis von Magie und Hexerei unterwerfen? Es gibt noch andere Dimensionen, sag ich dir … ganz andere Dimensionen. Du hast mich ziemlich dumm gehalten."

„Ich will nichts mehr hören", sagte Sandra Gall und starrte in das Deckenlicht, bis sie die Augen vor Schmerz schließen musste.

„Doch, du wirst dir das jetzt anhören. Damit du wenigstens weißt, warum wir am Arsch sind. Wir kommen hier nicht mehr lebend raus. Kapierst du das? Die Urteufelin hat uns gefunden. Und jetzt wird sie uns töten."

*

„Guten Morgen, Schweinfurt. Es ist drei Minuten nach fünf, die Nachrichten haben gezeigt, dass sich die Welt noch dreht und hoffentlich noch länger drehen wird. Am Mikrofon ist wie immer Christian Schwarz, und für den musikalischen Beginn meiner Sendung sorgt Phil Collins. Sein Wunsch gilt für den heutigen Tag – denn morgen brauchen wir verflixt gutes Wetter. Mehr über die Grillparty von Main-Radio erfahren Sie übrigens kurz nach halb sieben von unserer einmaligen Charlotte Kühlborn."

Blacky zog den Regler für den ellenlangen Titel *I wish it would rain down* hoch und gähnte ausgiebig. Dann blinkte am Mischpult die Anzeige auf, dass ein Anruf in der Telefonleitung war. Es gab jeden Morgen Hörerinnen und Hörer, die es sich zum Steckenpferd machten, der erste Anrufer beim Radio zu sein. Meistens hatte einer von ihnen in der Nacht ein UFO gesehen, oder es war die Katze abhandengekommen. Manchmal hatte auch ein UFO den Hund entführt. Blacky nahm ab, auf alles gefasst.

„Gott sei Dank", hörte er die Stimme von Kerstin Weiß. „Ich hab mir Sorgen gemacht."

„Das ist ein schöner Satz", sagte Blacky. „Er ersetzt sogar *Guten Morgen.*"

„Du hast mich versetzt."

„Ich weiß. Es tut mir leid. Ich werde es dir erklären."

„Ich hatte Champagner dabei. Eiskalt. Wieso ist dein Handy aus?"

„Oh, stimmt. Hab ich total vergessen."

„Du scheinst ja schwer beschäftigt gewesen zu sein … die ganze Nacht."

„Stimmt. Und irgendwann hab ich auch mal geschlafen."

„Hoffentlich hattest du vorher viel Vergnügen."

Peng! Sie hatte aufgelegt. Blacky starrte verblüfft den Hörer an. Dann blinkte die Anzeige erneut. Es war wieder Kerstin Weiß.

„Ach, übrigens, ich hab noch einen Briefumschlag für dich. Ich glaub, von deinem Freund Lothar. Er wäre sonst nass geworden … der Briefumschlag … meine ich. Du kannst ihn dir bei Gelegenheit ja abholen."

Wieder aufgelegt. Blacky konnte es kaum glauben. Kerstin Weiß war eifersüchtig. Zwar ohne Grund, aber sie war erfreulich eifersüchtig.

*

„Sie hat sofort gewusst, dass ich dazugehöre", sagte Mareike. „Noch in Marrakesch hat sie mir versprochen, sich meiner anzunehmen. Und als ich zurück in Deutschland war, hat sie ihr Versprechen gehalten. Ich war in den letzten Monaten sehr oft bei ihr. Sie hat einen Kreis von Frauen um sich, von denen jede einzelne auf dem Weg zur Meisterschaft ist. Ich sollte in diesen Kreis aufgenommen werden."

„Alles hinter meinem Rücken." Sandra Gall zerrte vor Wut an den Gurten. Sie ließen sich keinen Millimeter lockern.

„Sie verfügt über ganz andere Kräfte als du. Ich habe die Kunst noch einmal neu gelernt und Dinge erfahren, von denen ich vorher nicht einmal zu träumen gewagt hätte. Sie hat mir sogar bei meinem Problem helfen können."

„Ach du Scheiße."

„Sie hat einen Zauber ausgesprochen. Andys Frau ist ein paar Tage später bei einem Verkehrsunfall ums Leben gekommen. Das musst du dir mal vorstellen."

„Und dann war alles gut, oder was?"

„Andy trauert natürlich erst mal. Wir hatten seitdem wenig Kontakt. Aber es hätte etwas werden können. Herbert hat sie übrigens auch verhext. Er kann sich neuerdings eine Scheidung vorstellen. Sie ist eine wirkliche Meisterin. Eine von den ganz großen. Und sie ist noch mehr. Viel mehr. Aber sie ist nicht gut. Sie ist böse. Doch das habe ich erst allmählich gemerkt. Und da war es schon zu spät."

„Sie war auch bei mir", sagte Sandra Gall.

„Ich wollte dich vor ihr schützen", flüsterte Mareike.

„Schützen?"

„Ja. Sie ist eine Höllenrose. Ich habe gesehen, was sie getan hat."

„Was? Was hat sie getan?"

„Ich kann nicht darüber reden. Es war … das Böse. Verstehst du? Sie hat sich mit dem Bösen vereinigt. Auf den Gräbern. Als ich es gesehen hatte, wollte ich weg. Weg von ihr. Aber ihrer Macht kann man nicht entkommen. Sie hat einen Bann ausgesprochen."

Mareike schwieg eine Weile. Ihre Stimme war immer brüchiger geworden.

„Ich hatte ihr natürlich von dir erzählt. Immerhin warst du meine erste Lehrerin. Und dann hat sie mir gesagt, dass sie dich zu Beltane auf den Zabelstein einladen wird. Sie hat mir verboten, mit dir darüber zu sprechen. Aber ich wollte nicht, dass du sie überhaupt kennenlernst. Ihr hättet nicht zueinander gepasst. Und ich hatte Angst, dass sie auch Gewalt über dich gewinnt. Vielleicht habe ich mich auch nur geschämt, dich hintergangen zu haben. Da hatte ich diese blöde Idee mit Marrakesch. Ich dachte, wenn wir beide an Beltane nicht da sind … Letzten Samstag wollte ich dich damit überraschen. Und dir alles sagen. Ich wollte dich bitten, mir zu helfen, ihrer Macht zu entkommen. Sie muss es irgendwie gespürt haben … sie spürt alles. Sie hat mir meinen Personalausweis weggenommen. Damit ich nicht verreisen könne, hat sie gesagt."

„Was heißt weggenommen?"

„Sandra, du weißt nicht, wie sie ist. Wenn sie vor dir steht und dich mit diesen Augen ansieht … Sie hat Macht über alle, die ihr verfallen sind. Und sie ist zu allem fähig. Ich habe gesehen, wie weit sie geht. Sie hat vor meinen Augen ein Exempel statuiert. Am Samstag … Hier … in diesem Haus. Es war früher eine Klinik. Sie nennt es *ihre Hütte.* Sie hat mich herbestellt. Ich weiß nicht mehr … Sie hat mir etwas zu trinken gegeben. Ich war danach völlig willenlos. Es war entsetzlich …"

„Mareike, was ist geschehen?"

„Eine tote Frau … Sie sah schrecklich aus. Ich habe sie erst gar nicht erkannt. Dann … es war Miranda. Eine der Frauen aus ihrem Kreis. Ich glaube, sie ist vergiftet worden. Sie muss furchtbar gelitten haben. Das Gesicht … Rosemary hat mich gezwungen, ihr zu helfen. *Damit du siehst, wie es Verräterinnen ergeht,* hat sie gesagt. *Sie hat unseren Kreis verlassen. Die Hure wollte zurück zu ihm.* Wir haben die …

Leiche entkleidet … und gewaschen. Es gibt hier einen Raum dafür. Sie hat gesagt, Fausto könne das nicht tun. Deshalb müsse ich ihr zur Hand gehen."

„Wer ist Fausto?"

„Ihr Lover. Der Typ mit der Kapuze. Wir haben die Frau in eine Wolldecke gewickelt. Dann haben die beiden sie weggebracht. Mich haben sie eingesperrt. Ich glaube, sie hat mir eine Spritze gegeben. Ich kann mich nicht richtig erinnern … Es sind dann Stunden vergangen. Eine ganze Nacht. Irgendwann bin ich wieder wach geworden. Niemand war da. Das Handy hatten sie mir weggenommen. Ich bin völlig in Panik geraten. Dann habe ich ein Fenster eingeschlagen. Mein Auto stand noch vor der Tür. Ich bin wie blind losgefahren. Irgendwo an der Autobahn habe ich mich in einem Motel verkrochen. Es war schon Sonntag. Von dort habe ich dich angerufen."

„Warum der Friedhof?"

„Ich wusste, dass sie mich sucht. Aber sie kann nicht auf einen Friedhof. Rosemary Salem hat sich mit dem Bösen vereinigt. Deshalb kann sie nicht auf einen geweihten Friedhof gehen. Dort war ich sicher. Warum hast du mich denn ausgerechnet in den Steigerwald gebracht? In ihre Nähe?"

„Weil ich dich vor der Polizei schützen wollte", sagte Sandra Gall. „Ich wusste doch nicht …"

„Du siehst, welche Kräfte sie hat. Sie hat mich gefunden."

„Na ja, nicht ganz", sagte Sandra Gall. „Aber das ist jetzt auch schon scheißegal. Was passiert nun?"

„Nun wirst du erleben, was es heißt, dem Bösen in die Hände gefallen zu sein", antwortete Mareike Preußler.

*

Als der Leiter der Mordkommission zum Dienst erschien, wartete Marion Werner bereits auf ihn.

„Also, die Durchsuchung des Ladens dieser Sandra Gall hat nichts ergeben“, sagte die Kommissarin. „Esoterikkram ohne Ende. Ihr Haus ebenfalls Fehlanzeige. Eines ist allerdings interessant: Während wir dort zugange waren, ist ein Nachbar erschienen und hat erzählt, dass am späten Vormittag zwei Männer den Schlüssel unter der Fußmatte hervorgeholt und sich über eine Stunde im Haus aufgehalten haben. Die Beschreibung des einen wird Ihnen sehr bekannt vorkommen: Glatzkopf und Ringe im Ohr.“

„Schwarz“, sagte Kriminalhauptkommissar Bayer. „Ich glaub's ja nicht. Wieso hat der seine verdammte Nase da auch schon wieder mittendrin?“

„Keine Ahnung. Aber das zeigt ja immerhin, dass meine Spur nicht ganz kalt ist.“

„Was soll das denn heißen?“

„Na ja, wenn Blacky Schwarz auch auf dieser Fährte ist …“

„Kollegin“, fuhr Wolfram Bayer hoch. „Jetzt machen Sie aber mal halblang. Es reicht schon, wenn der Oberstaatsanwalt diesen Radiofuzzi adelt. Da müssen Sie nicht auch noch in das Horn blasen. Gibt's sonst noch etwas?“

„Der Ami fragt ständig nach Ihnen. Er will eine Teambesprechung.“

„Kann mich am Arsch lecken. Was noch?“

„Vielleicht eine neue Spur. Der Mann, der die Leiche im Hexenbrünnle gefunden hat …“

„Dieser redselige Schwätzer?“

„Doktor Gunther Kutscher, genau. Wir haben sein Umfeld mal unter die Lupe genommen. Eigentlich nur, um wirklich alles abgeklopft zu haben. Also, er hat eine Tochter aus erster Ehe, Rosemary, die nach der Scheidung bei ihrer Mutter in Großbritannien aufgewachsen ist. Später ist sie nach Deutschland zurückgekehrt und hat hier geheiratet."

„Und?"

„Sie hat Medizin und Pharmakologie studiert und an der Universität Würzburg als Toxikologin gearbeitet."

„Ach was!"

„Verheiratet ist sie mit Doktor Julius Salem."

„Dem berühmten Schönheitsmetzger?"

„Genau. Also, ich weiß nicht, wo das hinführt, aber bemerkenswert ist noch Folgendes: Rosemary Salem scheint ziemlich verunstaltet zu sein. Sie hat vor Jahren einen ganz schweren Verkehrsunfall verursacht, bei dem ihr Baby ums Leben gekommen ist."

„Ich weiß schon, wo das hinführt", sagte Wolfram Bayer. „Wir müssen herausfinden, ob zwischen dieser Miranda Sowieso und der Familie Salem irgendwelche Verbindungen bestehen. Und da unsere Leiche früher mal Model war, möcht' ich fast meinen Allerwertesten darauf verwetten, dass wir da ins Schwarze treffen. Und das ohne unseren Sherlock Blacky Schwarz."

*

„Du kannst doch nicht schon wieder die Redaktionskonferenz schwänzen", empörte sich Patricia.

„Ihr redet doch eh nur über Bratwürste", beschied ihr Blacky knapp. „Und was am Abend dann noch alles passieren soll, weiß ich bereits lang und breit von Tante Kühlborn."

„Aber sie hat dir eine Rolle zugedacht. Du wirst als Mephisto die Gäste begrüßen und die einzelnen Programmhöhepunkte ankündigen. Das muss geplant sein."

„Den Mephisto schüttle ich aus dem Ärmel", sagte Blacky. „Was macht eigentlich Olaf?"

„Er grillt. Was soll er schon anderes machen?"

„Nein, ich meine, wo er ist. Ich hab ihn seit Tagen nicht gesehen."

„Keine wirkliche Ahnung. Er ist ständig mit Valentina unterwegs. Was soll's!"

„Eben. Wichtige Leute sind ständig unterwegs", sagte Blacky. „In diesem Sinne …"

Er verließ eilig den Sender, verfluchte angesichts des strömenden Regens, dass er zu Fuß gekommen war, ging griesgrämig zur Stadt hinüber, holte die Barchetta aus der Tiefgarage und fuhr zur Mainberger Straße. Der Beamte im Eingangsbereich der Polizeiinspektion saß hinter seinem Tresen und löffelte einen Joghurt.

„Ja, der Herr Schwarz vom Radio", sagte er. „Gerade habe ich Sie noch gehört."

„Da sind Sie nicht allein", erwiderte Blacky genervt. Mit dem Spruch war er in seinem Moderatorenleben schon millionenfach begrüßt worden.

„Die Frau Oberkommissarin Weiß hat was für Sie hinterlegt", sagte der Beamte und zog einen großen Umschlag aus einer Schublade.

„Danke. Ist sie da?"

„Da schon. Aber nicht zu sprechen."

„Rufen Sie mal an und sagen Sie, ich würde gern kurz mit ihr reden."

„Zwecklos. Sie hat ausdrücklich gesagt, dass sie für Sie nicht zu sprechen ist."

„Okay“, sagte Blacky. „Dann halt nicht.“

In der Brückenstraße erreichte ihn eine SMS. Er fuhr die Barchetta zurück in die Tiefgarage, parkte und rief den Text auf.

Hallo Christian. Es hat nichts mit Dir zu tun. Stecke nur gerade in einer Krise. Melde mich. Kerstin

Ach ja, Frauen in Krisen. Stets ein Höhepunkt im Leben eines Mannes. Blacky seufzte, schloss den Wagen ab und machte sich auf den Weg in die Frauengasse. Das Penthouse empfing ihn leer, grau und einsam. Er seufzte noch einmal und sah hinaus auf die nassen Dächer Schweinfurts. Seit dem frühen Vormittag regnete es, und es schien, als würde die Sintflut über die Stadt hereinbrechen. Wie ein Schandfleck lag der große braune Umschlag auf der Glasfläche des Esstisches. Er würde ihn später öffnen. Zuerst musste er nachdenken und dann schlafen.

Es war eine kurze Nacht gewesen, und es war noch keine zwölf Stunden her, seit der Oberstaatsanwalt das Wort ergriffen und ihm Zusammenhänge offenbart hatte, die ihn immer noch schaudern ließen.

*

„Warum Sie?“, hatte Dr. Leopold Wurzer begonnen. „Nun, es lässt sich nicht verleugnen, dass unser Freund Bill Jenkins große Stücke auf Sie hält. Und ich vertraue ihm da voll und ganz. Wer ist eigentlich Bill Jenkins, werden Sie fragen. Ich muss mich da zurückhaltend äußern. Sagen wir, er ist Mitarbeiter einer wichtigen Organisation. Er kennt sich weltweit hervorragend aus mit allen möglichen Sekten, abstrusen Weltanschauungen, Verschwörungstheorien und Splittergruppen jeglicher Ideologie.“

„Wovon es in Schweinfurt ja nur so wimmelt", bemerkte Blacky.

Leopold Wurzer lächelte milde.

„Sie sollten diese Stadt nicht unterschätzen. Aber wir müssen tatsächlich woanders beginnen. Wissen Sie, wie viele Kinder täglich in der ganzen Welt spurlos verschwinden?"

„Viele, nehme ich an."

„Sehr viele. Hunderte, wenn nicht Tausende. Von Babys bis zum jugendlichen Alter. Jungen und Mädchen. In Südamerika und in Indien. In China und im gesamten Afrika. In Russland, Australien, Japan. In den Vereinigten Staaten. In Italien, Frankreich, Deutschland. Überall. Können Sie sich vorstellen, was dahintersteckt? Was mit ihnen geschieht?"

„Vielleicht könnte ich es mir vorstellen. Aber ich will es gar nicht."

„Nicht wahr? Das wollen wir uns nicht vorstellen. Aber ich konfrontiere Sie jetzt mit hässlichen Worten, Herr Schwarz: Kinderhandel, Missbrauch, Vergewaltigung, Pädophilie, Pornographie, Prostitution, Sklaverei, illegale Adoptionen, Kindersoldaten, Organhandel. Das alles und noch mehr steckt dahinter. Und wer ist dafür verantwortlich? Wer sind die Täter? Natürlich die, die für Kinder bezahlen. Aus allen möglichen Gründen, ich habe sie gerade genannt. Und die, die Kinder entführen, verschleppen, mit ihnen handeln, sie auf Wunsch auch töten. Große Organisationen sind das, weltweit vernetzte Kraken, Mafiabanden aller Art, keine kleinen Kriminellen, sondern echte Gangster."

Der Oberstaatsanwalt schwieg und sog heftig an seiner Zigarre.

„Ist Ihnen schon einmal aufgefallen, dass von diesen Verbrechen vergleichsweise wenig die Rede ist? Drogenhandel,

Waffenschiebereien, dubiose Geldgeschäfte, terroristische Akte – das sind die Themen, auf die sich die Medien stürzen, die von Politikern immer scharf verurteilt werden. Aber die Verbrechen an Kindern?"

„Okay", sagte Blacky. „Wahrscheinlich haben Sie recht."

Mehr fiel ihm nicht ein.

„Warum ist das so?", fuhr Dr. Wurzer fort. „Nun, ich kann Ihnen darauf keine befriedigende Antwort geben. Doch es fällt auf, dass diese Verbrechen oft gedeckt werden. Vertuscht werden. Von wem? Tja, das ist die Frage."

„Haben Sie darauf wirklich keine Antwort?"

„Ich entnehme Ihrem skeptischen Tonfall, dass wir uns verstehen, Herr Schwarz. Ja, in der Tat, bei den schockierenden Fällen in Österreich, beim Dutroux-Skandal in Belgien, bei Serienverbrechen an Kindern in Frankreich und Großbritannien, in den Vereinigten Staaten – selbst aus dem Vatikan ist vor Jahren ein Mädchen spurlos verschwunden –, immer sind am Rande die Namen von Politikern, Adeligen und Großindustriellen aufgetaucht. Lassen wir es bei diesen Andeutungen. Kommen wir nach Schweinfurt und zurück zu Bill Jenkins."

Der Oberstaatsanwalt hatte seine Zigarre fast zu Ende geraucht. Er betrachtete nachdenklich den Stummel.

„Bill ist seit einiger Zeit auf internationaler Ebene an der Aufklärung solcher Verbrechen beteiligt. Es gibt durchaus Überschneidungen zu seinem Fachgebiet. Dass er in unsere Gegend gekommen ist, verdankt sich einem besonderen Umstand: Kevin Palmer, der amerikanische Junge, der vor mehr als zwei Jahren in Kitzingen spurlos verschwand, ist Bills Neffe. Er hat der Familie zuliebe einige Ermittlungen angestellt und kam zu einem beunruhigenden Ergebnis. Es gibt Verdachtsmomente, dass eine ganze Reihe von Fällen verschwundener Kinder mit Unterfranken zu tun hat. Als Bill Jenkins dann von Chiara Gabrielis Erkenntnissen erfuhr, was den Tod ihrer Schwester betraf, wurde ich mit eingeschaltet. Denn nun wurde die Angelegenheit äußerst brisant. Und mit dem Fund der beiden Kinderleichen haben wir eine neue Dimension erreicht."

Der Leitende Oberstaatsanwalt war aufgesprungen und in seinem Zimmer auf und ab gegangen. Blacky sah, wie erregt er war.

„Wir haben die Öffentlichkeit bisher nicht informiert, in welchem Zustand sich diese Leichen befunden haben. Das würde zu einem Aufschrei des Entsetzens führen und wäre im Augenblick nicht hilfreich. Ich nehme mal an, Herr Schwarz, es sind Details zu Ihnen durchgesickert, auf welche Art und Weise diese beiden Kinder ums Leben gekommen sind?"

Blacky nickte und hütete sich, ein Wort zu sagen.

„Es bleiben viele Fragen offen, die diese Verbrechen eigentlich unverständlich machen. Zum Beispiel eine Erklärung der zeitlichen Lücke, die zwischen dem Verschwinden der Kinder und dem Todeszeitpunkt klafft. Was ist in dieser Zeit mit ihnen geschehen? Dennoch, ein Faktum ist unübersehbar: Es wurde bei den rätselhaften Eingriffen an den Leichen mit chirurgischer und professioneller Präzision vorgegangen. Und damit zurück zu Chiara Gabrieli. Wie Ihnen Bill Jenkins auf mein Anraten hin angedeutet hat, fiel in dem Gespräch, das sie mit mir führte, ein Name. Sie hat sich geweigert, auch nur den Bruchteil einer Erklärung dazu zu geben. Aber der Name allein genügte, mich in helle Aufregung zu versetzen. Sie wissen, welche Bedeutung Julius Salem hat?"

„Ich glaube, ich weiß es nicht wirklich. Er ist halt berühmt."

„Ja, weltweit. Er hat Hollywoodstars operiert und Politikergattinnen und Ehefrauen von Diktatoren. Man sagt, dass er in den Emiraten am Persischen Golf Frauen unter dem Messer hatte, die sonst keines Sterblichen Auge je erblicken. Er hat Kontakte überallhin."

„Und er ist ein Freund von Eugen Grob."

„Gratulation, Herr Schwarz. Ich sehe, Sie haben mit Ihren Hausaufgaben bereits begonnen. Aber Sie erwarten nicht von mir, dass ich diese Aussage kommentiere oder gar bestätige?"

„Natürlich nicht."

„Nun, und damit ist unsere Unterhaltung eigentlich auch schon an ein interessantes Ende gelangt."

„Wie bitte?"

„Ich denke, dass wir uns doch sehr gut verstanden haben, oder nicht? Es wäre natürlich ungeheuer interessant zu wissen, was Chiara Gabrieli so aufwendig verschlüsselt hat. Aber vielleicht ist ja Ihr Freund aus Irland da schon ein Stück weitergekommen? Er soll schließlich Kriminalschriftsteller sein."

Blacky wurde sich plötzlich bewusst, dass er den Oberstaatsanwalt mit offenem Mund anstarrte.

„Sieht und weiß Bill Jenkins eigentlich alles?", fragte er zynisch.

„Nun, ich denke, das ist sein Beruf", antwortete Leopold Wurzer. „Und um noch einmal auf Chiara Gabrieli zurückzukommen: Die Begegnung mit ihr ist für mich der Anlass gewesen, dieses Gespräch mit Ihnen zu führen."

„Wenn Sie jetzt Fragezeichen in meinen Augen sehen, dann …"

„Wissen Sie, ich bin mir sehr bewusst, dass meine Mittel begrenzt sind, wenn es um Graubereiche geht. Jemand wie Chiara oder auch Sie haben da ganz andere Möglichkeiten. Die junge Dame hat ihre Nase ungeniert in alles hineingesteckt und ist zu bemerkenswerten Einsichten gekommen. Und mit dieser Anregung, die Sie natürlich nur geträumt haben, entlasse ich Sie in die Nacht, mein lieber Blacky."

Diesen Satz hatte er kurz nach ein Uhr gesprochen, und Blacky fragte sich auf dem Nachhauseweg, ob er nicht tatsächlich manches nur geträumt hatte.

*

Am späten Vormittag ging Polizeioberkommissarin Kerstin Weiß zum Gegenangriff über. Sie rief Murat Demir an.

„Hör zu", sagte sie, „es ist völlig sinnlos, dass du pausenlos meine Nummer wählst, mir die Mobilbox vollquatschst und mich mit SMS bombardierst. Es ist aus."

„Ich will mit dir reden", sagte er.

„Aber ich nicht mit dir."

„Es ist nicht so, wie du denkst. Diese Bilder …"

„Welche Bilder?"

„Die du gesehen hast."

„Woher weißt du, was ich gesehen habe?"

„Ich bin nicht blöd. Ich will es dir erklären. Diese Chance musst du mir geben. Du denkst Falsches und verurteilst mich damit, ohne dass ich mich verteidigen kann. Ist das deine Auffassung von Recht?"

Sie schluckte kurz und lachte dann verlegen.

„Gut", sagte sie. „Ich komme am Nachmittag bei dir vorbei. Aber nur zum Reden."

*

Blacky wachte auf und hatte jedes Zeitgefühl verloren. Draußen war es dämmrig, der Regen prasselte immer noch gegen das Panoramafenster des Penthouses. Es war fast acht Uhr abends. Er hatte den ganzen Nachmittag verschlafen und fühlte sich wie gerädert. Eine kalte Dusche und eine heiße Tasse Kaffee brachten ihn ins Leben zurück. Die Gitarre und drei seiner Lieblingsstücke halfen ihm, die wirren Gedanken und verqueren Ideen, die ihm im Kopf herumspukten, zu bändigen. Als er seinen inneren Ruhepunkt halbwegs erreicht hatte, griff er zu dem Umschlag, der ungeöffnet auf dem Esstisch lag. Er riss ihn auf, das erste Blatt, das er herausnahm, trug Lothars wilde Handschrift.

Bin nach Irland zurückgekehrt. Hatte eine grandiose Idee für meinen Krimi. Stör mich bloß nicht. Der Dante-Code hat nicht funktioniert. Mittelalterlicher Text eignet sich nicht für moderne Sprache. Muss ein anderes Buch sein. Trotzdem Erfolg: Im 31. Gesang der „Göttlichen Komödie", der vom tiefsten Höllenkreis handelt, die beigefügten Blätter gefunden. Glaube aber nicht, dass Fall damit gelöst ist. L.

Nach den ersten Zeilen, die er dann las, wurde Blacky schmerzhaft bewusst, dass es Gedanken und Worte waren, die Chiara kurz vor ihrem Tod geschrieben hatte.

Eine Studie des Schreckens

1.
Vor zwei Jahren und drei Monaten ist meine Schwester Laura spurlos verschwunden. Sie war zehn Jahre alt, als sie an einem Dezemberabend von ihrem Volleyballtraining nicht nach Hause gekommen ist. Die umfangreichen Suchaktionen in Gerolzhofen und Umgebung blieben ohne Ergebnis. Von Seiten der Polizei hieß es, es habe keine Zeugen gegeben, die etwas über das Verschwinden von Laura hätten aussagen können. Nach über einer Woche wurde die Suche eingestellt. Da ein Unfall wie auch ein freiwilliges Verschwinden ausgeschlossen werden konnten, musste von einem Verbrechen ausgegangen werden. Irgendwelche Entführer haben sich nicht gemeldet. Die Ermittlungen der Polizei wurden im Lauf der Zeit immer weiter heruntergefahren.

2.
Etwa ein Jahr nach dem Verschwinden von Laura habe ich damit begonnen, eigene Recherchen anzustellen. Bei einem Klassentreffen erzählte mir eine Schulfreundin von Gerüchten, ein stadtbekannter Junkie hätte gesehen, wie Laura in ein schwarzes Auto gezerrt worden sei; die Polizei hätte diese Aussage aber unterdrückt. Mir ist es gelungen, Norman Pfeuffer in Gerolzh. ausfindig zu machen. Er bestätigte mir gegenüber, diesen Vorfall tatsächlich beobachtet zu haben und von der Polizei bedroht worden zu sein. Auf meine Frage nach dem Grund antwortete er wörtlich: „Weil die alles vertuschen wollen. Deine Schwester ist ja nicht das einzige Kind, das verschwunden ist. Die Sache mit

dem kleinen Ami ist auch unter den Teppich gekehrt worden." An das Kennzeichen des Autos konnte er sich angeblich nicht erinnern.

3.

Das Verschwinden von Kevin Palmer aus Kitzingen wurde interessanterweise nie mit meiner Schwester in Verbindung gebracht, obwohl zwischen den beiden Vorfällen nur vier Wochen lagen. Es hieß, Kevin sei von seiner eigenen Mutter in die USA entführt worden, weil es Streitigkeiten mit dem Vater gegeben habe. Ich fand heraus, dass Parallelen bestanden: Die Kinder waren fast gleich alt, beide wurden nach einem Sporttraining vermisst.

4.

Laura hatte Volleyball gespielt, Kevin Basketball. Bei systematischen Gesprächen mit allen Mitgliedern des Sportvereins in Gerolzh. lernte ich schließlich Daniel Jones kennen, der als Zivilangestellter im amerikan. Supermarkt in Kitzingen arbeitete. Er erzählte mir, dass von den Familien, die dort einkauften, niemand glaube, Kevin sei von seiner Mutter entführt worden. Und dass ein Freund von Kevin ein großes schwarzes Auto mit deutschem Kennzeichen gesehen habe, in das der Junge eingestiegen sei. Daniel Jones konnte den Namen des Freundes herausfinden: Es handelte sich um Timothy Clarke, der mit seiner Familie aber inzwischen in die USA zurückgekehrt war.

5.

Es dauerte mehrere Monate, bis ich mit Hilfe von Bekannten einen Mailkontakt zu Timothy in Dayton, Ohio, herstellen konnte. Er bestätigte mir die Sache mit dem Auto und behauptete, er habe auch eine Art Monster gesehen; deshalb glaube ihm die Geschichte niemand. Wenig später erhielt ich von Timothy noch einmal eine Mail, in der er mir mitteilte, er habe das Kennzeichen des Autos damals auch der Military Police gesagt, es inzwischen aber vergessen.

6.
Alle Versuche, mit der MP Kontakt aufzunehmen, waren vergeblich. In meinem Kirchenchor in Schweinfurt, in dem ich seit der Schulzeit singe, lernte ich dann Bill Jenkins kennen. Er ist Amerikaner, gehört den Mormonen an und hatte im berühmten Chor von Salt Lake City gesungen. Wir freundeten uns an, weil ich mich sehr für die Gebräuche der Mormonen interessierte. Ich hatte gehört, dass er eine Art Polizist sei, und ihm schließlich die Geschichte von Timothy erzählt.

7.
Einige Zeit später sagte mir Bill Jenkins, er habe Einblick in die Akten der MP in Kitzingen genommen. Timothy Clarke habe tatsächlich ein deutsches Kfz-Kennzeichen angegeben. Ich konnte ihn schließlich überreden, es mir mitzuteilen. Das Fahrzeug war in Schweinfurt zugelassen worden. Über einen Kommilitonen, der entsprechende Verbindungen hat, bekam ich den Namen des Halters heraus: Silvio Sforza.

8.
Seit diesem Zeitpunkt wusste ich, dass ich auf der richtigen Spur war. Es gab eine Verbindung zu meiner Familie: Mein Vater kommt aus Brescia und hat immer Beziehungen zu

den dort ansässigen Sforzas unterhalten, einer weitverzweigten Sippe von Geschäftsleuten, Politikern und Diplomaten. Es war nicht schwer, herauszufinden, wer Silvio Sforza ist:

9.
Silvio Sforza, geboren in Bonn, deutscher Staatsangeh. (Mutter Deutsche, Vater Italiener). Jurastudium in München und London. Eintritt in den Diplomat. Dienst der Bundesrepublik Deutschland. Einsätze als Attaché in Brüssel, Dubai und Rom. Aus dem Dienst ausgeschieden wg. angebl. sittlicher Verfehlungen (?). Referent bei der EU in Brüssel. Beratertätigkeit bei verschiedenen Ministerien in Berlin. Rechtsanwalt in Schweinfurt (in Sozietät mit Rechtsanwalt Dr. Eugen Grob MdB).

10.
Dr. Eugen Grob, 64 Jahre alt, geboren in Würzburg, Medizin- und Jurastudium, Facharzt für Chirurgie, Mitglied des Deutschen Bundestages. Wohnhaft in Oberschwarzach. Ehemaliger Gesundheitsminister. Rücktritt wegen angeblicher Verwicklungen seines Ministeriums in illegalen Organhandel. Seitdem Fachanwalt für Medizinrecht in Schweinfurt.

11.
Nur spärlich an die Öffentlichkeit gelangte Vorwürfe gegen Eugen Grob wegen Beteiligungen am sexuellen Missbrauch Minderjähriger in Frankreich und Italien konnten nicht bewiesen werden und sind nie restlos aufgeklärt worden.

12.
Die Recherche des persönlichen Umfeldes von Silvio Sforza und Eugen Grob hat ergeben, dass beide häufig Reisen nach Südostasien, Mexiko und in die Vereinigten Arabischen Emirate unternehmen. Zu weiteren Erkenntnissen über die Gerüchte hinaus, beide hätten „besondere Vorlieben“, konnte ich nicht gelangen.

13.
Weiter hat meine Recherche ergeben, dass beide, aber insbesondere Eugen Grob, freundschaftliche Kontakte zu Dr. Julius Salem pflegen.

14.
Dr. Julius Salem, 58 Jahre alt, geboren in Luxemburg, Facharzt für Plastische Chirurgie. In der Presse regelmäßig als „Deutschlands bester Schönheitschirurg“ betitelt. Eigene Privatklinik im Steigerwald nahe Gerolzhofen. Internationale Reputation.

15.
Der Ruf von Dr. Julius Salem ist in Fachkreisen sehr umstritten. Seine medizinischen Kenntnisse und operationstechnischen Fähigkeiten werden nicht angezweifelt, aber es wird ihm unter der Hand die Verwendung fragwürdiger Methoden unterstellt. Es wird gemunkelt, dass er in ethisch unzulässige Aktionen der internationalen Transplantationsmedizin verwickelt und am Organhandel beteiligt sei.

16.
Die Leiche meiner Schwester wurde schließlich in einem See beim Schweinfurter Kreuz gefunden. Unmittelbar daneben führt die B 286 vorbei, die nach Gerolzhofen und in den Steigerwald führt. Die Betonteile, mit denen die Leiche beschwert war, stammen von Sonnenschirmhalterungen, wie sie in dieser speziellen Art in Italien verwendet werden. Dies hat die Polizei festgestellt, aber keine Schlussfolgerungen daraus gezogen.

17.
Über das Ergebnis der Obduktion der Leiche von Laura hat die Polizei Stillschweigen bewahrt. Ein Kommilitone, der ein Praktikum am Institut für Rechtsmedizin in Würzburg absolviert hat, konnte mir den Obduktionsbericht zuspielen. Ihm zufolge war meine Schwester nach ihrem Verschwinden noch über zwei Jahre am Leben. In dieser Zeit hat sie ein Körpergewicht von fast 100 kg erreicht. Getötet wurde sie mit einem Skalpell. Sauberer, fachmännischer Schnitt durch den Kehlkopf. Postmortal Entnahme aller inneren Organe und eines Teils des Körperfetts. Bestattung der Leiche im Erdreich. Nach etwa 10 Tagen Exhumierung und Verpackung in handelsübliche Plastikfolie. Beschwerung mit den Gewichten und Versenken der Leiche im See. Verweildauer im Wasser: ca. 1 Woche.

18. ANKLAGE
Als Ergebnis meiner Ermittlungen stelle ich fest und klage ich an: Meine Schwester Laura Gabrieli wurde ebenso wie Kevin Palmer im Auftrag von Dr. Julius Salem in Komplizenschaft mit Dr. Eugen Grob und Silvio Sforza entführt und

wahrscheinlich in Räumen der Privatklinik Salem gefangen gehalten. Über das weitere Schicksal von Kevin Palmer ist im Augenblick nichts bekannt. Wahrscheinlich aus Gründen, die einem späteren medizinischen Zweck dienten, wurde Laura über einen Zeitraum von mehr als zwei Jahren so viel Nahrung zugeführt, dass ihr Körper völlig abnorme Dimensionen annahm. Schließlich wurde sie auf fachmännische Weise von Julius Salem „geschlachtet“, und ihre Organe wurden mit höchster Wahrscheinlichkeit zu Transplantationszwecken verkauft. Danach wurde die Leiche von Laura Gabrieli in einem See „entsorgt“.

Da der Polizei und der Staatsanwaltschaft meine Ermittlungen auch möglich gewesen wären, stattdessen aber von Anfang an Hinweise und Anhaltspunkte vertuscht wurden, vermute ich: Es sind noch andere Kreise in diese Angelegenheit verwickelt, die eine Aufklärung des Verbrechens verhindern wollen.

Für mich steht fest, dass meine Schwester Laura der medizinischen Hybris und der Geldgier gewissenloser Männer geopfert wurde.

Ich hoffe, sie hat ihren Frieden
in einer anderen Welt gefunden.

Chiara Gabrieli

PS: Ich werde mir bald Zutritt zur Klinik verschaffen,
um dort den letzten Beweis zu finden. Und dann:
Brennen muss Salem!!!

Dem Wetter zum Trotz ging Blacky hinaus und streifte ziellos durch die Straßen der Stadt. Aber er konnte seine Wut und seine Trauer in der Sintflut dieser Nacht nicht ertränken.

FREITAG

Highway to Hell … Blacky verabschiedete Charlotte Kühlborn musikalisch aus der Sendung. Die Leiterin der Schweinfurter Stadtbücherei hatte noch einmal auf ihre unnachahmliche Art die Werbetrommel für die Grillparty von Main-Radio Schweinfurt gerührt, die am Abend stattfinden sollte.

„‚*Da sieh nur hin! Du siehst das Ende kaum. Ein Hundert Feuer brennen in der Reihe. Man tanzt, man schwatzt, man kocht, man trinkt, man liebt. Nun sage mir, wo es was Bessers gibt?*‘ Mit diesen Worten führt in Goethes Faust Mephistopheles, der dunkle Geist, den Doktor Heinrich Faust in die Szenerie der Walpurgisnacht auf dem Blocksberg ein. Wenn Sie sich heute Abend auf den Weg machen zur traditionellen Grillparty von Main-Radio im Höllental, dann werden Sie Ähnliches sehen und erleben: Die Holzkohlefeuer werden brennen, es wird nach Bratwürsten und Hexensteaks duften. Zauberhafte Musik ist bei Schweinfurts zauberhaftem Radiosender sowieso selbstverständlich. Und den Höhepunkt des Abends darf ich zumindest schon mal andeuten: Wenn der Mond am Himmel emporsteigt, werden Schweinfurts schönste Frauen zum Hexentanz um das große Feuer erscheinen – mehr wird noch nicht verraten. Ach ja, das mit der Liebe: Die Walpurgisnacht hat von alters her ihre eigenen Gesetze und Geheimnisse … Wir freuen uns auf Sie – und das Wetter wird allen Unkenrufen zum Trotz ein Traum: der

Walpurgisnachttraum, um es mit den Worten unseres Dichterfürsten Goethe zu sagen."

*

Ein triumphierendes Grinsen stand Olaf Röder am Beginn der Redaktionskonferenz ins Gesicht geschrieben.

„Hab ich euch nicht gesagt, dass ich das mit dem Wetter regeln werde? Und was haben wir? Sonnenschein pur!"

„Das kann sich bis zum Abend noch dreimal ändern", sagte Blacky. „Wir hatten in dieser Woche an jedem Tag alle Jahreszeiten."

„Gut, dann ist jetzt Frühling, und heute Abend wird Sommer sein", entschied Olaf Röder. „Die Vorbereitungen laufen auf Hochtouren, alles wird gut. Was ist eigentlich mit der blöden Leiche im Hexenbrünnle?"

Sören Eckenstade meldete sich zu Wort.

„Ihre Identität ist geklärt. Schweizerin. Früher mal Model. Wieder einmal ein Beispiel für das Geheimnis von Schönheit und frühem Tod."

„Was is'n das für'n Scheiß?", fragte Olaf Röder.

„Das hat er doch schön gesagt", hauchte Valentina. Es war das erste Mal, dass die Praktikantin in der Redaktionskonferenz etwas von sich gegeben hatte. Sie errötete tief.

„Stimmt", sagte Olaf Röder. „Das hat er wirklich schön gesagt. Hätte von mir sein können."

Er warf Valentina einen schmachtenden Blick zu. Sie sah zu Sören hinüber.

„Weil wir gerade bei Schönheit sind", warf Blacky ein. „Ich habe für heute Nachmittag einen Knüller an Land gezogen: Exklusivinterview mit Doktor Julius Salem, dem berühmten Schönheitschirurgen."

„Wieso exklusiv?“, fragte Patricia in ihrer strengen Art. „Der gibt doch jeden Tag irgendwo ein Interview.“

„Na ja“, räumte Blacky ein. „Aber wir hatten ihn noch nie im Programm. Insofern ist es schon exklusiv.“

„Wie kommst du eigentlich zu der Ehre?“ Olaf Röder hatte eine finstere Miene aufgesetzt. „Du wirst doch nicht irgendwas mit Viktoria haben?“

„Quatsch“, sagte Blacky. „Ich doch nicht.“

„Hoffentlich“, sagte Olaf Röder. „Am besten nimmst du Sören mit.“

„Au ja“, rief Sören begeistert.

„Und wieso?“, fragte Blacky entgeistert.

„Doktor Salem soll ihn sich mal anschauen. Vielleicht kann er noch was retten.“

„Olaf! Äh … Herr Röder!“, rief Valentina.

„Kleiner Scherz“, lenkte Olaf Röder ein. Aber es war zu spät. Sören war schon aufgesprungen, rannte hinaus und knallte die Tür hinter sich zu.

„Ich find’ Ostfriesen nun mal generell nicht besonders schön“, versuchte Olaf Röder sich zu rechtfertigen.

„Olaf“, protestierte Patricia.

Valentina stand auf.

„Meine Mutter ist aus Emden“, sagte sie. „Das ist in Ostfriesland.“

Sie ging hinaus und machte die Tür leise hinter sich zu.

„Wenn du so weitermachst“, sagte Blacky, „sitzt du gleich allein hier. Willst du vielleicht etwas über meine Glatze sagen?“

„Du nimmst Sören mit“, entschied Olaf Röder pikiert. „Er soll endlich mal lernen, wie man ein richtiges Interview führt. Außerdem, Viktoria wird ihn schon wieder aufpäppeln. Zwischen den beiden knistert es doch eh.“

„Wenn heute was knistert, dann höchstens die Holzkohle, auf der du deine Bratwürste grillst", meinte Blacky. „Lass nichts anbrennen, okay?"

*

Der Leiter der Schweinfurter Mordkommission, Wolfram Bayer, betrachtete Kriminalkommissarin Marion Werner mit einer Mischung aus amüsiert und nachdenklich. Sie lief seit einiger Zeit zur Höchstform auf und war in den letzten Tagen überhaupt nicht mehr zu bremsen.

„Was ist eigentlich los, Frau Kollegin?", fragte er. „Sie strotzen ja nur so vor Tatendrang."

„Ich mach nur meine Arbeit", sagte Marion Werner und wurde rot.

„Ach, ich glaub, es steckt mehr dahinter", brummte Bayer. „Soll ich's Ihnen sagen?"

„Lieber nicht."

„Sehen Sie? Sie haben ein Problem. Aber Sie werden sich der Realität stellen müssen. Oberkommissarin Weiß wird zu uns wechseln, das werden Sie nicht mehr verhindern können."

„Will ich ja gar nicht", sagte Marion Werner trotzig.

„Doch, wollen Sie. Sie haben ja schon genug intrigiert. Aber damit eines klar ist, Mädchen: Einen Zickenkrieg werd' ich in meinem Dezernat nicht dulden. Und das sag ich auch der Kerstin."

„Damit geht es ja schon an", meinte Marion Werner. „Kerstin und Frau Kollegin."

„Na, wenn's nur daran liegt", sagte Wolfram Bayer gemütlich. „Ich bin der Wolfram."

„Okay … Marion."

Sie schüttelten sich die Hand, und Kriminalhauptkommissar Bayer holte eine Flasche Schnaps aus seinem Schreibtisch.

Marion Werner schloss die Augen und schluckte ihr Gläschen mit Todesverachtung hinunter. Wolfram Bayer schenkte sich gleich noch einen zweiten ein.

„So", sagte er. „Was wolltest du mir mitteilen?"

„Es war eigentlich ganz leicht", sagte Kriminalkommissarin Werner. „Nur ein paar Klicks auf entsprechende Seiten im Internet, und schon gab's genügend Bilder: Doktor Julius Salem auf irgendwelchen Jetset-Veranstaltungen, an seiner Seite oft eine schöne, junge Frau. Miranda Grenouillet."

„Wusst ich's doch", meinte Wolfram Bayer. „Die Welt ist so einfach. Dann werden wir heute Nachmittag einen Ausflug in den Steigerwald unternehmen und der Beauty-Family mal auf den Zahn fühlen."

„Seit wann verwendest du denn Anglizismen? Das ist ja ganz neu."

„Na ja, wenn man sich in die Welt des Jetset begibt … Außerdem werden wir unseren Ami mitnehmen."

„Bill hat mit diesem Fall doch gar nichts zu tun. Er soll uns nur bei den Kinderleichen unterstützen."

„Ach, es schadet ihm nichts, mal ein bisschen solide deutsche Polizeiarbeit kennenzulernen. Let's go."

*

Blacky machte auch an diesem Tag einen Bogen um *Viva Porcellino.* Joe würde ihm am Abend bei der Grillparty höchstwahrscheinlich sowieso über den Weg laufen, und dann war vielleicht Gelegenheit, bei einem Bier ein Gespräch unter Männern zu führen. Seinen Cappuccino trank er heute in der Cafeteria einer Großbuchhandlung am Georg-Wichtermann-Platz, weil er sich noch nach einem Geschenk für Viktoria umsehen wollte. Er hatte das Gefühl, es würde ihr guttun, wenn er ihr einfach spontan etwas mitbrachte; lange schwankte er zwischen Pater Anselm Grün für Teenager, dem ersten Schweinfurt-Krimi und einem Handbuch für angehende Journalisten, dann kaufte er in der Nippes-Abteilung eine Kaffeetasse mit der Aufschrift *Halb voll ist besser als halb leer.*

Als er an der Kasse stand, klingelte sein Handy. *Kerstin Weiß ruft an.*

Er meldete sich nicht so euphorisch wie sonst. Sie klang nüchtern und professionell.

„Wir müssten mal reden", sagte sie. „Bayer hat dich beim Oberstaatsanwalt gesehen. Er möchte wissen, was da läuft."

„Aber nicht am Telefon."

„Natürlich nicht. Was machst du am Nachmittag?"

„Bin unterwegs. Habe einen Termin im Steigerwald."

„Du bist zurzeit vielbeschäftigt, wie es scheint."

„Wir sehen uns doch heute Abend, oder?"

„Bei eurer Grillparty? Ich schau mal vorbei, klar. Ist nicht so mein Ding. Aber als Pressesprecherin komme ich wohl nicht drum herum."

„Klingt ja sehr begeistert."

„Außerdem, in der Walpurgisnacht hätte ich gern einen echten Teufel an meiner Seite. Aber du stehst wahrscheinlich hinterm Grill."

„Das macht Olaf Röder. Ich begrüße als Mephisto die Gäste und muss ein bisschen moderieren. Dann bin ich frei."

„Okay", sagte Kerstin Weiß. „Das hört sich doch ganz gut an. Übrigens hab ich nicht vergessen, dass du noch was gut hast bei mir. Die Walpurgisnacht soll ja ihre eigenen

Geheimnisse haben, hat die olle Kühlborn vorhin in deiner Sendung verkündet. Und dann beginnt der Wonnemonat."

Nach dem Gespräch strahlte Blacky die Kassiererin an wie ein glücklicher Maikäfer.

*

Im Penthouse in der Frauengasse griff Blacky zum Telefon und wählte Lothars Festnetznummer in Irland. Zu seinem Erstaunen wurde in Ballyluffininish der Hörer sofort abgenommen.

„Wie ist das Wetter in Irland", fragte er zur Begrüßung.

„Du störst", sagte Lothar.

„Ich weiß. Ich habe auch nur eine Frage."

„Dann beeil dich."

„Wieso glaubst du, dass der Fall mit dieser *Studie des Schreckens* von Chiara nicht gelöst ist?"

„Weil sie sich etwas zusammengereimt hat. Und wild spekuliert. Was man ihr nicht verdenken kann, doch sie hat keinerlei Beweise geliefert."

„Sie war sehr klug", sagte Blacky.

„Das mag schon sein. Aber meine Intuition als Kriminalschriftsteller sagt mir, dass hinter der ganzen Geschichte etwas anderes steckt. Etwas Mythisches. Etwas Archaisches. Dieser Arzt hätte die Leichen doch nicht wieder ausgegraben und ins Wasser geworfen. Das ist eine Symbolhandlung gewesen, die etwas zu bedeuten hat. Außerdem, wenn es um Organhandel gegangen wäre, hätte man die Kinder sofort nach der Entführung getötet. Nein, mein Freund, dieser Fall ist nicht gelöst. Und nun störe mich nicht weiter, ich muss schreiben."

Lothar legte wie gewöhnlich einfach auf. Blacky kannte es nicht anders.

*

Sören war bestens gelaunt. Er plapperte auf der Fahrt in einem fort.

„Ich dachte immer, ihr Ostfriesen seid Stockfische", sagte Blacky genervt. „Stumm und kalt."

„Vorurteile", sagte Sören. „Nichts als Vorurteile."

Die Höhen des Steigerwaldes verschwammen in der Nachmittagssonne. Das Wetter schien zu halten. Blacky jagte die Barchetta mit Verve die Serpentinen zur Privatklinik *Salem* hinauf.

„Boah, was ist das denn?", schrie Sören, als er den futuristischen Bau sah, der im Tageslicht funkelte wie ein Diamant.

„Viktorias bescheidenes Heim", antwortete Blacky. „Vorne ist die Villa, dahinter die Klinik."

Er parkte den Wagen auf einer Stellfläche mit dem Schild Besucher. Es stand kein anderes Auto da. Der Eingang zur Klinik war verschlossen. Blacky drückte die Klingel. Es dauerte lange, bis geöffnet wurde. Eine ältere Dame, makellos frisiert und stark geschminkt, stand wie Zerberus unter der Tür.

„Was wollen Sie denn?", fragte sie pikiert.

Blacky setzte sein gewinnendstes Lächeln auf und warf die Schmusestimme an.

„Mein Name ist Christian Schwarz. Das ist Sören Eckenstade. Ich bin mit Herrn Doktor Salem verabredet."

„Tut mir leid, das muss ein Irrtum sein."

„Bestimmt nicht. Ich war vorgestern bei ihm, und wir haben uns für heute Nachmittag verabredet. Es geht um ein Interview."

„Doktor Salem ist verreist. Er hat mir nichts von einem Interview gesagt."

„Dann … hat er es vergessen. Das ist natürlich dumm. Darf ich fragen, wie lange er weg ist?"

„Das dürfen Sie eigentlich nicht. Er musste überraschend und kurzfristig nach Dubai. Soweit ich weiß, hat er den Anruf erst heute Mittag erhalten. Er ist sehr überstürzt aufgebrochen."

„Ja, dann kann man nichts machen", sagte Blacky verärgert. „Pech gehabt. Wissen Sie, ob Viktoria da ist?"

„Was vorne ist, geht mich nichts an." Ihr Tonfall wurde noch abweisender. „Sie können ja klingeln."

„Was kostet so eine Operation eigentlich?", fragte Sören. „Also zum Beispiel so wie bei Ihnen?"

Die Dame sah ihn fassungslos an und schlug ihnen die Tür vor der Nase zu.

„Du bist ein solcher Idiot, Sören", sagte Blacky. „Es ist nicht zum Aushalten."

*

Irgendwann war das Licht erloschen. Von einer Sekunde zur anderen herrschte tiefste Dunkelheit. Mareike begann wieder zu wimmern. Sie hatte seit einer schieren Ewigkeit nichts mehr gesprochen. Das Gefühl für die Zeit war Sandra Gall längst abhandengekommen. Sie wusste nicht mehr, ob Stunden oder Tage vergangen waren. Alles, was sie noch dachte und fühlte, war aufgegangen in einen einzigen übermächtigen Gedanken, der sie umhüllte wie ein überdimensionaler

Wattebausch: Es ist nur ein Albtraum, es ist nur ein Albtraum …

Dieser Albtraum hatte keine Bilder, nur eine lastende Schwere. Er war ein dumpfer Druck, von einer Schwärze und lauernden Gewalt, an denen sie allmählich erstickte.

Sie hörte kaum noch, wie die Tür geöffnet wurde. Sie sah nur mit dem letzten Rest von Wahrnehmungsfähigkeit den Umriss einer dunklen Gestalt. Sie spürte so etwas wie einen Stich in ihren linken Arm, aber es war kein Schmerz, nur ein leichtes Brennen, das in ihren gesamten Körper floss, sich ausbreitete und sie glücklich machte. Mit einem Lächeln legte Sandra Gall den Kopf zur Seite und ließ es gewähren, dass ihre Augen sich schlossen.

*

Sie klingelten an einer zweiflügeligen Tür aus edlem Holz, das mit Messing beschlagen war. Ein Hausmädchen in einer Art dunkelblauer Livree öffnete. Heute schien das Personal noch nicht weg zu sein.

„Ich rufe Fräulein Viktoria“, sagte das Mädchen.

„Hast du das gehört“, flüsterte Sören. „Fräulein Viktoria. Ich glaub, mich laust der Affe.“

„Affen lausen sich gegenseitig“, sagte Blacky.

„Wie bitte?“

„Wenn dich ein Affe laust, bist du auch einer.“

Sie konnten das Thema nicht vertiefen, weil Viktoria angerannt kam.

„Hey“, sagte sie. „Überraschung. Zwei Männer.“

„Dein Vater ist nicht da“, erklärte Blacky. „Er hat mich vergessen.“

„Ich weiß. Er ist vorhin nach Dubai abgerauscht."

„Warum hat mir denn niemand Bescheid gesagt? Da hätte ich mir den Weg sparen können."

„Ich dachte, es wäre nett, wenn du trotzdem zu Besuch kommen würdest", sagte Viktoria. „Außerdem kannst du mich dann gleich zur Grillparty mitnehmen."

„Gut gedacht. Aber in die Barchetta passen nur zwei rein. Und Sören musste ja unbedingt mitkommen."

„Ich quetsch mich dazwischen", meinte Viktoria unbekümmert. „Jetzt kommt erst mal rein."

„Macht dein Vater das immer so? Einfach Leute versetzen?"

„Nein, eigentlich nicht. Weg ist er oft. Aber heute war's schon sehr spontan."

„Und seine Patientinnen?"

„Es wäre, glaub ich, doch ganz gut gewesen, wenn du mit meinem Vater hättest reden können", sagte Viktoria. „Du hast, wie viele Leute übrigens, wahrscheinlich eine falsche Vorstellung von seiner Privatklinik."

„Inwiefern?"

„Weil das keine richtige Klinik ist. So mit Krankenzimmern und Operationssaal. Es ist eine Art Hotel. Manche Patientinnen kommen vor der Operation für Untersuchungen und Vorbereitungen hierher. Andere auch nicht. Viele sind dann in der entscheidenden Phase der Nachbehandlung hier. Aber auch nicht alle. Und operieren tut mein Vater immer anderswo. Überall auf der Welt eben."

„Das heißt, hier gibt es gar keinen Operationssaal?"

„Nö, das wäre viel zu kompliziert, wegen der Narkose und so."

„Interessant", meinte Blacky.

„Früher, im alten Haus, von dem ich dir erzählt habe, da gab's eine richtige kleine Klinik mit allem Drum und Dran. Aber das war am Anfang, als mein Vater noch nicht berühmt war."

Viktoria ging voraus durch ein riesiges Wohnzimmer hinaus auf eine Terrasse. Ganz Unterfranken lag vor ihnen. Über dem Kernkraftwerk in Grafenrheinfeld hingen weiße Dampfschwaden am blauen Himmel.

„Schön hier", sagte Sören. „Da fühlt man sich wie ein König. Glaubst du nicht manchmal, dass du eine Prinzessin bist?"

„Sören ist heute sehr poetisch", erläuterte Blacky. „Das ist Olaf Röder auch schon aufgefallen."

„Macht doch nichts", sagte Viktoria und lächelte Sören an. Er lächelte glücklich zurück. „Aber als Prinzessin habe ich mich noch nie gefühlt."

Blacky holte die Tasse aus seiner Umhängetasche.

„Die tiefste Weisheit des Lebens", sagte er. „Darauf läuft's immer raus: ob das Glas oder die Tasse halb voll ist oder halb leer."

„Ein Philosoph", meinte Sören.

„Jetzt hört auf mit euren Frotzeleien", befahl Viktoria. „Wollt ihr Kaffee? Ich kann welchen bringen lassen."

Ich kann welchen bringen lassen ... Auch ein Satz fürs Leben, den man sich merken sollte.

„Tee wär' gut", sagte Sören. „Mit Kluntjes."

„Also beides." Viktoria ging ins Haus, Blacky und Sören schauten stumm hinab auf Unterfranken.

„Da drüben ist der Zabelstein", sagte Viktoria, als sie zurückkam, und deutete nach Norden. „Kennt ihr die Sage vom Ritter Hugo?"

Zum ersten Mal an diesem Tag waren sich Blacky und Sören einig, als sie einträchtig den Kopf schüttelten.

„Die hat mir meine Mutter immer an Weihnachten erzählt. Ritter Hugo, der auf dem Zabelstein lebte, war durch viel Unglück in große Not gekommen. Ausgerechnet am Weihnachtstag fiel es ihm ein, auf die Jagd zu gehen. Seine Frau beschwor ihn, dies nicht ausgerechnet an einem so heiligen Tag zu tun, aber er zog los und kam in den Wald. Da begegnete ihm ein schwarzer Jäger, der sagte: ‚Ich kenne deine Armut und Not. Und ich kann dir helfen, wenn du gelobst, dass ich mir nach zehn Jahren das holen kann, was jetzt als Geheimnis auf deiner Burg verborgen ist.' Der Ritter stimmte zu und unterschrieb einen Vertrag mit seinem eigenen Blut. Sofort gab ihm der schwarze Jäger einen Sack mit Gold, und Hugo eilte damit auf den Zabelstein zurück. Als er seiner Frau erzählte, was geschehen war, erschrak sie fürchterlich. Denn das Geheimnis, das noch verborgen war, bestand darin, dass sie ein Kind im Mutterleib trug. Gepeinigt von Angst gebar sie schließlich eine Tochter und starb bei der Geburt. Der Ritter aber lebte in Saus und Braus und dachte nicht mehr an den Pakt, den er geschlossen hatte. Doch nach zehn Jahren erschien der Teufel, um sich das Kind zu holen. Und da soll der Vater das Mädchen in der Christnacht von der Burgmauer hinuntergestürzt haben. Seitdem, so heißt es, erscheint jedes Jahr in der Weihnachtsnacht ein langer Zug von Geistern und Totengerippen auf der Burg, der die zerschmetterte Leiche des Mädchens mit sich führt. Auch Graf Hugo ist darunter. In der Burgkapelle halten sie eine Totenmesse, und danach beginnen sie einen fürchterlichen Tanz, erst überall in der Burg und schließlich die ganze Nacht hindurch in den Wäldern rund um den Zabelstein."

„Nette Weihnachtsgeschichte“, sagte Sören. „Bisschen arg gruselig, oder?“

„Meine Mutter ist halt so“, sagte Viktoria. „Solche Geschichten sind ihre Welt.“

„Wo ist sie denn eigentlich?“

„Nicht da. Wollt ihr mal mein Zimmer sehen?“

„Klar“, sagte Sören begeistert.

„Kaffee trinken wär’ mir lieber“, meinte Blacky.

„Dauert ja nur ein paar Minuten. Kommt mit.“

*

„Bill Jenkins hat keine Lust“, teilte Kriminalkommissar Marion Werner ihrem Chef mit. „Er meint, mit dem Fall habe er nichts zu tun.“

„Wer ist denn hier eigentlich der Boss?“, knurrte Wolfram Bayer. „Wenn ich sage, er kommt mit, dann kommt er mit. Und wenn er dreimal ein Special Agent von irgend so ’ner Ami-Behörde ist.“

„Dann sagen Sie ihm das bitte selber.“

„Waren wir nicht per Du?“

„Muss ich mich erst dran gewöhnen. Also sagst du es ihm?“

„Ach, pfeif die Wand an. Wir machen unseren Ausflug allein. Ist doch herrlichstes Wetter für eine Fahrt in den Steigerwald. Wie wär’s, wenn wir dann noch irgendwo auf ’nen Schoppen einkehren?“

„Im Dienst?“

„Wir beenden den Dienst mit Abschluss unserer Ermittlungen.“

„Fahren aber trotzdem mit dem Dienstwagen?“

„Herrgott, Marion, jetzt mach's doch nicht so kompliziert. Sonst sind wir gleich wieder per Sie."

„Okay, du bist der Chef."

„Dann lass uns fahren."

*

Viktorias Zimmer war ein Apartment aus zwei Räumen im ersten Stock und wies die üblichen Evolutionsphasen des Weges von der Kindheit zum Erwachsenwerden auf. Der Puppenwagen stand noch in der Ecke, der Kassettenrekorder lag ausrangiert daneben, auf dem Sofa saß ein Teddybär und schaute Richtung Flachbildschirm. Wahrscheinlich gab es irgendwo noch Bilderbücher, eine Reihe *Hanni und Nanni* und einen Stapel *Bravo.*

Blacky musste grinsen, als er an dem Regal vorbeiging, das als Raumteiler fungierte. Ein Lebkuchenhaus, eine Spieluhr, eine Packung Kondome und eine Flasche Baccardi teilten sich dort ein Fach. Viktoria hatte seinen Blick bemerkt, und er wusste, was sie gleich unauffällig verschwinden lassen würde. Sören sah nichts und war hin und weg.

„Find' ich echt toll, dass ich dein Reich mal sehen kann", sagte er.

„Ich bin keine Prinzessin", erwiderte Viktoria. „Also hab ich auch kein Reich."

„Aber du bist reich."

„Ich bin bitterarm", sagte sie. „Du hast ja keine Ahnung."

„Mein Vater ist Fischhändler", sagte Sören. „Und das Geschäft lief nie gut."

„Warst du trotzdem ein glückliches Kind?"

„Ja, sehr. Meine Mama ist einfach toll."

„Siehst du", sagte Viktoria, „dann bist du reich."

Sören machte ein bedröppeltes Gesicht, und Blacky schaute sich verlegen die Bücher an, die im Regal die Flasche Baccardi flankierten.

„Darf ich dich was fragen?", sagte Sören nach einer Pause. „Olaf Röder hat mal so eine Andeutung gemacht … über deine Mutter."

„Es ist kein Geheimnis", antwortete Viktoria. „Sie ist meschugge."

„Vielleicht sollten wir jetzt Kaffee trinken gehen", schaltete sich Blacky ein. „Ich weiß nicht, ob …"

„Ich hab kein Problem damit, darüber zu reden", sagte Viktoria. „Vielleicht red' ich viel zu wenig darüber."

„Sie soll einen Unfall gehabt haben?", fragte Sören.

„Als ich vier Jahre alt war. Sie hat einen ganz schweren Verkehrsunfall gebaut. Mein kleiner Bruder ist dabei ums Leben gekommen. Er war erst drei Monate alt."

Viktorias Augen schwammen in Tränen. „Meine Mutter … Sie ist durch die Windschutzscheibe geflogen. Ihr Gesicht war völlig zerfetzt. Nicht einmal mein Vater konnte irgendetwas retten. Sie sieht schlimm aus. Und da ist sie irgendwie verrückt geworden. Aber ich kann mich gar nicht erinnern, dass sie je anders war. Ich war ja noch so klein."

„Was heißt verrückt?", fragte Blacky plötzlich. Es klang energisch, und Viktoria sah ihn einen Augenblick verwundert an.

„Na ja, sie ist nicht wahnsinnig oder so. Sie hat nur viele Spleens und komische Verhaltensweisen. Zum Beispiel meidet sie die Menschen. Die meiste Zeit lebt sie in unserem alten Haus, das sie ihre Hütte nennt. Weil … sie bildet sich ein, eine richtige Hexe zu sein. Sie hat da auch so einen Verein gegründet, wo nur komische Frauen rumhängen."

„Hexen gibt's bei uns in Ostfriesland in jedem Dorf", sagte Sören. „Und Spökenkieker, die Geister sehen. Das ist da ganz normal."

„Meine Mutter war früher in Wales auf einem Internat", erklärte Viktoria. „Ich glaube, das kommt von daher. So alter keltischer Krimskrams. Meine Oma war Engländerin. Die hatte auch diese Marotte. Harry Potter lässt grüßen."

Sören lachte, aber Blacky war sehr ernst geworden.

„Was heißt das genau", fragte er, „dass sich deine Mutter einbildet, eine Hexe zu sein?"

„Wicca-Kram halt. So heißt der Verein. Kommt auch aus England. Sie treffen sich, streifen im Wald herum, sammeln Kräuter. Dann haben sie irgendwelche Zeremonien. Ich weiß nicht genau, was da abgeht. Heute Nacht zum Beispiel ist Beltane. So nennen die Wiccas die Walpurgisnacht. Die feiern sie auf dem Zabelstein."

„Bist du da mal bei irgendwas mit dabei gewesen?"

„Nein, das lässt meine Mutter nicht zu. Ich hab auch keinen Bock drauf. Meine ganze Kindheit über musste ich mir das Hexenzeug anhören. Das Lieblingsmärchen meiner Mutter war natürlich *Hänsel und Gretel.* Das hat sie mir tausendmal vorgelesen."

Viktoria ging zu dem Regal, ignorierte die Kondome, deutete auf das Lebkuchenhaus, nahm die Spieluhr und zog sie auf. Sie leierte das alte Kinderlied:

Hänsel und Gretel verliefen sich im Wald.
Es war so finster und auch so bitter kalt.
Sie kamen an ein Häuschen von Pfefferkuchen fein.
Wer mag die Herrin wohl in dem Häuschen sein?

Viktoria sang das Lied leise mit.

„Wo ist die Hütte deiner Mutter?", fragte Blacky.

„Unterhalb des Zabelsteins."

„Ich möchte da hin."

„Wieso?"

„Ich möchte da hin", wiederholte Blacky. „Jetzt sofort."

„Aber …"

„Zeigst du mir den Weg?"

Viktoria sah ihn an. Er erkannte die Angst in ihren Augen.

„Okay", sagte sie. „Einmal muss es ja vorbei sein."

*

Als Kriminalhauptkommissar Wolfram Bayer und Kriminalkommissarin Marion Werner mit ihrem blauen Dienst-Audi die vorletzte Serpentine der Straße hinauf zur Privatklinik *Salem* erreicht hatten, kam ihnen eine schwarze Fiat Barchetta entgegen.

„Jetzt hoffe ich nur, dass ich mich getäuscht habe", sagte Wolfram Bayer.

„Wobei?"

„Ich hatte eben so eine Art Vision. Mir war, als säße in dem Fiatflitzer mein Radiofuzzifreund Blacky Schwarz. Aber das kann ja wohl nicht sein, oder?"

„Was sollte er hier wollen?", fragte Marion Werner.

„Vielleicht will er sich operieren lassen?"

In der letzten Serpentine kam ihnen ein roter Honda entgegen.

„Sag mal", rief die Kriminalkommissarin und drehte sich um. „War das nicht Bill Jenkins?"

„Ich glaube, wir sehen beide Gespenster", sagte Wolfram Bayer. „Oder wir vertragen die Höhenluft nicht."

*

Blacky folgte Viktorias schwarzem Mini den Berg hinab. Am Steuer saß Sören.

„Ich hab doch keinen Führerschein", hatte Viktoria auf Blackys Vorschlag geantwortet, mit zwei Autos zu fahren.

„Wir passen zu dritt nicht in die Barchetta. Außerdem muss ich in Ruhe telefonieren."

Im Tal auf gerader Strecke wählte er Lothars Nummer in Irland. Die Wahrscheinlichkeit, ihn um diese Zeit zu erreichen, war gering. In der Regel spielte er am Nachmittag Golf. Überraschenderweise nahm er auch diesmal sofort ab.

„Du störst schon wieder", sagte er.

„Was weißt du über Hexen?", fragte Blacky. „Luc hat dir doch Bücher darüber geschickt."

„Ach, bist du endlich dahintergekommen? Du willst sicher wissen, warum Hexen Kinder fressen?"

„Genau."

„Eine faszinierende Frage. Sie zielt auf die dunkelsten Tiefen des Menschen. Der Mensch und das Tier. In Urzeiten war diese Grenze noch verwischt. Der Mythos von der menschenfressenden Hexe ist ein ferner Nachhall sehr früher menschlicher Erinnerungen."

„Weiter."

„In den großen Hexenverfolgungen war Kannibalismus immer ein Thema und oft Bestandteil der Anklage. Immer wieder wurden Frauen beschuldigt und haben auf der Folter gestanden, Kinderleichen ausgegraben und beim Hexensabbat gekocht und gegessen zu haben. Oder Körperfett zur Herstellung von Hexensalbe verwendet zu haben."

„Aber das sind doch nur wilde Phantasien gewesen."

„Natürlich. Aber es steckte menschliche Angst dahinter. Viele, die damals angeklagt wurden, waren alte Frauen jenseits der Fruchtbarkeit. Interessanterweise waren viele Hebammen darunter. Warum? Es gab die weitverbreitete Angst, dass diese alten, unfruchtbaren Frauen aus Neid auf die jungen Frauen Hexerei betrieben. So erklärte man sich Totgeburten, den Tod von kleinen Kindern, Krankheiten, aber auch Missernten oder den Umstand, dass Kühe plötzlich keine Milch mehr gaben. Es ging immer um Fruchtbarkeit."

„Und die menschenfressende Hexe? Warum Hänsel und Gretel?"

„Ein Märchen und noch viel mehr. Was die Brüder Grimm da aufgeschrieben haben, ist ein Echo vieler Geschichten, Sagen und menschlicher Überlieferungen. Da stecken vielleicht Initiationsriten frühzeitlicher Jagdgesellschaften dahinter, bei denen Kinder geopfert wurden. Es geht um die panische Angst vor der Uralten aus dem Wald, einer Dämonin, die da haust, wo es am gefährlichsten war: im tiefen Wald nämlich. Die Hexe verleibt sich Kinder ein, um sich zu verjüngen. Es ist aber auch eine umgekehrte Geburt: Der Mutterleib nimmt das tote Kind wieder zu sich. Wir sagen heute noch: Ich könnte dich aus Liebe fressen … Selbst heute ist in Afrika bei traditionellen Stammesgesellschaften der Verzehr von inneren Organen den Schamanen, Medizinmännern und Häuptlingen vorbehalten. Ich rede jetzt von tierischen Innereien, aber früher … Die Griechen kannten die Geschichte des Titanen Kronos, der seine eigenen Kinder verschlingt. Die Grimms hatten die ursprüngliche Version ihres Märchens von einer Apothekerfamilie aus Kassel mit hugenottischen, also protestantischen Wurzeln. Es gab in diesen Kreisen Polemik gegen die katholische Kirche und ihren Glauben, in der Messe den Leib Christi zu verzehren. In Russland wird übrigens das Märchen von der skelettartigen Hexe Baba Yaga erzählt. Sie lebt in einer Hütte, die auf Hühnerbeinen steht, und lauert jungen Mädchen auf, um sie zu schlachten, zu kochen und zu essen. Auch da könnte ein altslawischer Initiationsritus dahinterstecken: Junge Frauen mussten sich einer schrecklichen Gefahr aussetzen, um selbst zu einer Schamanin zu werden, zu einer weisen Frau aus dem Wald. Reicht's?"

„O ja", sagte Blacky. „Du hast mir sehr geholfen."

„Dann tu, was du tun musst", sagte Lothar und legte auf.

*

Hinter Dörfern, deren Namen Blacky noch nie gehört hatte, führte die Straße in den Wald. Dann bog Sören vor ihm auf einen schmalen Weg ein, der ein Stück bergauf verlief und an einem gittereisernen Tor endete. Viktoria stieg aus dem Mini und rüttelte an den Stäben.

„Abgeschlossen", sagte sie. „Meine Mutter ist nicht da. Fausto wahrscheinlich auch nicht."

„Wer ist Fausto?", fragte Blacky.

„Fausto Sforza. Der … Freund meiner Mutter. Oder ihr Sklave. So was in der Art."

„Wir klettern drüber", sagte Blacky.

„Quatsch. Kommt mit."

Sie lief am Zaun entlang in den Wald hinein. Blacky und Sören stolperten hinterher. Rechts von ihnen tauchte jenseits des Zauns zwischen den Bäumen ein Haus auf. Ein Stück weiter erreichten sie ein hölzernes Gartentürchen. Viktoria trat heftig dagegen. Es sprang weit auf.

„So macht man das", sagte sie.

Blacky bedeutete Sören mit der Hand, stehenzubleiben. Er betrat mit Viktoria den Garten.

„Was weißt du?", fragte er.

„Nichts", antwortete sie. „Oder alles. Nein, nichts."

„Du solltest mit Sören zurückfahren."

„Nein. Es muss ein Ende haben."

Sie gingen durch den Garten auf das Haus zu. Sören folgte ihnen langsam. Dann blieb Blacky stehen. Neben der Hausmauer waren zwei Erdhügel aufgeschüttet. Sie waren rechteckig und länglich. Spärlich kroch grünes Gras zwischen den braunen Brocken und Krumen hervor.

„Was ist das?", fragte Sören. „Sind das Gräber?"

„Das waren Gräber", sagte Blacky leise.

WALPURGISNACHT

Polizeioberkommissarin Kerstin Weiß war auf dem Weg zur Grillparty von Main-Radio im Schweinfurter Höllental gewesen, als sie der Anruf erreicht hatte. Sie wendete ihren weißen Mini auf der Höhe des Biergartens und jagte zur Stadt zurück. „Wir sind zu spät gekommen", hatte der Leiter der Schweinfurter Mordkommission, Wolfram Bayer, gesagt. „Da war alles schon vorbei."

Als Kerstin Weiß nach Einbruch der Dunkelheit die Straße unterhalb des Zabelsteins entlangfuhr, lag über den schwarzen Konturen des Waldes ein rötlicher Schein. Immer wieder stoben Funken empor und flogen wie Glühwürmchen zum Berg hinauf. Sie passierte eine Polizeisperre und kam zur Abzweigung eines Weges, wo sich Feuerwehr- und Rettungsfahrzeuge stauten.

„Sie müssen zu Fuß hinauf", sagte der junge Polizeiobermeister, dem sie ihren Dienstausweis gezeigt hatte. „Es ist mit dem Auto kein Durchkommen."

In der Luft lag der Geruch von Feuer, Brand und Asche. Er nahm mit jedem Schritt zu und reizte zum Husten. Sie ging durch ein gittereisernes Tor, das weit offenstand. Der Weg war von Trümmern übersät. Beißender Qualm schlug ihr entgegen. Aus der Ruine züngelten immer wieder Flammen empor. Die Feuerwehrleute trugen Atemschutzgeräte und kämpften gegen hartnäckige Glutnester an. Kriminalhauptkommissar Wolfram Bayer stand etwas abseits und hustete sich fast die Seele aus dem Leib. Kerstin Weiß stellte sich schweigend neben ihn.

„Vermutlich drei Tote“, sagte Wolfram Bayer. „Es hat einen gewaltigen Knall gegeben. Das ganze Haus ist in die Luft geflogen.“

„Gas?“

„Sehr wahrscheinlich. Die Sachverständigen wuseln schon überall herum.“

„Wo ist die Kollegin Werner?“

„Die kümmert sich um zwei Frauen, die oben auf dem Berg geopfert werden sollten. Was für eine Scheiße! Geopfert! Wo leben wir denn?“

„Wieso wart ihr eigentlich vor Ort?“

„Tja, wir wollten dem Herrn Doktor Salem in seiner Privatklinik hier in der Nähe einen Besuch abstatten. Leider war er nicht da. Auf dem Rückweg haben wir die Explosion gesehen. Wahrscheinlich wurde sie von der Hauseigentümerin absichtlich herbeigeführt. Alles noch völlig unklar.“

„Toll“, sagte Kerstin Weiß. „Eigentlich wollte ich jetzt auf einer Grillparty sein.“

Kriminalhauptkommissar Bayer wies hinüber zu den zwei Männern, die einige Meter entfernt ins Gespräch vertieft waren. „Die beiden müsste man grillen“, sagte er. „Oberstaatsanwalt Wurzer und Mister Jenkins, traulich vereint. Schon komisch, dass Doktor Julius Salem urplötzlich verreisen musste, nachdem ich Bill Jenkins gesagt hatte, dass wir ihn aufsuchen wollen.“

„Ach, Wolfram“, erwiderte Kerstin Weiß. „Du vermutest immer überall das Böse.“

*

Viktoria hatte wie selbstverständlich die Tür aufgeschlossen.

„Sie hat das Schloss nicht ausgewechselt", sagte sie. „Mein alter Schlüssel passt noch."

Im Haus herrschten Kargheit und peinliche Ordnung. Viktoria hatte Blacky den Weg zum Seitentrakt gezeigt. Der alte Operationssaal sah aus, als wäre gestern zum letzten Mal dort gearbeitet worden. Es roch nach Desinfektionsmitteln, neben dem Tisch lagen blitzend die chirurgischen Instrumente bereit. Hinter einem Gang führte eine Treppe in das Kellergeschoss hinunter. Es gab dort zwei Räume. In einem standen zwei Betten, an deren Seiten breite Ledergurte befestigt waren. Der andere Raum war wie ein großes Kinderzimmer eingerichtet. Zwei kleine Betten, Spielsachen, einige Puppen, Legobausteine. Ein Kleiderschrank mit zwei Türen. Auf der einen ein Namensschild: *Hänsel.* Auf der zweiten ein Namensschild: *Gretel.*

Blacky öffnete die Türen. In den Fächern lag, fein säuberlich gestapelt, Kinderkleidung. Für einen Jungen und für ein Mädchen. Er drehte sich um und sah, dass Viktoria hinter ihm den Raum betreten hatte.

*

Als sie aus dem Haus kamen, stand der große schwarze Geländewagen direkt vor der Tür. Die magere Frau im roten Mantel ging ihnen entgegen. Neben ihr ein junger Mann mit fast kindlichem Gesicht.

„Mama", sagte Viktoria.

„Ich habe dir verboten, hierherzukommen", sagte Rosemary Salem. „Wer sind diese beiden da?"

„Freunde", antwortete Viktoria. „Mama, was hast du getan?"

Das höhnische Lächeln, das über das verunstaltete Gesicht von Rosemary Salem glitt, machte Blacky wütend.

„Laura und Kevin", sagte er. „Warum gerade sie?"

„Fausto hat sie für mich ausgesucht. Mein lieber Fausto. Er ist der Einzige, der mich liebt. Wissen Sie denn, was es für eine Frau heißt, nicht mehr geliebt zu werden?"

„Und deshalb haben Sie Kinder geschlachtet?"

„Ich habe mein Baby verloren. Meinen kleinen Jungen. Meinen Liebling. Er war mein ein und alles. Sein Vater war so stolz auf ihn. Ich habe ihn getötet."

„Wollten Sie sich deswegen an anderen Kindern rächen?"

„Wer bist du eigentlich, dass du mir solche Fragen stellst?"

„Das ist doch unwichtig", sagte Blacky. „Einer, der verstehen will."

„Verstehen? Sieh mich an! Sieh mir ins Gesicht. Du kannst es nicht. Niemand kann es. Außer Fausto. Und du willst mich verstehen? Was weißt du überhaupt? Von der anderen Welt? Wo die leben, die wie ich in diesem Leben schon gestorben sind? Wo die Große Mutter ist, die uns mit ihren Armen umfängt und uns tröstet? Nichts weißt du! Die Große Mutter wollte zum Frühlingsfest zwei Kinder. Ich habe sie ihr geschenkt. Einen Jungen und ein Mädchen. Ich habe sie beide aufgepäppelt, damit sich die Große Mutter an ihnen wohltun kann. Ich habe sie der Erde übergeben und sie wiederauferstehen lassen. Dann habe ich sie dahin gebracht, wo wir alle herkommen. Zum Wasser, das sie nun umhüllt. Dort wachsen sie heran, bis die Große Mutter sie neu gebären wird."

„Und die andere Frau?"

„Miranda? Ach, sie wollte mich verraten. Dafür ist sie gestorben. Drei Tage und drei Nächte lang hat sie das Gift verspürt. Ich habe sie dahin gebracht, wo ich als Kind so oft war: an das Hexenbrünnle. Von dort fliegen die Hexen zum Berg. Heute Nacht kann sie sich ihnen anschließen. Dann kann sie mit dem Teufel vögeln. Das ist es, was sie immer wollte. Du weißt doch, was heute ist?“

„Ja“, sagte Blacky. „Walpurgisnacht.“

„Siehst du, nichts weißt du. Heute ist Beltane. Die Herrschaft von Cailleach, der winterlichen Alten mit dem blauen Gesicht, geht zu Ende. Um Mitternacht versteinert sie wieder zum Felsen. Und dann beginnt der Sommer. Auf dem Berg warten schon die Opfer, mit denen wir sie und ihre Dämonen verabschieden.“

„Opfer?“

„Was fragst du? Genug geplaudert. Viktoria!“

„Ja, Mama?“

„Verabschiede dich von deinen Freunden. Du kommst mit mir.“

„Wohin?“

„Es ist an der Zeit, dass ich mich um dich kümmere.“

Viktoria sah Blacky fragend an.

„Du musst selber wissen, was du tust“, sagte er.

*

Sie kam zu sich und wusste, jetzt war das Ende nahe. Die Erde hatte gebebt und Feuer ausgespuckt. Sie hatte die Flammen am Himmel gesehen und die Myriaden von roten Funken, die nach oben stiegen. Es war kein Traum mehr. Rosemary Salem würde kommen, die Fackel in der Hand, und sie zum Scheiterhaufen schleppen. Als Hexe verbrannt. Der Kreis würde sich schließen. Sie hatte dieses Ende selbst heraufbeschworen, damals, als sie zum ersten Mal in der Mittsommernacht über ein Feuer gesprungen war.

Dann war Sandra Gall wieder ganz da und spürte den harten Boden unter sich. Mühsam setzte sie sich auf. Wieder war ihr todschlecht. Sie sah sich um. Die Sonne stand schon tief. Um sie herum war Wald. Grünbemooste Steine. Halb verfallene Mauern. Sie rappelte sich hoch. Zwei Meter entfernt lag Mareike zusammengekrümmt auf der Erde. Dann hörte Sandra Gall den Gesang. Sie kannte ihn gut.

Vorsichtig spähte sie durch eine der Mauerritzen. Im großen Hof der Burgruine saßen die zwölf Frauen um das Feuer. Noch trugen sie ihre langen weißen Gewänder. Die Meisterin war noch nicht gekommen. Sie würde als Letzte in den Kreis treten. Die Weise, in der die Frauen sangen, war uralt. Sandra Gall hatte sie selbst oft mit angestimmt. Es war das Loblied auf die Große Mutter. Die Worte waren die der alten keltischen Sprache.

Sandra Gall schlich zurück zu Mareike. Sie war bewusstlos, aber sie atmete.

Zwischen den Steinen schlängelte sich ein Pfad. Sandra Gall folgte ihm und gelangte auf einen breiten Weg. Er führte bergab. Sie überschlug im Kopf rasch alle Möglichkeiten, dann begann sie zu laufen.

Schon nach wenigen Metern drehte sich alles um sie herum. Die Übelkeit war unerträglich geworden. Ihre Beine waren wie Gummi. Sie biss die Zähne zusammen und wankte weiter. Schließlich hörte sie das Motorengeräusch. Ein Auto röhrte den Berg herauf. Erst wollte sie seitwärts in den Wald rennen, aber sie hatte keine Kraft dazu und blieb einfach stehen. Im Dämmerlicht sah sie, wie der Wagen vor ihr anhielt. Ein Mann, den sie kannte, stieg aus.

„Blacky“, sagte sie. „Was machst du denn hier?“

Dann wurde ihr schwarz vor Augen.

*

„Was wollte ich machen?“, sagte Blacky. „Sie war ihre Tochter. Und sie ist mit ihr gegangen.“

„Es ist, wie es ist“, antwortete Kerstin Weiß. „Du konntest ja nicht ahnen, was geschehen würde.“

„Sören und ich waren gerade zum Auto zurückgegangen, um zum Berg hochzufahren, da hat es auch schon geknallt. Ich habe gedacht, die Welt geht unter. Es war die Hölle. Wir hatten keine Chance, überhaupt näherzukommen. Viktoria ... Sie war so jung ...“

„Immerhin hast du ja zwei Hexen gerettet.“

„Die gute Sandra Gall und ihre Freundin ... Aber den beiden wäre sowieso nichts passiert. Nachdem Rosemary Salem in die Luft geflogen war, blieb von der großen Opferfeier auf dem Zabelstein nicht mehr viel übrig.“

„Und dieser Fausto?“

„Keine Ahnung, was das für eine merkwürdige Verbindung war. Ein junger Mann und diese Frau … Irgendeine Form von Abhängigkeit, Hörigkeit … was weiß ich. Er war der Sohn von Rechtsanwalt Silvio Sforza, dem Partner von Eugen Grob. Auf seinen Vater war der schwarze Geländewagen zugelassen, der bei der Entführung benutzt wurde. Was dieses Detail betrifft, hatte Chiara recht. Das war aber auch schon das Einzige. Alles andere war ganz anders. Und trotzdem eine Studie des Schreckens.“

„Komm, lass uns schlafen“, sagte Kerstin Weiß. „Die Walpurgisnacht war ziemlich anstrengend. In jeder Beziehung.“

Irgendwann im Morgengrauen piepte Blackys Handy. Eine SMS von Lothar aus Irland.

Wie war die Hexenjagd? Habe endlich meinen Krimi fertig. Habe schon Ideen für den nächsten. Tatort natürlich Schweinfurt. Fortsetzung folgt.

*

Schweinfurter Kriminalroman
Band 1

Lothar Reichel
Kindertotenlieder
Blacky tritt auf

237 Seiten · Broschur
ISBN 978-3-939103-35-6
10,90 Euro [D]

Schweinfurter Kriminalroman
Band 2

Lothar Reichel
Karfreitagszauber
Blacky macht weiter

236 Seiten · Broschur
ISBN 978-3-939103-36-3
10,90 Euro [D]

Lothar Reichel
Walpurgisnacht

Gestaltet von Peter Hellmund
Gedruckt und gebunden von CPI – Clausen & Bosse, Leck

Erste Auflage 2012
ISBN 978-3-939103-40-0

www.buchverlag.hellmund.de
www.schweinfurt-krimi.de